LE GOUROU

DANS LA MÊME SÉRIE

1. Bienvenue sur Terre
2. Le Gourou
3. Ennemi non identifié
4. Cruelle vengeance
5. La main dans le sac (juin 2003)

ROGER STERN

LE GOUROU

Le personnage de Superman a été créé par
Jerry Siegel et Joe Shuster

Fleuve Noir

Titre original :
Strange Visitors

Traduit de l'américain
par Isabelle St Martin

ISBN : 2-265-07532-9

8Pour Carmela et Joanne

LA MORT VERTE

Dans les cintres surmontant la scène, les lasers holographiques s'embrasèrent subitement. L'un des faisceaux darda de toute sa violence le cœur de la météorite, éclaboussant de lumière verte ce qui se trouvait autour, à commencer par Jacobi et le garçon.

Stuart Harrison eut une convulsion. Il tremblait si violemment que Jacobi en tomba à la renverse. En contrebas, la mère du jeune garçon se mit à hurler et il s'effondra au sol, laissant la météorite lui échapper.

En un quart de seconde, Clark quitta son siège mais, à peine atteignait-il la scène que ses jambes flageolèrent. Il voyait les veines de ses mains virer au vert foncé, se tordre et trépider comme si elles allaient bouillir.

Jacobi se pencha sur eux, la météorite dans les mains, son rayon vert arrosant les Harrison, Whitney et… Clark.

REMERCIEMENTS

Le livre que vous allez lire – si toutefois vous ne sautez pas cette page – est un récit original basé sur les personnages de la série *Smallville.*

Ni la série ni ce roman n'auraient pu voir le jour sans le travail de Jerry Siegel et Joe Shuster qui ont inventé, voilà près de soixante-dix ans, le personnage de Clark Kent.

Depuis, nombreux sont les talents qui ont contribué à l'histoire de Clark. Celle-ci a fait l'objet de dramatiques radiodiffusées, de films, de dessins animés, de séries télévisées, d'une comédie musicale, de milliers de bandes dessinées. Clark est apparu dans tous les médias existants, de la presse imprimée au serveur Internet, et tout ce qui peut s'inventer jour après jour.

Mais tout a commencé avec la surprenante création de Jerry Siegel et Joe Shuster destinée à une bande dessinée.

Vous êtes sans doute nombreux à savoir déjà que derrière Clark Kent, ce journaliste poli et propre sur lui qui travaille pour un grand quotidien, se cache Superman, l'extraterrestre doué de pouvoirs infiniment supérieurs à ceux des humains. Plus rapide qu'une balle de revolver, il livre un éternel combat pour sauvegarder la vérité, la justice, les valeurs américaines, etc.

Cela dit, ne vous êtes-vous jamais demandé dans quelles conditions il est devenu cet étonnant héros ?

Tel est le sujet de *Smallville* : l'apprentissage de Clark Kent. Une histoire de jeunesse éternelle (ce qui n'a rien d'étonnant quand on se souvient qu'il a été créé par deux adolescents.)

* * *

Tout comme Clark n'aurait jamais existé sans Jerry Siegel et Joe Shuster, *Smallville* n'aurait jamais existé sans Alfred Gough et Miles Millar qui ont imaginé l'épisode pilote et continuent de superviser le déroulement de la série télévisée.

Je tiens particulièrement à remercier Alfred Gough d'avoir bien voulu prendre sur son précieux temps pour me raconter le passé des habitants de Smallville… et bien d'autres secrets qui seront dévoilés par la suite. (Mais chut !)

Ma reconnaissance va également à tous les autres scénaristes – Greg Walker, Mark Verheiden, Michael Green, Doris Egan, Cherie Bennett, Jeff Gottesfeld, Tim Schlattmann et Philip Levens – qui, avec leurs synopsis, ont ébauché la chronique du bon peuple de Smallville (sans parler des méchants… !).

Je n'en oublierai pas pour autant Tom Welling, Kristin Kreuk, Michael Rosenbaum, John Schneider, Annette O'Toole, Sam Jones III, Allison Mack, Eric Johnson, John Glover, Joe Morton et Tom O'Brien.

Ces comédiens, protagonistes de *Smallville*, m'ont permis de modeler les silhouettes, l'attitude et les voix des personnages du comté de Lowell.

(Oh ! pour les fidèles téléspectateurs que cela intéresse, cette histoire pourrait se situer chronologiquement entre les épisodes « Zéro » et « Nicodème » de la série télévisée.)

En écrivant ce roman, j'ai aussi bénéficié du soutien et des conseils d'innombrables personnes.

Je voudrais remercier les secouristes Joel Cadbury et Mark Spadolini, pour leurs précieuses informations dans le domaine médical.

Merci à Jack et Rose Marie Bley pour leurs commentaires sur la circulation routière.

Merci à Rich Thomas, Trent Duffy, John Aherne, Sara Schwager ainsi qu'à tous ceux qui travaillent sur les bandes dessinées DC et sur les romans Warner et qui ont participé en coulisse à la production de ce livre.

Merci à mon éditeur, Steve Korté, qui m'a téléphoné et gentiment harcelé jusqu'à ce que j'accepte d'écrire ce qui est devenu *Strange Visitors*. Drôle et décontracté, Steve n'a cessé de me prodiguer d'inappréciables conseils. En outre, il répond toujours très vite à ses e-mails. (Grand éditeur oblige, n'est-ce pas ?)

Enfin, un remerciement tout particulier à ma chère femme, Carmela Merlo. Comme toujours, elle a soigneusement veillé à m'empêcher de me disperser, tout en prenant des notes, en vérifiant mes sources, en encadrant mon emploi du temps, en effectuant des recherches, en relisant mes innombrables brouillons.

Dès l'apparition du moindre problème, elle m'aidait à trouver une solution. Je n'aurais jamais pu écrire ce roman sans son amour et son aide. En elle résident ma force et mon inspiration. D'autant qu'au bout de vingt années de mariage, elle parvient enfin à rire de mes plaisanteries.

Roger Stern
14 avril 2002

1

A mi-chemin vers la Lune, Clark Kent s'arrêta pour jeter un regard par-dessus son épaule. Le globe terrestre semblait flotter derrière lui et il se retourna pour mieux l'observer. *Comment l'appelaient-ils déjà ? La grosse bille bleue ? Elle est grosse et bleue mais ressemble plutôt à un ballon de football. Un beau ballon...*

Il tendit la main pour se donner l'illusion de tenir la Terre sur sa paume. *Comme si je pouvais la caresser !* Difficile de croire que c'était sur cette petite boule qu'il avait grandi et passé les douze dernières années de sa vie. *C'est sans doute devenu chez moi... pourtant je n'y suis pas né. Je viens vraiment d'ailleurs.*

Il vira lentement pour reprendre la direction de la lune. *Quelque part par là-bas... mais où ? Pas la lune... ce gros caillou grisâtre.* La surface blême semblait lui faire signe. *Les hommes ont mis le pied dessus... et laissé leurs propres empreintes. C'était pourtant vingt ans avant mon arrivée sur Terre. Personne n'y va plus, maintenant. Sauf moi...*

Il progressait sans effort à travers le vide... sans même songer qu'il n'avait besoin ni de scaphandre ni d'oxygène. Il tenait plutôt du pêcheur de perles, plongeant en apnée dans les profondeurs de l'espace.

La lune grossissait devant Clark lorsque lui apparut une nuée de météores. Brusquement, il changea de cap, ondoyant en vrille comme un marsouin. *Encore ces amas de roches spatiales... comme les météores qui m'ont suivi jusqu'à la Terre.*

Clark s'amusa à saisir une météorite de la taille d'une balle de base-ball. *Et voici au lancer pour Smallville... Clark Kent !* Il se plaça en position et visa l'amas, catapultant son projectile contre une roche qui explosa sous l'impact. Le sourire de Clark se figea devant le scintillement vert émis par un débris. Un cristal phosphorescent, gros comme un œuf d'autruche, fondait sur lui ; il voulut l'éviter mais s'aperçut alors que sa propre vitesse s'amenuisait, aussi brutalement que ses forces. Le froid de l'espace le traversa jusqu'aux os.

La pierre verte le heurta de plein fouet.

Il ouvrit instinctivement la bouche pour hurler mais n'émit aucun son. En revanche, il perdit le peu d'air qui lui restait dans les poumons. *Non !*

Eperdu, il se sentit basculer dans l'attraction lunaire. *Personne ne saura jamais ce qui m'est arrivé... ils ne retrouveront jamais mon corps... !*

Les cratères jaillirent autour de lui. Il ne voyait que du gris. Il atteignit le sol, rebondit, retomba, rebondit encore dans des nuages de poussière étouffante.

— NON !

Le souffle coupé, il s'éveilla en sursaut, sentit ses mains enfoncées dans une substance molle et la poussière qui lui brûlait les bronches.

— Quoi ? Où… ?

Atterrissant brutalement sur le dos, il se retourna, les mains plaquées contre le bois brut du plancher, reconnut le grenier à foin de la ferme familiale. La pleine lune lui apparut dans l'encadrement de la lucarne restée ouverte. Une brise légère lui fit monter aux narines l'odeur épicée du fumier.

Il venait de tomber du vieux canapé poussiéreux installé dans les combles de la grange. *Un rêve… ? Ce n'était qu'un rêve ?*

Clark se mit debout et arpenta ce grenier qu'il s'était approprié depuis des années, sa tanière. Dans la semi-obscurité, il distinguait tout juste sa bibliothèque vermoulue et sa malle antédiluvienne où, depuis son enfance, il rangeait ses trésors.

Au beau milieu de ce fatras se dressait le télescope que lui avait offert son père. *Je suis venu regarder la lune et je suis retourné me coucher…* D'ailleurs, il portait bien sa tenue de nuit habituelle, short et tee-shirt. *Alors qu'est-ce que je fais dans la grange ?*

Par l'ouverture, il apercevait sa chambre au premier étage de la ferme, la fenêtre ouverte… *telle que je l'ai laissée. Sauf que…* Même la grille moustiquaire était ouverte. *Pourtant non, je ne me souviens pas d'avoir touché à la moustiquaire !* Son cœur se mit à battre un peu plus fort. *Alors je serais venu jusqu'ici en dormant ? Comme un somnambule… ou comme un oiseau ?*

Cela lui était déjà arrivé. Une nuit il avait rêvé qu'il volait et avait cru se retrouver en train de flotter au-dessus de son lit. *Et si j'avais décollé de mon lit…*

ouvert la moustiquaire... et plané jusqu'au grenier ?! Perplexe, il alla s'asseoir sur la malle.

C'était déjà assez difficile d'être un ado pour ne pas en plus se découvrir capable de défier les lois de la pesanteur, de voir à travers les murs et de plier à mains nues des barres d'acier ! *Non merci ! Je vole, maintenant... c'est la meilleure !*

Sa force extraordinaire s'était lentement développée, au moins avait-il eu le temps de s'y habituer. Voilà longtemps qu'il ne provoquait plus de dégâts, du moins aucun meuble irréparablement cassé... il parvenait même à jongler avec des œufs sans en casser les coquilles. D'ailleurs, n'existait-il pas des gens plus forts que d'autres ? Ses parents, par exemple. Avec les travaux de la ferme, ils conservaient une forme exceptionnelle. Sa mère était plus vigoureuse que bien des voisins et son père plus que tous les hommes de son âge. Cette histoire de force, on pouvait encore l'expliquer.

Quand il s'était aperçu qu'il voyait à travers les murs et autres obstacles habituellement occlusifs, Clark avait pensé que cette faculté existait dans la nature. Après quelques recherches sur Internet, il avait en effet constaté que de nombreux êtres vivants la possédaient, même si aucun *humain* n'avait pu le prétendre jusque-là. Ce qui n'avait fait que confirmer les assertions de ses parents.

Le jour où il s'était découvert ce pouvoir, il en était tombé à la renverse. Littéralement. C'était en plein cours de gymnastique ; il grimpait à la corde lisse lorsqu'il s'aperçut qu'il voyait *à travers* le visage de Pete Ross, à travers sa peau sombre, les muscles et les tendons de son crâne. Stupéfait, Clark en lâcha prise et se retrouva par terre (sans prendre conscience qu'il ne s'était même pas fait mal).

Peu à peu, il apprit à se servir de cette faculté. Ça ne le prenait plus sans crier gare mais il pouvait y faire appel quand le besoin s'en faisait sentir. Il lui suffisait de « brancher » sa vision aux rayons X et autres – largement au-delà du spectre optique – pour étendre sa vue au-delà de toute limite naturelle.

Tandis que voler sans ailes… là, ça devenait délirant. Quand il avait parlé de ces rêves à son père, celui-ci n'avait pu, pour une fois, lui fournir de réponse.

— Franchement, mon garçon, je ne sais pas quoi dire. Là, tu nous entraînes dans des domaines inexplorés.

Ce souvenir fit sourire Clark. *Les enfants n'aiment pas que leurs parents aient réponse à tout, mais ça leur fait encore moins plaisir quand ils restent sans voix.*

Il se releva, examina la ferme et ses parages. *Personne à l'horizon… on ne me verra pas.*

Là-dessus, il jaillit par la lucarne et atterrit en douceur, les genoux à peine fléchis, absorbant sans peine ce saut de deux étages. Il courut vers la ferme et, après un nouveau coup d'œil alentour, s'élança d'un bond vers la fenêtre du premier. S'accrochant à l'encadrement, il balança les jambes à l'intérieur, s'assit un instant sur le rebord puis se glissa en souplesse dans la chambre. *Pas la peine de réveiller papa et maman. Ils croiraient à un voleur.* Prudemment, il referma la moustiquaire non sans, au passage, jeter un coup d'œil à la lune. *Même si j'arrive à voler jusqu'à la grange, c'est une autre histoire de se rendre sur la Lune ?!* Il frémit au souvenir plus que réaliste de son rêve et tourna soigneusement la poignée de sa fenêtre. *Comme si ça pouvait m'empêcher de passer…*

Il s'assit sur le bord de son lit. *Il faudrait plus d'une fenêtre fermée pour m'arrêter ! Mais si je traversais des vitres ou un mur, ça me réveillerait, non ? Pas un somnambule n'y résisterait.* Il s'allongea, jeta un coup d'œil à son réveil. Encore quelques petites heures et le jour allait se lever.

Est-ce que je survivrais dans l'espace ? Comment croire que je puisse aller si loin en apnée ? Combien de temps pourrais-je retenir mon souffle ? A l'époque où je m'amusais à plonger dans le lac Jennings… je devais rester au fond entre dix minutes et un quart d'heure. Maman avait l'air assez inquiète quand je remontais. Mais ça date de plusieurs années ; j'ignorais encore que je venais d'une autre planète !

Il savait depuis longtemps qu'il avait été adopté. Ses parents le lui avaient appris dès le jardin d'enfants. Mais il n'y avait que quelques mois que Jonathan Kent l'avait entraîné dans l'abri souterrain antitornade pour lui montrer le minuscule vaisseau spatial qui l'avait amené sur Terre. *Et on ne sait toujours pas d'où je viens. Ou qui m'a envoyé. Ou même qui je suis… vraiment.* Les questions se bousculaient dans son esprit. *C'est comme penser à respirer… une fois qu'on a commencé, difficile d'oublier.*

Il s'efforça de songer à autre chose mais toujours lui revenaient ces rêves obsessionnels de vol. La première fois, il s'était réveillé en plein air, un jour ou deux après que Jonathan lui eut appris que ses parents biologiques n'étaient « pas vraiment d'ici ». Est-ce que, par hasard, une telle révélation n'aurait pas déclenché cette fonction qui lui permettait de défier la pesanteur ?

Dans ce cas... quelles autres transformations pourraient engendrer de nouvelles réponses aux questions qui le taraudaient ?

Il se tournait et se retournait dans son lit. *Génial ! Si ça continue, demain matin j'aurai une tête de zombie. J'ai des tas de choses à faire... le lycée... On n'a pas idée de faire de tels rêves un lundi !* Il poussa un soupir, se tourna sur le côté et tenta de s'endormir.

*
* *

A quelques milliers de kilomètres de là, dans une obscure chambre de motel, Donald Jacobi ne quittait pas des yeux l'écran de son ordinateur portable. Son sourire s'élargissait à mesure qu'il cliquait les pages.

— Adolescents mutants qui changent de forme... enfants insectes... pyrokinésie !

S'adossant à son siège, il frictionna sa nuque douloureuse.

— Fantastique ! Absolument fantastique !

Il jeta un coup d'œil sur la mallette métallique qui se trouvait au pied du lit.

Tout d'un coup, il s'agenouilla pour l'ouvrir. Alors qu'il soulevait le couvercle, une lueur verte se mit à illuminer la pièce. Jacobi tendit la main et sortit une pierre à peu près ronde, d'un gris anthracite, au cœur de laquelle scintillait un cristal vert.

— Et dire que c'est à tes semblables qu'ils reprochent ces monstruosités ! murmura-t-il en la caressant comme un petit chien. Ils ont peur de vous. C'est toujours la même histoire. Ils ont peur de ce qu'ils ne comprennent pas. Nous allons donc devoir éclairer leur lanterne, pas vrai ?

Il alla ouvrir la porte communiquant avec la chambre voisine.

— Jimmy ! Jimmy, réveille-toi !

La puissante silhouette allongée dans le lit grogna et se retourna en remontant les couvertures sur sa tête comme pour se cacher de la lueur verte. Jacobi tira rageusement sur le matelas :

— Allez, frère Loup ! Debout et dévore-les tous !

— D'accord, d'accord ! Arrête ça !

Jimmy Wolfe, dit le Loup, émergea de ses draps.

— Qu'est-ce qui se passe ?

— Tout va bien, mieux que jamais, en fait ! J'ai vu notre avenir.

— Super !

Le Loup bâilla en s'étirant.

— Il ne pouvait pas attendre un peu, ton avenir ? Au moins jusqu'à l'aube ?

— Sûrement pas. Je sais où on doit aller, maintenant.

— Tu veux dire, après Atlanta ?

— Oublie Atlanta ! Oublie le Sud. On part pour le Kansas.

— Le Kansas ?

Wolfe voulut allumer sa lampe, manquant de la renverser au passage. Enfin, il trouva le bouton.

— Qu'est-ce qu'il y a de si intéressant, au Kansas ?

Jacobi sourit de toutes ses dents.

— Un patelin appelé Smallville !

2

Jimmy Wolfe contemplait sa deuxième tasse de café d'un œil morne.

— Redis-moi ça ? Tu veux tout laisser tomber, annuler nos réservations pour aller visiter un bled perdu je ne sais où. C'est bien ça ?

— Smallville n'est pas un bled, marmonna Jacobi en levant les yeux de son écran. D'après son site, elle a été considérée comme la « Capitale du maïs à la crème ».

— Chouette ! Et il y a combien d'habitants dans cette Mecque du maïs ?

— Actuellement, dans les quarante-cinq mille.

— Quand bien même… on pouvait viser autre chose pour notre tournée dans le Sud. D'après toi, qui se dérangera, là-bas, pour venir nous entendre ?

— Attends, de là on pourrait attirer des spectateurs de Métropolis, de Kansas City et de Wichita. Sans parler de Denver, de Dallas et de Chicago…

— Arrête !

Wolfe tira de son sac à dos une carte routière qu'il étala sur le miniréfrigérateur. Il lui fallut un certain temps pour localiser Smallville sur la carte du Kansas.

— Tu crois que les gens vont se taper des centaines de kilomètres pour se rendre dans ton coin paumé ?

— Mais oui ! Tu ne t'en es peut-être pas rendu compte mais on s'est constitué une belle foule d'adeptes. Notre nouveau site bat chaque semaine de nouveaux records. Nous avons déjà plus de trois mille souscripteurs et ils sont nombreux à nous suivre de ville en ville.

— On n'est pas un groupe de rock. Ils n'iront pas jusqu'à nous accompagner dans ce trou.

— Si, parce que c'est de là que provient ma météorite.

Wolfe se redressa.

— Je croyais que tu l'avais trouvée en Arizona ?

— Je l'ai achetée en Arizona… à un ancien employé mécontent des labos Star. Mais c'est dans le Kansas qu'elle est tombée, au cours d'une averse qui a bombardé Smallville et une partie du comté de Lowell en octobre 1989. Il y a eu pas mal de dégâts et même des morts.

Jacobi s'arrêta, le temps de pousser un gros soupir, puis reprit :

— C'était affreux. Les plus grosses pierres ont été réquisitionnées par la NASA, Star et l'université de Métropolis. Pourtant, il reste encore beaucoup de fragments éparpillés autour de Smallville et certains contiennent des cristaux lumineux comme le mien…

— D'accord, je comprends pourquoi ça t'intéresse, mais on peut aller chercher de ces fragments une autre fois.

— Non, il faut se précipiter, le plus tôt possible ! Il

se passe de drôles de choses là-bas. Nous pourrions en profiter. Regarde ce qu'ils racontent sur ce site !

Wolfe se pencha sur l'épaule de Jacobi et lut à haute voix :

— « Un entraîneur de football s'embrase comme une torche… une fille change de forme… » C'est un gag, ou quoi ?

— Non, c'est la vérité. Si j'ai bien compris, l'averse météoritique aurait eu un effet mutagène sur ceux qui se trouvaient près du point d'impact, particulièrement sur les plus jeunes. Aujourd'hui, au bout de douze ans, ces effets deviennent de plus en plus flagrants. J'appelle ça des métamorphoses génétiques.

— C'est sûr que ça correspond bien à tes conférences.

— Exactement ! On ne peut pas laisser passer une telle occasion.

— Je comprends. Mais ça ne peut pas attendre Atlanta ?

— Non. Nous risquerions de nous faire damer le pion par quelqu'un d'autre. D'ailleurs, je suis surpris que ça ne se soit pas encore produit. On n'a plus une minute à perdre !

— Mais où veux-tu qu'on s'installe ? Je suis sûr qu'il n'existe même pas, dans tout Smallville, une salle assez grande pour accueillir les foules que tu espères.

— Ça m'étonnerait, en effet. Il faudra prévoir un chapiteau.

— Un chapiteau ?! Tu rigoles ? Ça fait au moins dix ans que je n'ai plus organisé de réunion sous chapiteau. Tu ne te rends pas compte du cauchemar…

— Je te fais totalement confiance, Jimmy. Tu te souviens quand nous avons essuyé cet ouragan en Floride ? On a pu filer sur la Louisiane dans les vingt-quatre heures qui ont suivi. Un dimanche !

— Ce n'était pas pareil.

— Mais si ! Tu l'as fait une fois, tu pourras recommencer. Allez, ouvre-moi ton portable et au travail ! Il nous faudra tout l'équipement habituel, en plus du chapiteau et d'un terrain assez grand où le monter. Sans oublier les transports ! Enfin, tu connais.

— Sauf qu'à cette heure-ci, je n'arriverai encore à joindre personne.

— Vois déjà ce qu'il y a d'ouvert.

— Ecoute, tu demandes l'impossible ! Et d'abord, qui te dit que ce site n'est pas tenu par un malade en plein délire ?

— Parce que je l'ai examiné de près et que j'ai déjà obtenu des confirmations partielles de ces histoires dans la presse locale. Si ça peut te faire plaisir, je vais en chercher d'autres pendant que tu t'occupes des réservations.

— Mais…

— Si je trouve quoi que ce soit qui discrédite ce site, on laissera tomber, d'accord ? On n'aura perdu que quelques heures d'Internet. Tu y passes plus de temps à surfer pour t'amuser.

— Pas à cette heure, maugréa Wolfe en regardant sa montre.

— Fais-moi confiance, tu ne le regretteras pas.

— Ah oui ? Tu te rends compte de ce que ça pourrait nous coûter ? Non, je ne peux pas faire ça !

Jacobi se figea.

— Jimmy, insista-t-il d'un ton sec, tu dois faire le nécessaire.

— Pas question ! On ne peut pas se permettre…

— On ne peut pas se permettre de laisser passer une telle occasion ! Surtout pas toi. N'oublie pas ce qui s'est passé à Cleveland.

— Non, soupira Wolfe. Je n'oublie pas.

— C'est bien ce qu'il me semblait. Bon, alors en route. Je veux qu'on parte pour Smallville le plus vite possible.

*
* *

Le ciel du Kansas était encore noir lorsque Jonathan Kent descendit l'escalier à pas feutrés. Dans la cuisine, sa femme, Martha, buvait déjà son café tout en feuilletant un cahier.

— Bonjour, chérie ! lança-t-il avant de l'embrasser. Tu te lèves plus tôt que moi et tu trouves encore le moyen d'être toujours aussi ravissante !

— Moi ? Tu veux rire ! Je me suis juste passé un coup de peigne et j'ai remis mes habits d'hier. C'est encore une chance que je ne ressemble pas trop à la fée Carabosse !

— Et moi je te trouve ravissante !

Il se versa un jus d'orange avant d'ajouter :

— Tu te lèves horriblement tôt, aujourd'hui !

— Comme toi.

Elle prit un marqueur et surligna un passage du texte qu'elle lisait.

— Tu as tellement hâte de t'attaquer à cette nouvelle clôture ? reprit-elle.

— Non, il faut d'abord que je voie ce fossé d'écoulement. La belle vie, quoi !

Il vint s'asseoir à côté d'elle, se servit du café.

— Et alors, pourquoi est-ce que tu t'es levée de si bonne heure ? Tu ne pouvais pas dormir ?

— Oh si ! Mais je me suis réveillée en pensant à mes cours de comptabilité. N'oublie pas que je passe mon examen ce soir. Alors j'ai décidé de réviser un peu. Bon, je vais te préparer tes œufs…

— Non, laisse. Je préfère m'y mettre tout de suite. Termine ton paragraphe, je vais me préparer un sandwich à la gelée de raisin et au beurre de cacahuète en attendant. Après, je ne dirais pas non si tu me passais une de tes bonnes petites gaufres au micro-ondes.

— D'accord, mais n'attends pas trop. Tu ne pourras pas travailler longtemps avec juste un sandwich dans l'estomac.

— Pas *un* sandwich, *mon* sandwich fait maison !

— Même, morfale !

L'aube pointait lorsque Jonathan ouvrit la porte, un sandwich entamé à la main. Il fit le tour de la remise à outils et s'arrêta net, tellement stupéfait qu'il faillit en laisser tomber son sandwich.

Le fossé d'écoulement était réorienté.

En fait, il ne restait aucune trace de l'ancien parcours. Les flancs avaient été soigneusement remblayés. Des deux côtés, le sol avait été tassé et garni. Du bout de sa botte, Jonathan souleva un coin du paillis. *Déjà consolidé. Joli travail !*

Il longea lentement le fossé en se demandant plusieurs fois s'il n'était pas en train de rêver. Il devait être encore au lit, il allait se réveiller. C'est alors que son talon se prit dans un obstacle camouflé par la paille et qu'il faillit trébucher. Il se pencha pour ramasser un morceau de bois. *Compris. Maintenant je sais que je ne rêve pas.* C'était l'un des pieux qu'il avait plantés la veille pour marquer le nouveau parcours. Quelqu'un l'avait écarté, vraisemblablement la même personne qui avait retracé le fossé. *A moins qu'un groupe de terrassiers bénévoles ne soit intervenu cette nuit, je soupçonne fortement Clark.*

Tout en terminant son sandwich, Jonathan contemplait songeusement le pieu. Dans un sens, la vie avec Clark tenait du conte de fées. Il se passait de ces choses… aux moments les plus inattendus… des événements qui se produisaient, tout d'un coup, sans crier gare. Surtout depuis qu'il était adolescent. *On dirait que tout le monde s'est levé avec les poules, ce matin. Je me demande ce que ce gosse a encore derrière la tête.*

Quoi qu'il en soit, ce serait spectaculaire. Près de la remise, il trouva le reste des pieux et une large pancarte qui avait dû traîner un certain temps dans la terre. *Enfin… Quand j'avais son âge, je ne rangeais pas trop derrière moi non plus. Même lorsque je ne faisais rien de mes dix doigts. Ce qui avait le don de mettre mon père hors de lui…*

Cette idée le fit sourire ; machinalement, il nettoyait de la main la pancarte souillée. *Inutile de laisser ça traîner ici.* Il ramassa également les pieux et rangea le tout dans la remise, la pancarte dressée contre un bidon de vingt litres. *Elle séchera plus vite ainsi.*

Pris d'une intuition, il traversa la prairie qu'il avait

l'intention de clôturer. A tous les coups, les nouveaux trous étaient déjà creusés. Il trouva encore mieux : ils étaient même cimentés et, cette fois, rien ne traînait autour, ni outils, ni terre, ni sacs vides. Ni lui ni Martha n'auraient pu souhaiter mieux.

Je jurerais qu'il le fait exprès, pour me désarçonner. Dieu sait que moi non plus je ne voulais pas que mon père s'imagine me connaître comme s'il m'avait fait !

Son sourire s'effaça soudain : normalement, l'excavatrice tournait dans un bruit d'enfer. Si Clark l'avait utilisée cette nuit, cela l'aurait réveillé. *Il a dû faire tout ça avec une pelle et une pioche... ou alors à mains nues.* Selon Jonathan, rien ne valait l'effort physique pour se détendre ; c'était sa meilleure thérapeutique. Dans ce cas, de quel stress souffrait donc Clark pour s'être livré à de tels travaux ? Lui serait-il encore arrivé quelque chose au lycée ? A moins que cela n'ait un rapport avec leur secret de famille ?

Non, c'était idiot. Cela ressemblait trop à un début de roman d'épouvante. *Pourtant, j'ai bel et bien un vaisseau spatial caché dans mon abri souterrain. Mon fils provient d'une autre planète ! Ce n'est plus de l'épouvante mais de la* science-fiction *!*

Tout de même, s'il s'était passé quelque chose de grave, Clark me l'aurait dit. Du moins je l'espère.

Perdu dans ses pensées, il allait rentrer à la maison quand il vit la fenêtre de la grange éclairée.

— Clark, mon garçon, tu es là ?

— Oui, bonjour, papa ! Je vérifiais le tracteur. Viens voir.

Jonathan changea de direction. *Bon, on va commencer par parler du tracteur, ce sera toujours un début.*

— Bonjour, mon garçon. On s'est tous donné le mot pour se lever tôt, ce matin, on dirait. Alors, ce tracteur... Tu as vu ce qui n'allait pas ?

— J'ai l'impression que oui.

Clark émergea de derrière l'engin en s'essuyant les doigts. Il était sale mais apparemment joyeux. De fait, il avait l'air enchanté.

— Pour tout dire, ajouta-t-il malicieusement, je suis sûr qu'il marchera beaucoup mieux, maintenant !

— Tu plaisantes ? C'est une excellente nouvelle.

Voilà plusieurs semaines que le tracteur fonctionnait en dépit du bon sens.

— Qu'est-ce qu'il avait ?

— Un mauvais contact. Le solénoïde. Le fil était carrément débranché. Ça fait bien deux, trois semaines qu'il nous joue des tours, je crois ? Je te parie que la vis a commencé à se relâcher il y a un mois.

— Possible. J'ai entraîné ce pauvre engin sur des terrains accidentés, le mois dernier. En fin de compte, ceci ne m'étonne pas du tout.

Clark referma le capot.

— Je l'ai bien resserrée. Essaie, on va voir si ça fonctionne.

Jonathan grimpa sur le siège et actionna le contact. Le moteur se mit aussitôt en marche.

— Bon travail, Clark ! J'aurais dû y songer plus tôt.

— Peut-être mais, une fois que j'ai trouvé ça, j'en ai profité pour vérifier le châssis et j'ai découvert une minuscule fissure au fond du carter, du côté des roues avant. Tiens, je vais te montrer.

Jonathan coupa le moteur, s'attendant presque à voir son fils soulever l'avant du tracteur d'un seul bras.

Mais celui-ci se contenta de le contourner et de se glisser dessous.

— Clark… ?

— Une seconde, papa.

Le jeune homme chantonnait un petit air tout en promenant les paumes le long du châssis ; il s'y cramponna et souleva l'engin comme s'il s'était agi d'un vulgaire sac de pommes de terre.

Le tracteur se dressa sur les roues arrière, de plus en plus haut.

Instinctivement, Jonathan recula.

Depuis quelques années, Clark possédait une force herculéenne. De temps à autre, Jonathan s'en amusait en le traitant de « cric humain ». Cette fois pourtant, la démonstration allait bien au-delà.

Le jeune homme était debout au milieu de la grange, portant le tracteur à bout de bras au-dessus de la tête. Jonathan en resta sans voix.

Clark sourit.

— Pas mal, hein ?

Il abaissa l'engin, le remonta, une ou deux fois, apparemment sans effort.

Ce qui brisa instantanément le charme. Jonathan retrouva vite sa voix :

— Ça va, là ça tourne à la frime.

— Tu crois ? Bon, d'accord, je reconnais. Mais tu devrais en profiter pour vérifier ce que je voulais te dire.

— Si je comprends bien, c'est pour moi que tu fais tout ça.

— Parfaitement ! Allez, viens ici !

Clark tenait le tracteur avec une telle assurance que

Jonathan finit par obtempérer. Son fils lui montra la fissure du menton.

— Là, tu vois ?

Jonathan sortit une lampe de poche qu'il pointa dans la direction indiquée. En effet, il découvrit une trace de fuite d'essence.

— Ah oui ! C'est vrai. Bien vu, mon garçon !

— Tu crois qu'on pourrait la boucher avec cet époxy miracle que tu aimes tellement ?

— Pourquoi pas ? Ça devrait nous éviter bien des ennuis à venir. Je vais le chercher.

Jonathan recula non sans jeter encore un regard sur la scène qu'il avait devant lui. *Incroyable ! Clark n'a même pas une goutte de sueur au front. Il devient chaque jour de plus en plus fort.* Il se dirigea vers une armoire de métal.

— Je vais faire mon petit mélange. J'en ai pour une minute ! lança-t-il. Tu peux peut-être baisser un peu les bras en attendant.

— Ne t'inquiète pas.

Clark abaissa le tracteur de quelques centimètres, puis le remonta et recommença le mouvement.

— J'aime bien. Maintenant que j'ai trouvé mon équilibre, je ne vais pas le relâcher de sitôt. Et puis ça me fait de l'exercice.

— Tiens, ça me donne une idée. Si on te filmait ? Ensuite on vendrait la cassette sous le titre : « Comment garder la forme à la ferme ».

— C'est ça. J'imagine déjà l'avertissement qu'il faudrait y ajouter : « Attention : déconseillé aux personnes atteintes d'hypertension ou originaires de la planète Terre. »

— Ce qui risque de singulièrement limiter les ventes, conclut Jonathan en apportant un couteau à mastic enduit d'époxy. Là. Que je voie exactement où mettre ça… juste dans la fissure… bon, ça devrait aller.

Il recula pour juger son travail.

— Ça te paraît bien, mon garçon ?

— Parfait. Tu as fini ?

— Tout à fait !

— Bon.

Lentement, Clark reposa le tracteur sur le sol.

— Mission accomplie !

Encore époustouflé, Jonathan ne le quittait pas des yeux. *A ce rythme, il pourra bientôt soulever un char d'assaut ou un avion. Qui sait ?*

— Ecoute, mon garçon, je sais que, parfois, tes pouvoirs doivent te paraître pour le moins pénibles. Je sais qu'il doit t'arriver de te sentir mal dans ta peau et que tu aimerais être plus normal, mais… bon sang, que j'aimerais pouvoir faire ça !

En l'occurrence, il était parfaitement sincère, plus fier qu'envieux de la force de son fils. Le regard brillant, Clark lui décocha un large sourire.

— Pour tout dire, papa, c'est assez amusant. Ce qui me pèse, c'est de devoir le *cacher*. Quant aux autres pouvoirs… celui de voir à travers les murs, par exemple… ça fait plutôt un drôle d'effet.

Clark hésita un instant, ouvrit la bouche pour dire autre chose, mais se ravisa en souriant :

— En tout cas, j'aime assez être fort et pouvoir courir plus vite qu'une formule 1.

— Je m'en doute.

Soudain, Jonathan se souvint d'un ignoble autocollant aperçu un jour sur une voiture de Métropolis et qui proclamait : « Mon fils n'est pas premier en maths mais il sera le premier à vous casser la gueule. » *Eh bien, le mien peut soulever un TRACTEUR ! Essayez pour voir !*

En rentrant à la maison, Jonathan envoya une bourrade à son fils.

— A propos, tu as fait du beau travail avec la clôture ! Et aussi avec la fosse d'écoulement. Tu m'as perrmis de gagner un jour ou deux de travail. Merci.

— Ah oui… de rien. Je… je ne savais pas quoi faire. Je me suis réveillé, je ne pouvais plus dormir. Je n'arrêtais pas de penser à un tas de choses. Tu vois le genre ?

— Très bien. Moi, ça m'arrive surtout à l'époque des impôts.

— Voilà. Alors je me suis dit que ce fossé pourrait me remettre les idées au clair, et ça a marché. Du coup, j'ai continué avec la clôture et j'en ai profité pour vérifier également le tracteur. Ça me fait plaisir de servir à quelque chose.

— Je m'en doute. Moi c'est pareil.

— Mais j'aurais mieux fait d'y penser plus tôt, reprit Clark avec un sourire mitigé. J'ai dû me retourner dans mon lit au moins une heure. Si je m'y étais mis avant, j'aurais eu encore le temps de me rendormir un peu avant le lycée.

— Arrête ! Il ne faut rien exagérer !

Jonathan posa la main sur l'épaule de son fils pour l'arrêter. *Seigneur, étais-je aussi versatile à seize ans ? Sans doute…*

— Ecoute, mon garçon, les villes sont pleines de

cadres en costume-cravate qui rêveraient de quitter de temps en temps leurs bureaux pour se rendre vraiment utiles !

— Sans doute, soupira Clark, pas convaincu.

— Dis-toi bien que c'est aussi sûr que deux et deux font quatre ! Qu'est-ce qui ne va pas, mon garçon ?

— Bof, des trucs… Tu n'as pas besoin de creuser un autre fossé ?

— Tu ne crois pas qu'un suffit par ferme ? Tu ferais mieux d'aller te changer, maintenant. Il te reste une petite heure avant le passage du car. On n'a qu'à en profiter pour prendre un bon petit déjeuner ensemble. Ça n'a pas dû nous arriver un jour de classe depuis l'école primaire.

— Bon… si tu veux.

— Parfait ! Avec la matinée que tu viens de passer, tu dois avoir faim.

A cet instant, l'estomac de Clark se mit à gargouiller et il éclata de rire.

— Bien vu, papa !

Jonathan eut un geste de fausse modestie.

— C'est un don. On l'acquiert en devenant parent.

***

Clark venait de sortir de sa douche et commençait à s'habiller quand il s'immobilisa en reniflant. Cela ne sentait pas que le bacon mais aussi les gaufres. En une seconde il fut prêt, dévala l'escalier et se rua vers la table de la cuisine.

Au milieu trônait une platée d'œufs brouillés en sauce, accompagnée d'une assiette de bacon grillé et de toasts dorés. Lait, jus de fruits et café… le tout dans des pots plus jolis les uns que les autres. Des coupes de salade de fruits, la sauce aux pommes de Martha et des bols de myrtilles entouraient les gaufres fumantes toutes prêtes à baigner dans le sirop d'érable.

Clark en cligna les yeux de surprise.

— On est déjà dimanche ? Je n'ai quand même pas mis une semaine pour prendre ma douche !

— Gros malin ! s'esclaffa Martha. Tu as fait à toi seul le travail de toute une équipe, ce matin. Tu peux manger comme quatre.

Jonathan s'assit, coupa une gaufre en deux et la répartit entre son assiette et celle de Martha puis en déposa une entière sur celle de Clark.

— Viens t'asseoir près de moi et régale-toi. Prends le sirop.

Clark saisit la bouteille, l'ouvrit et en versa dans chaque alvéole tout en se servant de l'autre main une pleine cuillerée d'œufs brouillés.

Martha se demanda soudain si elle avait préparé assez de nourriture.

3

— Excusez-moi ! Je passe.

Chloé Sullivan se faufila dans l'allée centrale du bus scolaire, naviguant entre un étui à trombone mal rangé et un carton à dessin qui menaçait d'accrocher son sac à dos. Par la fenêtre, elle jeta un coup d'œil vers sa maison et envoya un baiser à la vieille Volvo de son père garée devant.

— Un jour, tu seras ma première voiture et je n'aurai plus à me taper cette galère !

Brusquement, le bus démarra dans un cahot et Chloé eut juste le temps de s'agripper à un dossier pour ne pas tomber à la renverse. Elle fit volte-face et se jeta sur la place voisine de Pete Ross.

Fouillant dans son anorak, celui-ci brandit deux fiches numérotées :

— Neuf virgule huit ! Presque dix pour notre blonde et valeureuse nouvelle !

— Merci, c'est trop ! s'écria Chloé en lui rendant son sourire. Ils ne m'ont pas encore fait tomber malgré tous leurs efforts !

Elle déposa son sac sur ses genoux.

— Mais… pourquoi « valeureuse » ? Ça fait héroïne de BD !

— Justement ! Tu as tout d'une héroïne de BD avec ta fleur en plastique sur la tête.

— Ça fait trop… plouc, non ?

— Non, c'est mignon. Et ce bleu va avec tes yeux.

Chloé jeta un bref regard sur les prunelles de son interlocuteur – très foncées, presque noires – et conclut que, même s'il la taquinait (comme d'habitude) il ne se moquait pas d'elle.

— Euh… merci !

Pete inclina aimablement la tête.

— Mais de rien. Alors, quelles sont les nouvelles du matin ?

— Attends ! dit-elle en sortant son ordinateur portable.

Elle l'alluma et se mit à pianoter sur le clavier.

— Hé ! observa-t-il. Ce n'est pas ton vieux portable habituel. C'est un Power-Book ?

— Un super Power-Book ! commenta-t-elle en passant une main tendre sur l'écran. C'est un prêt du labo. Je voulais l'accès à Internet sans fil.

— Ah oui ?

— Ne me regarde pas comme ça ! En tant que rédactrice en chef de *La Torche de Smallville*, je dois savoir ce qui se passe partout dans le monde, vingt-quatre heures sur vingt-quatre, que je me trouve chez moi ou que je sois en déplacement.

— Ah, cette chère *La Torche de Smallville* qui éclaire la route menant au lycée de Smallville !

Chloé lui envoya un coup de coude dans les côtes. Il poussa un cri :

— Aïe ! Défense de frapper un Noir !

— Et toi, défense de te moquer de la presse !

Elle continuait de pianoter avec enthousiasme mais se figea soudain :

— Oh, non !

— Mauvaise nouvelle ?

— Plutôt ! Stuart Harrison a dû retourner à l'hôpital. Il paraît qu'il aurait eu une attaque pendant le week-end.

— Le pauvre ! Il a passé le premier trimestre entre ici et l'hôpital, à se farcir opération sur opération, de la chimio et je ne sais quels autres traitements à la Star Trek. Il a eu droit à toute la *panoplie* ! Avec ça, il aurait dû guérir.

— Espérons… que ça a marché.

Chloé tapota doucement le côté de son ordinateur.

— Une attaque, ça n'a rien à voir avec le cancer, observa-t-elle. Ma mère connaît quelqu'un qui a dû se faire retirer une tumeur au cerveau, ce qui ne l'a pas empêché d'avoir une attaque après. C'est juste que son cerveau a dû se reconnecter de travers ou quelque chose comme ça. Mais maintenant, il va bien.

— Ah bon ? Je parie que ça lui est arrivé un an pile après son opération.

— Non, Bien avant, dans les quinze jours qui ont suivi.

— Mais c'était la première fois qu'on l'opérait pour un cancer ? Alors que Stu…

— Arrête ! Tu tires tout de suite de ces conclusions… on dirait un paparazzi !

C'est sa mère qui doit déteindre sur lui.

Quand on a été procureur avant d'être juge...

— C'est bon, j'arrête, soupira Pete. Mais j'aimerais bien que Stuart puisse souffler un peu. C'est un mec trop sympa. Si tous les élèves de terminale étaient comme lui, le lycée serait beaucoup plus cool. Lui, au moins, il ne passe pas sa vie à frimer.

— C'est vrai. Je ne le connais pas aussi bien que vous mais je n'ai jamais entendu personne dire du mal de lui.

— Ce n'est pas juste qu'il doive retourner à l'hôpital. Pour un lundi, ça commence bien !

Tous deux se turent un instant et regardèrent la route, jusqu'à ce que Chloé reprenne :

— Bon, on ne va pas rester là à se lamenter. Ça ne sert à rien.

— Non.

— Il nous faudrait quelque chose pour nous changer les idées. Sur qui on peut compter ?

Pete réfléchit et sourit :

— Clark... ! Ce qui ne t'empêche pas, madame la journaliste, d'éviter les fautes de style. Il faut dire : « Sur qui peut-on compter ? »

— Ça va ! Tu es de la police littéraire ? Tiens, écoute ça : on est à cinq minutes de chez lui. Le ciel est clair, la température de treize degrés. Tu vas voir qu'aujourd'hui Clark ne ratera pas le car.

— Tu veux rire ? Un lundi ? Je te parie à un contre cinq qu'il ne sera pas là.

— Ah bravo ! C'est ainsi que tu prends des paris contre ton meilleur ami ?

— Normal, non ?

*
* *

A l'aide d'un morceau de toast, Clark nettoya la dernière goutte de sirop sur son assiette entourée d'un amoncellement de soucoupes et de bols vides. *Ah*, songeait Jonathan avec mélancolie, *si je pouvais encore dévorer autant que lui !* Il fut un temps où lui aussi engloutissait des tonnes de nourriture à chaque repas sans en éprouver le moindre contrecoup.

Clark s'étira en bâillant. Ce qui fit hausser un sourcil à sa mère :

— Je n'aurais pas dû te laisser manger cette troisième gaufre ! Maintenant, tu vas dormir au lieu de suivre tes cours.

— Ne t'en fais pas. Le temps que le car arrive au lycée, je serai complètement réveillé. Il faut bien que je m'alimente avant un marathon !

— Certes… Tu as encore fait des cauchemars, cette nuit ?

— Non, pourquoi ?

— En tout cas, tu as dû avoir un drôle de rêve, non ?

Clark, qui s'apprêtait à saisir la bouteille de lait, s'immobilisa en route, les yeux écarquillés.

— Comment le sais-tu ? Et ne me dis pas que c'est un don qu'on acquiert en devenant parent !

— C'est pourtant ça.

— Martha, intervint Jonathan, en l'occurrence, tu es une femme particulièrement intuitive. Tu as toujours su deviner mes pensées – même avant l'arrivée de Clark.

Il se tourna vers ce dernier et ajouta :

— Bien *longtemps* avant ton arrivée.

Celui-ci, qui avait d'abord suivi l'échange avec un rien de surprise, finit par éclater de rire :

— C'est bon ! Je reconnais que j'ai fait un rêve superétrange, cette nuit. Ou plutôt, disons qu'il m'a paru étrange sur le moment, mais maintenant... je le trouve plutôt drôle.

Il jeta un coup d'œil à la pendule et se leva :

— Je vous raconterai ça plus tard. Là, il faut que j'y aille, sinon je vais rater le car.

Il fonça chercher ses livres dans sa chambre et reparut dans la cuisine avant que Martha ait eu le temps de réagir.

— A plus ! lança-t-il. Et merci pour le super petit déj...

Il sortit sans se presser et gravit la colline qui menait à la route comme n'importe quel lycéen chaque matin de la semaine.

— C'est un adolescent, soupira Jonathan. Tu ne crois pas qu'il va tout nous dire comme ça, du premier coup.

— A t'entendre, on croirait que ça suffit à tout expliquer.

— Oui, pourquoi ?

— Bon, si tu veux... L'important, c'est qu'il nous parle. Pour le reste, on finira bien par le savoir.

— Comme tu dis.

Posant sa tasse de café, Jonathan prit sa femme dans ses bras.

— Grâce à lui, ajouta-t-il, j'ai toute ma matinée devant moi, maintenant. Si tu vois ce que je veux dire...

— Tiens donc ?

Elle sourit.

— En effet, je vois.

*
* *

Lorsque le car de ramassage s'arrêta sur Hickory Lane, devant la ferme des Kent, Clark attendait patiemment au bord de la route. Il entra et vint s'asseoir près de Pete et Chloé.

— Salut, les mousquetaires ! lança-t-il en bâillant.

Derrière lui, Chloé chuchota :

— Perdu.

Et Pete lui tendit un billet de cinq dollars.

Levant les yeux au ciel, Clark murmura d'un ton neutre :

— Ça fait au moins dix fois, ce mois-ci, que je vois cet argent changer de mains. Vous n'en avez pas assez ?

Chloé écarquilla les yeux :

— Tu *savais* ?

Elle fusilla son voisin du regard :

— Tu as cafté !

— Rien du tout ! se défendit Pete.

— Pas besoin, intervint Clark. Je ne suis pas complètement dans la lune.

— Tu vois, Chloé ? Je te l'avais dit. Rembourse-moi.

Le billet retrouva son propriétaire devant l'air ahuri de Clark.

— Je ne comprends pas. Je croyais que Chloé avait gagné.

— Elle a gagné la première manche : tu as attrapé le

car à temps, mais j'ai gagné la seconde : tu n'es pas complètement dans la lune.

Avec un regard attendri, Pete lissa le billet sur ses genoux.

— Dans la lune, moi ? maugréa Clark. Merci quand même !

— Je n'ai jamais dit que tu étais *complètement* dans la lune, protesta Chloé, gênée, mais plutôt un peu… dans les nuages. Et d'abord, comment est-ce que tu savais, pour nos paris ? Tu as des yeux derrière la tête ou quoi ?

Clark se contenta de sourire.

— Ma pauvre fille, intervint Pete, je le connais depuis la maternelle. Avec lui, pas moyen de garder un secret.

— Purée ! Tu me gonfles avec tes secrets…

Clark poussa un cri faussement choqué.

— Qu'entends-je ?

— Tu te rends compte ? renchérit Pete. Voilà comment s'exprime une jeune fille bien élevée ! Que vont dire les voisins ?

— Que vous êtes deux barges.

Pete esquiva de justesse un nouveau coup de coude de Chloé.

— Ce n'est pas parce que ton père est le directeur de l'usine d'engrais des Luthor qu'il faut te croire systématiquement au parfum…

— Ha ! ha ! Quel humour ! Bon, je voulais dire… avant d'être interrompue… que, par ici, le secret est un mode de vie. Dans ce lycée, dans cette ville, tout le monde a plein de secrets qu'on ne raconte à personne, même *toi*, Clark !

Celui-ci écarquilla les yeux et prit le temps de respirer avant de répondre :

— C'est vrai. J'ai un grand secret.

Il baissa la voix en ajoutant :

— Il est terrible, très lourd à porter et, parfois, j'ai l'impression que je vais exploser.

Pete émit un grognement sceptique pour cacher son malaise. Où Clark voulait-il en venir ?

Quant à Chloé, elle semblait encore plus gênée mais ne s'en pencha pas moins vers Clark :

— Un grand secret ? Et tu as réussi à le garder…

Sa voix se fit hésitante. *Il a les cheveux tellement noirs, presque bleus. Et ses yeux… je n'en ai jamais vu d'aussi bleu-gris. Ils sont magnifiques. Quel…* Elle secoua la tête. *On se calme, ma fille !*

— Heu… à ne rien nous dire du tout ? Même pas à nous ?

— Désolé, les gars ! souffla gravement Clark. Vous êtes mes meilleurs amis. Il y a longtemps que j'aurais dû vous en parler.

— *Les gars ?*

Un quart de seconde, Chloé fit la moue mais ne put s'empêcher d'insister :

— Nous parler de quoi ?

Après avoir jeté un regard circulaire autour d'eux pour s'assurer que personne d'autre n'écoutait, Clark murmura :

— Mes parents me tueraient s'ils apprenaient que je vous l'ai dit, mais ça me soulagerait beaucoup. Chloé, Pete…

Il parlait si bas que ses amis durent se rapprocher encore pour mieux prêter l'oreille.

— En fait, je suis un extraterrestre !

Tous deux commencèrent par le considérer d'un air incrédule, puis Pete éclata de rire.

— Quel clown ! s'écria Chloé en le frappant à la tête avec son cahier.

En fait, elle avait l'air un rien vexée.

— C'est la meilleure ! s'esclaffa Pete. Tu avais l'air tellement sérieux. Je ne suis pas près de jouer au poker avec toi !

Clark sourit modestement.

— C'est un don.

La vérité n'est jamais si bien cachée qu'en pleine lumière.

*
* *

Lorsque Jimmy Wolfe rentra dans la chambre de motel de Donald Jacobi, le réveil-radio indiquait dix heures cinquante-trois. Le Loup avait les yeux bouffis et une barbe de plusieurs jours, comme s'il n'avait pas trouvé le sommeil de toute la semaine. Tandis que Jacobi semblait en pleine forme.

— Tu as dormi ? s'enquit Wolfe d'un ton méfiant.

— Alors, qu'est-ce que tu m'apportes de beau ?

— J'ai parlé avec plusieurs personnes, dit-il en lui tendant une disquette. Tout est là. Méfie-toi, ce ne sont que des approches ! Il faut nous louer du matériel… engager des routiers… trouver un camping-car…

— Pour nous emmener au Kansas ?

— Ouais. En espérant qu'on trouvera un endroit pour nous installer.

— Ne me dis pas qu'il n'y a pas la place de dresser

un chapiteau quelque part dans les grandes plaines du Kansas ! On y organise toutes sortes de foires et de manifestations… !

— Oui, mais les propriétaires de terrains ne veulent pas nous faire confiance.

Wolfe avala son café en regrettant qu'il ne soit pas plus fort.

— En fait, ajouta-t-il, je n'ai trouvé qu'une possibilité. L'ennui, c'est que ce terrain appartient à une certaine Banque de Smallville. J'ai fait une demande mais j'ai l'impression qu'ils ne sont pas habitués à traiter par e-mail. A mon avis, il va falloir les rassurer, aller les voir ou au moins leur téléphoner.

— Je m'en charge. Le contact humain, c'est ma spécialité.

— Bon, tant mieux. Parce que en ce moment, je ne me sens même plus capable de vendre de l'oxygène à un noyé.

Le Loup émit un tel bâillement que sa mâchoire parut sur le point de lui tomber sur les pieds.

— J'ai fait tout ce que j'ai pu. Maintenant, je vais dormir avant que mes yeux ne me tombent des orbites.

— C'est ça.

Jacobi le prit par le bras et le poussa vers la chambre attenante.

— Tu as fait ce que tu as pu. A moi de jouer, maintenant.

Wolfe se laissa tomber sur son lit et s'endormit aussitôt.

*
**

Dès que la cloche sonna l'heure de la sortie, Clark et Pete se dirigèrent vers le bureau où s'élaborait le journal du lycée. Ils trouvèrent la porte ouverte et Chloé occupée à taper furieusement sur le clavier de l'ordinateur qui servait à la rédaction de *La Torche de Smallville*. Derrière elle, le mur était tapissé de coupures de presse se rapportant aux événements étranges survenus à la suite de la pluie de météorites sur le comté de Lowell. Un montage d'articles et de photos reprenait toute l'histoire depuis le climat détraqué jusqu'à la naissance de veaux à deux têtes. Chloé l'appelait son Mur des Bizarreries ; selon sa théorie, tous les événements les plus insolites survenus depuis à Smallville en découlaient.

Clark avait pris l'habitude d'y jeter régulièrement un coup d'œil afin de vérifier si elle n'accrochait pas de nouveaux reportages qui pourraient plus ou moins faire allusion à lui. Pour le moment, il pouvait encore garder l'anonymat. *Encore heureux que personne ne me prenne toujours pas pour un phénomène.*

— Salut, Chloé ! lança Pete en pianotant sur un classeur à tiroirs. Tu es à la bourre ?

— Salut, vous deux ! Non, je vérifie juste la presse locale. Tenez, voici encore un exemple des âneries qui se disent dans cette ville de dingues.

De l'ongle, elle tapota sur l'écran, désignant un gros titre sur la brochure d'accueil réservée aux touristes visitant « Smallville, Capitale des météores ».

— Abrutis ! maugréa-t-elle. Pour commencer, il faudrait dire « Capitale des météo*rit*es ». Les météores, ce sont les objets qui voyagent dans l'espace. Une fois qu'ils se sont écrasés sur la Terre, ils deviennent des météorites !

— Pour plus de précision, renchérit Clark, tant qu'ils sont dans l'espace, ce sont des météorides mais, pour être honnête, je ne suis pas sûr que la NASA continue à les appeler comme ça.

— Merci du renseignement, monsieur La Science. Cela dit, notre bulletin ferait mieux de parler de la « Capitale des secrets » !

— Je n'y crois pas ! s'exclama Pete en se laissant tomber sur une chaise. Tu en es encore là ?

— Mais c'est la vérité, tu le sais bien ! Depuis que ces roches spatiales sont tombées sur la région, Smallville renferme plus de secrets inavoués qu'aucune autre ville d'ici à Métropolis.

Pete eut un petit rire méprisant.

— Secrets inavoués… on se croirait dans une série à la télé !

— Parfaitement ! Il se passe tellement de choses à Smallville qu'il y aurait de quoi tourner des centaines d'épisodes genre *Peyton Place* en plus fantastique.

— *Peyton*… C'est quoi, ce truc ?

— Un classique de la littérature, du cinéma et de la télévision, espèce d'ignare !

— Là tu es un peu dure, intervint Clark. Ça remonte aux années cinquante, quand nos parents avaient encore leurs dents de lait.

— N'empêche que toi tu connais. Je parie que Lana l'a lu.

— Euh…

— Tu vois ! s'écria Chloé avec un sourire amer.

Clark ne jure que par Lana depuis le collège. Du

coup, il ne me considèrera jamais que comme un de ses potes. Je n'ai aucune chance face à la reine des pom-pom girls... même si c'est une reine déchue. Lana avait dû quitter l'équipe des majorettes à la suite du renvoi d'une partie des joueurs de football qui avaient triché à un examen. Chloé n'en revenait toujours pas.

— Vous vous rendez compte, reprit-elle, que depuis le début de l'année, on a eu au moins six personnes transportées dans un hôpital de Métropolis ? Et presque autant de morts... dont la moitié depuis le bal de fin d'année.

— On ne risquait pas de l'oublier, soupira Pete.

Penché sur la corbeille, il en tira un vieux papier qu'il se mit à plier.

— Je n'aurais jamais cru qu'il se passe des trucs pareils au lycée.

— Voilà ! On a tous été témoins de trucs bizarres ! Pourtant, il faudrait passer au peigne fin les archives du *Smallville Ledger* pour à peine subodorer la *moitié* de ce qui s'y passe. A croire que notre soi-disant journal n'enquête jamais sur les événements de cette ville ! Et pourquoi, selon vous ?

— Je ne sais pas, avoua Clark. D'après toi ?

Chloé leva la tête de son écran.

— Je n'en suis pas certaine mais j'ai une théorie. Tiens, jette un coup d'œil sur le site du *Ledger*.

Elle tourna l'écran en direction des deux garçons et pointa le coin supérieur droit.

— Regardez : un lien direct avec le site officiel de la LuthorCorp.

— Et alors ?

— C'est le plus gros annonceur du *Ledger*. Je parie

que le journal ne publie pas un article sans l'accord de Lionel Luthor.

— Arrête ! Tu as oublié les gros titres quand on a accusé son fils d'avoir dévalisé la Banque de Smallville ?

— L'exception qui confirme la règle, Clark ! Ça s'est passé en plein jour devant dix témoins. Le *Ledger* pouvait difficilement le passer sous silence. Mais ils ont été les premiers à publier un démenti quand il s'est avéré que Lex Luthor se trouvait à Métropolis ce jour-là. N'empêche, ils ont « oublié » de préciser que celui qui s'est fait passer pour Lex était un *mutant* !

— Reconnais que ça fait…

Clark cherchait le mot adéquat.

— Bizarre ? s'exclama Chloé. Tu veux dire bizarre ! Pourtant, c'est vrai ! Tu as bien vu Tina Greer se changer en Lana puis en Whitney Fordman !

— Oui, mais…

— La police est forcément au courant, et les gens du *Ledger* aussi. Mais personne n'osera jamais le publier.

Chloé s'adossa à sa chaise, les bras croisés, comme si elle le défiait de dire le contraire.

— Je parie qu'il y a du Lionel Luthor derrière tout ça. Il est le seul à posséder une telle influence.

Pete envoya voler l'avion en papier qu'il venait de fabriquer.

— Sauf peut-être Lex.

— N'exagérons rien !

— Attends, Clark, réfléchis ! s'emporta son ami. Tu te rappelles le fantastique feu d'artifice qu'il a préparé pour ta soirée ? On n'a pas vu un flic pointer le bout de son nez.

— D'accord, il a de l'influence, mais il est réglo. Il a tenu tête à son père et sauvegardé des quantités d'emplois à l'usine. Tiens, Chloé, sans lui ton père pourrait bien être au chômage. Et qui a offert tous ces ordinateurs pour le labo d'informatique ?

— C'est bon ! coupa Pete. Je sais que vous êtes potes depuis que tu l'as sauvé de la noyade mais tu es sûr de si bien le connaître que ça ?

— Et Chloé ? Et moi ? Tu crois si bien nous connaître ? J'ai été adopté. Même *moi* j'ignore qui sont mes parents biologiques.

— Hé, les garçons ! intervint Chloé en levant la main. Pardon de vous interrompre, mais j'étais en train de vous expliquer…

— Quoi ?

— Que notre chère presse locale n'a pas trop l'air concernée par ce qui se passe. Et c'est là que j'interviens.

Clark jeta un regard en coin vers Pete.

— J'ai peur de deviner.

— Moi aussi, mais il ne faut pas hésiter à poser la question. Allons, ma chère reporter, qu'est-ce que tu as derrière la tête ? Je croyais que le principal t'avait conseillé de mettre la pédale douce sur le paranormal dans le journal du lycée.

— Dans le journal, oui. Il a très exactement dit : « n'imprimez que ce que vous pouvez prouver ». Que je sache, un site Internet n'a rien d'un imprimé. Donc, je viens d'établir une petite liste des dernières bizarreries découlant des chutes de météorites. Regardez-moi ça !

Clark émit un sifflement d'admiration.

— Tu as tout mis en ligne ! Quel travail ! Tu vas aussi raconter que je suis un extraterrestre ?

— Arrête ! C'était le seul moyen pour moi de ne pas me laisser censurer.

Pete semblait dubitatif.

— C'est vrai qu'on est tous au courant de ces histoires. J'étais là quand on a trouvé une partie des corps. Mais à force de ne parler que de ça, les gens vont penser au canular. Personne ne voudra plus nous croire.

*
* *

Après un vivifiant plongeon dans la piscine du motel, Donald Jacobi regagna sa chambre où il trouva son associé assis devant son portable.

— Jimmy ? Tu cherches quelque chose ?

— Je voulais vérifier si tu avais obtenu un contact à Smallville.

Rasé de près, Jimmy Wolfe paraissait en meilleure forme qu'avant sa sieste mais il ne pouvait cacher sa stupéfaction.

— Je… je ne m'attendais pas à ces… ces âneries !

Le site de Smallville était barré d'un slogan des plus explicites : « La cité de l'étrange ». L'auteur avait signé : Chloé Sullivan.

— Pas des âneries, rectifia Donald par-dessus son épaule. De perspicaces analyses.

— Et c'est pour ces… inepties que tu as voulu ficher en l'air notre tournée ? s'emporta Wolfe.

— Je t'avais déjà montré ce site.

— J'étais à moitié endormi ! Tu vois bien qu'on n'a là que les élucubrations d'une collégienne ! Tu m'as réveillé et tu m'as fait passer la moitié de la nuit à t'organiser des réunions sous chapiteau pour ÇA ?!

— Calme-toi. Tu vas nous faire une attaque. Tu penses bien que je ne me suis pas contenté d'un simple site. Mais le travail de la petite Sullivan m'a orienté dans les bonnes directions. Comme je te l'ai déjà dit, j'ai vérifié à peu près tous ces phénomènes sur les sites de la presse locale. J'ai également fait des recoupements avec certains articles parus dans le *Daily Planet* de Métropolis et auprès de leur principal concurrent, l'*Inquisitor*.

— L'*Inquisitor* ? s'exclama Wolfe. Tu parles d'une référence ! Ils ne s'intéressent qu'aux scandales.

— Ils ont un style plutôt exubérant, en effet, mais leurs reportages ne sont pas sans fondement. Parfois même beaucoup mieux renseignés que ceux du *Daily Planet*. De toute façon, j'ai pu vérifier l'existence de ces curieuses « histoires de mutants ». Les survivants ont été admis dans plusieurs hôpitaux de la région et le personnel se montre des plus discrets sur leurs patients.

— Ce qui ne prouve rien.

— Sans doute, Jimmy. Il se peut que tout ça soit du pipeau. Mais, quand on lit entre les lignes, on s'aperçoit que ce n'est pas le cas. Non, je crois qu'il s'est bel et bien passé quelque chose dans ce trou perdu, une chose que les autorités refusent de voir en face. Ce n'est peut-être pas aussi bizarroïde que le prétend la petite Sullivan… mais elle y croit dur comme fer. Alors les autres y croiront aussi, comme ils croient tout ce que je leur enseigne depuis des années.

— Je ne sais pas, Donald… Là, on s'éloigne de l'alignement cosmique des esprits ou des séminaires de purification des auras. Il y a trop de facteurs de risque.

— Comme toujours, non ? Il faut continuer. Si ces météorites ont un sens, c'est là que nous le trouverons. On ne peut pas laisser passer ça. Sans compter que je suis déjà entré en contact avec la banque. Ils nous prêtent exactement le terrain dont on a besoin pour le chapiteau. Ils n'attendent plus que notre signature.

— Quelle signature ? Où ça… ?

Jacobi tapota le couvercle de son portable :

— Tout est là. Maintenant que je t'ai débroussaillé l'affaire, tu n'as plus qu'à fignoler. Nous avons jusqu'à vendredi pour finaliser.

— Vendredi…

Wolfe se passa une main sur le front.

— Je deviens trop vieux pour ces plaisanteries, marmonna-t-il.

— Ne dis pas de bêtises ! Tu es plus jeune que moi ! Nous sommes encore dans la fleur de l'âge.

Le ton mielleux de Jacobi masquait mal sa détermination d'acier.

— N'oublie jamais qu'on roule ensemble, Jimmy ! Qu'on est associés pour la vie.

— C'est ça… associés…

N'empêche que c'est toi qui tires les ficelles.

— Voilà ce que je veux entendre ! conclut Donald. Maintenant, au travail ! Nous avons beaucoup à faire ces jours-ci.

4

Ce vendredi après-midi, Clark Kent ne pouvait détacher ses yeux de la grosse horloge de la salle d'étude. Il avait terminé ses devoirs depuis une demi-heure et la cloche n'allait pas sonner avant plusieurs minutes. *J'aurais mieux fait d'apporter un autre bouquin... ou un magazine*. Machinalement, il observait les mouvements électriques derrière le cadran. Jour après jour, il trouvait plus facile de voir à travers les objets. *Pas besoin de lunettes à rayons X. Il me faut juste un peu plus d'entraînement.*

S'adossant à son siège, il regarda de l'autre côté du mur ce qui se passait dans le corridor. M. Weedmore apportait une boîte de sourdines de trompette dans la salle de musique. En se concentrant davantage, Clark vit le squelette du professeur et les broches qui lui restaient dans la jambe à la suite d'une blessure récoltée au Viêt-nam. M. Weedmore passa devant un autre squelette qui semblait flotter dans les airs. Clark reprit sa vision normale pour constater qu'il s'agissait de Will Grady, un appariteur, perché sur une vieille échelle de bois. *Qu'est-ce qu'il fabrique ? Difficile à dire vu sous cet angle. Il doit réparer le système d'éclairage de secours*. L'appariteur descendit pour aller s'installer un peu plus loin ; tout d'un coup, il rebroussa chemin et s'éloigna, comme pour répondre à un appel. Clark se rendit alors compte qu'il laissait son échelle beaucoup trop près de la porte du laboratoire.

Soudain, la cloche sonna.

Alors que ses camarades rassemblaient leurs affaires, Clark se précipita vers la sortie à l'instant où la porte du labo claquait contre le pied de l'échelle. Celle-ci se mit à osciller, heurtant une caisse à outils abandonnée en haut de l'escalier et qui tomba droit vers la tête d'une fille en train de quitter une classe voisine. Complètement inconsciente du danger.

Clark fonça dans sa direction avec l'impression qu'autour de lui tout bougeait au ralenti. La caisse se trouvait à quelques centimètres de la fille lorsqu'il l'intercepta et, dans son élan, l'emporta une dizaine de pas plus loin. Alors, seulement, il s'arrêta, déposa son fardeau et se retourna. Les élèves circulaient autour de lui à une allure normale. La fille avait levé la tête, étonnée, et se passait une main dans les cheveux. Personne ne semblait faire attention à lui, tout s'était passé trop vite. Comme si de rien n'était, il regagna la salle d'étude.

Une voix l'interpella :

— Clark ?

— Lana… salut ! Qu'est-ce que tu deviens ?

— Je voulais que tu sois le premier à l'apprendre : je viens d'avoir un A en algèbre.

— Bravo ! Mais ça ne m'étonne pas. Je t'avais dit que tu réussirais.

— Oui, mais je n'étais pas trop sûre de moi, jusqu'à

ce que tu me fasses réviser. Maintenant, je me sens beaucoup plus à l'aise devant mes équations. Grâce à toi.

— Ça me fait plaisir.

Il ne connaissait personne avec un si joli sourire. Voilà des années qu'il se le disait.

Il se souviendrait toujours de la première fois où il avait aperçu Lana Lang, à l'autre bout de la cafétéria bondée du collège. Elle avait de beaux cheveux brillants et souples, d'un extraordinaire auburn foncé. Jusque-là, il avait considéré ceux de sa mère comme les plus beaux du monde. *Pardon, maman, là tu es battue*. Tout en parlant avec une amie, Lana s'était retournée et il était tombé instantanément amoureux.

Une semaine plus tard, le temps de s'armer de courage, il l'avait abordée. Jamais il ne l'avait entendue lancer quoi que ce soit de méchant à personne – en sept jours, il n'avait pratiquement pas lâché sa trace –, aussi se sentait-il assez rassuré pour oser lui dire bonjour et se présenter. Mais, lorsqu'il se trouva assez près d'elle pour remarquer ses incroyables yeux verts, il trébucha et s'étala de tout son long.

Lana avait été très gentille, faisant taire les rires qui fusaient et l'aidant à ramasser ses livres. Ce qui ne fit évidemment qu'empirer la situation. A demi paralysé, le souffle court, Clark avait dû battre en retraite, plus humilié que dans ses pires cauchemars. S'il l'avait pu, il se serait caché à jamais dans un trou de souris.

Pourtant, le mois suivant, il tenta de revenir à la charge, à plusieurs reprises, mais chaque fois il échoua, le front trempé de sueur, les jambes flageolantes.

Jonathan avait tenté de le rassurer :

— Tu dois comprendre que tu es à l'âge où les garçons deviennent des hommes et les filles des femmes. Comme les oiseaux ou les abeilles…

— Papa ! On est dans une *ferme*. On a déjà parlé de ces choses-là. Et je te signale qu'on a eu des cours d'éducation sexuelle dès l'école primaire.

— Heu… oui. Bon. J'avais oublié qu'on était si précoce, de nos jours.

— Et mon problème ? Tu crois que ça vient d'un déséquilibre hormonal ?

— Pas exactement. Vois-tu, à ton âge on traverse bien des transformations et il faut un certain temps pour s'y habituer. Il est normal que tu te sentes un peu déboussolé devant une jolie fille. Tu n'as pas à t'inquiéter.

Certes, mais Jonathan se trompait sur un point : l'embarras de Clark devant Lana n'était pas à mettre sur le seul compte des troubles de l'adolescence. Il provenait avant tout de son collier.

Pendant des années, Lana avait porté un mince cristal vert sur une chaîne, le débris d'une de ces météorites qui avaient frappé Smallville quand elle était petite. Elle ne l'avait enlevé que depuis quelques mois et, dès lors, Clark avait pu approcher la jeune fille et entretenir des conversations normales avec elle. A plusieurs reprises, elle lui avait même confié quelques secrets, lui parlant de ses parents, du collier et…

*
* *

— Lana !

La voix de Whitney Fordman rompit le charme.

— Je te cherchais partout ! Oh, salut, Kent !

— Salut.

Clark s'efforça de garder le sourire devant l'élève de terminale qui s'approchait à grandes enjambées. C'était un solide gaillard, attaquant de l'équipe de football, presque aussi imposant que Clark, très populaire et – plus grave – le premier petit ami de Lana.

— Whitney ?

Devant son regard sérieux, la jeune fille parut s'inquiéter :

— Qu'est-ce qui se passe ?

— Tu savais que Stuart Harrison était retourné à l'hôpital ?

— Oui… oh !

Elle se rapprocha de lui, lui posa une main sur le bras :

— C'est grave ?

— Très. On ne peut plus grave.

Visiblement atteint, il baissa les yeux en poursuivant :

— On lui a trouvé de nouvelles tumeurs au cerveau. Enormément. Les médecins disent qu'ils ne peuvent plus rien pour lui. Alors il a préféré rentrer chez ses parents pour… le temps qu'il lui reste à vivre.

Il essuya vivement une larme qui lui perlait au coin de l'œil.

— C'est l'horreur !

Lana le serra dans ses bras.

— Je sais.

— Je le connais depuis le jardin d'enfants ! Le mec le plus sympa qui soit. C'est injuste !

A son tour, Clark lui posa une main sur l'épaule.

— C'est injuste pour tout le monde.

Whitney parut presque surpris de le voir à ses côtés, comme s'il l'avait oublié.

— Ouais, tu as raison, Kent. Ce qui arrive à Stuart, je ne le souhaiterais pas à mon pire ennemi.

Lana se mordit les lèvres :

— Si seulement on pouvait faire quelque chose !

— Je ne vois pas quoi, ma puce. Les médecins lui donnent ce qu'il faut pour ne pas trop souffrir. Les gars de l'équipe comptent lui rendre visite, lui apporter des cassettes vidéo marrantes pour le faire rire...

— Bonne idée ! approuva Clark. Et ses parents, comment réagissent-ils ?

— De leur mieux, mais ils souffrent. En plus, ma mère a dit que toutes leurs économies y sont passées et qu'ils ont dû hypothéquer leur maison pour continuer de payer le traitement.

— Et si on se cotisait pour les aider ? Au moins, ils garderaient leur maison. C'est déjà assez terrible comme ça...

— Excellente idée, Clark ! s'écria Lana en sortant un carnet. On pourrait commencer par donner une soirée à leur profit... on ferait venir plusieurs groupes... je suis certaine d'obtenir l'appui du Conseil des étudiants...

— C'est vrai ! approuva Whitney. Et puis Stuart serait content d'apprendre que ses parents n'ont plus de soucis d'argent.

— On va demander au principal si on peut utiliser la salle de spectacle, poursuivit Lana en prenant des notes. Il faudrait déjà organiser une réunion pour mettre toutes nos idées à plat... disons après les cours au Salon bar. Whitney... ?

— J'aimerais bien, ma puce. Je pourrai te déposer mais je dois travailler au magasin, ce soir.

— Ce n'est pas grave. Quand on improvise, on fait ce qu'on peut. Et toi, Clark, tu pourras venir ?

— Euh, oui… Non, attends… ! J'ai promis à M. Ambrose de l'aider à préparer le labo de biologie pour les expériences de la semaine prochaine.

Il faisait de son mieux pour cacher sa déception. *Si Whitney savait comme je flippe, il remuerait ciel et terre pour se chercher un remplaçant au magasin.*

— Cela dit, ajouta-t-il, je n'en aurai sans doute pas pour longtemps. Si tu as besoin d'un coup de main, je m'arrangerai pour te rejoindre.

— Ce serait super, Clark. Il va y avoir tellement de choses à organiser ! Et on a intérêt à se dépêcher. A tout à l'heure.

— Ouais, à plus, Kent.

— A plus.

Clark regagna la salle d'étude pour y récupérer son sac. *Pour une fois, ce n'est pas moi qui me retrouve le bec dans l'eau à regarder Lana s'éloigner au bras de Whitney.*

La cloche sonna la fin du dernier cours et Clark prit la direction des laboratoires. Il traversait le vestibule lorsqu'il aperçut Lana et Whitney, bras dessus, bras dessous. Il ne put s'empêcher de les suivre des yeux jusqu'au parking où les attendait la camionnette de Whitney.

Lana sortait avec celui-ci depuis le début de sa première année de lycée. *Facile de comprendre pourquoi. C'est l'enfant chéri de Smallville, champion de foot-*

ball, fils de riches commerçants... ce n'est pas un fermier comme moi qui risque de le détrôner. Whitney et Lana avaient déjà rompu une ou deux fois mais ils finissaient toujours par se réconcilier. Même après le coup du « Supplice de l'Epouvantail ».

C'était une vieille tradition du lycée. Personne ne savait exactement à quand elle remontait, car rares étaient les élèves qui en parlaient ouvertement. Avant le grand match de fin d'année, quelques joueurs sélectionnaient un nouveau, l'entraînaient à Riley Field, le déshabillaient pour ne lui laisser que ses sous-vêtements, lui dessinaient un « S » sur la poitrine et le pendaient à un poteau comme un épouvantail. Petit rituel qui avait la réputation de porter bonheur à l'équipe.

La semaine précédant le dernier match, Whitney avait surpris Clark en train de discuter avec Lana devant chez elle. Fou de rage, il l'avait alors désigné comme le prochain Supplicié.

En temps normal, la chose n'aurait pas dû se produire. Clark était assez fort pour se défendre contre tous les joueurs réunis. Mais, à l'époque, Whitney portait le collier de Lana en guise de talisman. Paralysé par le rayonnement du cristal, Clark était tombé comme une masse. Whitney et deux de ses acolytes l'avaient alors attaché dans le champ voisin de l'usine d'engrais chimiques de la LuthorCorp après lui avoir glissé, ultime dérision, le collier de Lana autour du cou.

— Profites-en, avait raillé Whitney, parce que c'est tout ce que tu obtiendras jamais d'elle.

Le pire étant qu'il avait presque raison. Ce cristal vert m'a laissé à moitié mort. En général, si le Supplicié ne parvenait pas à se libérer lui-même, les autres venaient le délivrer après le match. Mais il arrivait que l'équipe, tellement fière d'avoir gagné, en oublie sa victime jusqu'au lendemain matin. *Si Lex n'était pas passé par là, je ne sais pas comment tout ça aurait fini.* En fait, Lex Luthor ne l'avait trouvé que tard dans la soirée. Il s'escrimait à le détacher lorsque le collier tomba assez loin pour que Clark n'en subisse plus l'influence. Celui-ci recouvra aussitôt sa forme.

En apprenant l'incident, Lana a rompu avec Whitney. Devant l'entrée, Clark la regardait s'éloigner dans l'étincelante camionnette toute neuve de Fordman. *C'est vrai qu'ils ont assez vite renoué. Mais Whitney a démoli quelques voitures... avant d'apprendre que son père était cardiaque... et que lui-même ne recevrait pas de bourse pour l'université du Kansas. On dirait qu'il n'en finit pas de payer pour cette mauvaise plaisanterie.*

A la vieille horloge du vestibule, l'aiguille des minutes avança dans un déclic retentissant comme pour rappeler à Clark que M. Ambrose l'attendait. Il se détourna de la fenêtre et se dirigea vers le laboratoire. *Oui, peut-être que Whitney a connu quelques galères mais ce n'est rien, comparé à Stuart. Whitney a toute la vie devant lui... comme nous autres.*

*
* *

A mi-chemin entre Métropolis et Smallville, une Lamborghini Diablo 6.0 de couleur jaune d'or longeait le mont Argonia. L'ancienne route filait tout droit dans la plaine et, entre les champs de maïs, la voiture eut tôt fait de dépasser la vitesse limite. Au volant, Lex

Luthor glissa un disque compact dans le lecteur qui se mit bientôt à hurler la « Chevauchée des Walkyries ».

Lex sourit. *La vie est belle ! J'ai réussi à filer et à rentrer sans tomber sur mon père. Rien ne pourra plus me gâcher cette journée.*

C'est alors qu'il aperçut les semi-remorques.

Il y en avait au moins deux, à trois kilomètres à peine devant lui, qui avançaient comme des escargots dans le seul virage ou presque de tout le trajet. S'il avait encore été sur l'autoroute, Lex les aurait avalés en klaxonnant, mais là, il savait que sur cette vicinale à double voie, il risquait une mauvaise surprise. Ecrasant ses freins, il rétrograda pour aller se glisser sagement derrière les camions. A peine était-il rangé qu'une vieille camionnette chargée de sacs d'engrais les croisa. Dans son rétroviseur, Lex avait eu le temps de repérer le logo familier de la LuthorCorp.

Je n'aurais pas aimé mourir comme ça, au milieu d'une cargaison des produits de l'entreprise, surtout du fumier...

Il poussa deux grands soupirs et ralentit encore pour augmenter l'écart qui le séparait du semi-remorque, lisant machinalement les lettres dorées qui en ornaient les doubles portes arrière. ACCOMPLISSEZ VOTRE DESTINÉE ! Au milieu, un curieux dessin évoquait une sorte de chaîne incurvée. D'ailleurs, l'adresse e-mail du dessous le confirmait : www.chaînecosmique.com. A la réflexion, Lex s'aperçut que cela rappelait également une hélice d'ADN. *Qu'est-ce qu'ils peuvent bien vendre, ceux-là ? Où est-ce qu'ils se rendent ?*

Lex arrêta son lecteur de CD pour se brancher sur la bande CB.

— Mère Cane à Caneton… tu as vu la bagnole qui nous suit ?

— Oh oui ! Je veux ! Joli monstre ! Qu'est-ce que tu en dis ?

Lex tira de la poche de son siège un casque sans fil et brancha le micro.

— Cibiste un-neuf, vous me recevez, les canards ? C'est une Lamborghini Diablo 6.0.

— Ici Mère Cane… comment va ? Où es-tu ? Quel est ton indicatif ?

— C'est moi qui conduis la Diablo. Vous pouvez m'appeler…

D'un geste acerbe, il passa une main sur son crâne chauve et ajouta :

— … M. Propre. Et vous, où est-ce que vous allez ?

— Tout près, monsieur Propre. Sur la carte, ça s'appelle Smallville. Tu connais ?

Lex réprima une exclamation d'agacement.

— Plutôt. C'est là que je vais, moi aussi. Vous permettez que je passe ?

— Vas-y. Il n'y a que nous et un camping-car devant. La voie est libre. Donne un bon coup de pédale et tu passeras comme une lettre à la poste. D'ailleurs, j'ai bien envie de voir ce que tu as dans le ventre !

— Merci, les canards.

Il prit la voie de gauche et accéléra d'un léger coup de pied, dépassa en trombe la caravane qui ne lui sembla plus faire que du sur-place. Quelques secondes plus tard, elle n'occupait plus qu'un quart de son rétroviseur.

— Bon séjour à Smallville ! lança-t-il en guise d'adieu.

Loin derrière, les semi-remorques répondirent par des appels de phare et des coups de klaxon.

— Hein ?

Sur le siège passager du camping-car, Donald Jacobi s'éveilla juste pour apercevoir la Lamborghini qui disparaissait à l'horizon.

— Qu'est-ce que c'est ?

Au volant, Jimmy Wolfe en restait bouche bée.

— Je ne suis pas sûr. Mais c'était doré, avec des roues.

5

Clark consulta sa montre et dévala les marches du lycée tout en calculant mentalement le temps qu'il lui faudrait pour parvenir au Talon bar. Certes, il pourrait s'y rendre en moins d'une minute mais pas question de traverser Smallville à pleine vitesse. Heureusement, entre le lycée et le centre-ville, il restait encore quelques zones inhabitées à travers lesquelles il aurait le loisir de galoper sans être vu.

Il allait traverser le parking lorsqu'un klaxon trompeta derrière lui. Il se retourna pour apercevoir la belle voiture jaune d'or qui s'arrêtait à quelques pas. *Ce ne peut être que Lex.* La portière avant s'ouvrit à son passage.

— Salut, là-dedans ! lança-t-il.

— Salut, dehors ! Je me doutais que c'était toi, Clark. Je te dépose ?

— D'accord.

Il se glissa sur le siège de cuir, poussa un grand soupir.

— Elle est trop belle, cette caisse !

— Rien n'est trop beau, commenta Lex en actionnant la fermeture automatique.

La Lamborghini effectua un demi-tour sous les regards envieux ou admiratifs de quelques professeurs arrêtés devant leurs humbles véhicules.

— Alors, où va-t-on ?

— Au Talon.

— Bien vu, pour moi, ce sera un cappuccino.

— On peut savoir à quelle vitesse vont ces engins-là ?

— Disons largement au-dessus des limites autorisées.

— Je parie que tu as déjà essayé.

Lex se mit à rire.

— Tu aurais dû me voir, tout à l'heure. J'aurais pu avoir le prix de conduite pépère.

Clark lui lança un regard sceptique.

— Je t'assure ! poursuivit Lex. J'ai même gardé mes distances avec un camion.

Il s'arrêta en souplesse au carrefour, vérifiant bien si la voie était libre avant de s'engager dans l'avenue.

— Sérieux, acheva-t-il. Je sais que j'ai le pied lourd mais je fais des efforts.

— Bravo ! Continue.

Parce que la prochaine fois que tu tomberas d'un pont...

— On n'est jamais sûr de rien dans la vie, Clark. Si jamais je piquais encore une tête dans l'eau, tu ne serais pas forcément là pour me repêcher.

Clark cligna des yeux.

— C'est exactement ce que je me disais.

— Tu vois, les grands esprits se rencontrent.

— Ça m'en a l'air.

Encore que... Clark observait son ami à la dérobée

en songeant à l'incident qui avait vu leur première rencontre. Ce jour-là, tu as eu l'occasion de te rendre compte que tu étais mortel tandis que je prenais conscience de ma différence...

*
* *

L'accident avait eu lieu quelques mois auparavant, le jour où Lex Luthor prenait ses fonctions de P.D.-G. de l'usine d'engrais de la LuthorCorp. Clark traînait sur le pont de l'Old Mill, perdu dans ses pensées, lorsqu'il fut dépassé par un camion qui tressauta sur un nid-de-poule et perdit un rouleau de barbelés à l'instant où une Porsche arrivait en sens inverse.

Lex était au volant, en train de répondre à son téléphone cellulaire, si bien qu'il ne réagit pas immédiatement à l'obstacle hérissé qui se dressait soudain devant lui. Il freina trop tard et heurta le rouleau qui fit éclater ses deux pneus avant. Dans une embardée, la voiture s'envola droit sur Clark. Les deux jeunes gens se figèrent et, un quart de seconde, leurs regards se croisèrent.

Lex ne conservait pas un souvenir précis de ce qui se passa ensuite, mais Clark se le rappelait très bien. La Porsche le heurta avec la violence d'un coup de poing de deux tonnes, l'envoyant dinguer par-dessus la passerelle. En pleine chute, il aspira machinalement une longue goulée d'air puis plongea, immédiatement suivi par la voiture.

Sous l'eau, il lui fallut quelques instants pour reprendre ses esprits. Le courant était glacial mais Clark ne le sentit pas ; alors qu'il se retournait en tâchant de s'orienter, il vit la Porsche le nez écrasé dans la vase et, à travers le pare-brise éclaté, le chauffeur inconscient, la tête dodelinant sur l'airbag qui se dégonflait.

En deux brasses, il atteignit la voiture, enfonça le haut du pare-brise, saisit le toit et l'arracha à pleines mains, du premier coup, comme s'il ouvrait une vulgaire boîte de sardines. Ensuite, il se glissa à l'intérieur, détacha le conducteur et le remonta vers la surface.

Lex avait les lèvres bleues lorsque Clark l'étendit sur la rive. Rassemblant ses souvenirs de secouriste, il s'agenouilla devant le jeune homme chauve et lui poussa la tête en arrière. *Les voies respiratoires ont l'air dégagées, pourtant il ne respire pas.* Il lui pinça le nez et, aspirant une autre goulée d'air, la lui souffla dans la bouche. Il lui tâta le pouls mais ne sentit rien. Joignant alors les mains, il les appuya sur le sternum de Lex et poussa, à plusieurs reprises, de plus en plus fort.

— Allez ! Ne meurs pas comme ça !

Une dernière pression et Lex tressaillit, détourna la tête pour cracher l'eau qui lui encombrait les poumons. Grelottant de froid et d'émotion, il regarda autour de lui mais il lui fallut un moment pour reconnaître Clark. Il écarquilla les yeux :

— Je croyais que je vous étais entré dedans.

— Il faut croire que non, ou je serais mort à l'heure qu'il est.

Clark considérait pensivement le pont et la balustrade enfoncée. Tout d'un coup, il prit conscience de l'énormité de ce qui venait de se passer. Un froid mordant le fit frissonner, comme s'il ressentait après coup le choc de l'eau glacée. Il regarda ses paumes qui avaient agrippé le toit hérissé de verre brisé et de métal acéré. Pas une égratignure. Aucune sensation de douleur dans la poitrine, si ce n'était une légère contraction sans doute consécutive au choc avec la Porsche. Mais ni sang, ni côtes brisées. Abasourdi, il en tomba sur les genoux, chancela et parvint à s'asseoir au lieu de tomber en avant sur le sol rocailleux.

Lex, de son côté, venait de se redresser, tremblant de tous ses membres dans le vent qui soufflait sur ses vêtements mouillés.

— Ça va ?

— Oui, souffla Clark d'une voix qu'il ne reconnut pas. Oui, ça va.

Ça allait même très bien. Et c'était justement ce qui le mettait dans cet état.

Jamais il n'avait subi d'accident de cette envergure. En grandissant, il s'était rendu compte qu'il était plus fort, plus rapide, plus solide que les autres enfants. Ses parents lui recommandaient régulièrement de ne pas faire étalage de son exceptionnelle robustesse, de ne pas attirer l'attention sur lui – et il obéissait. Mais, jusque-là, il n'avait pas eu conscience de posséder une telle résistance.

Lorsque le shérif adjoint et les secouristes arrivèrent, ils enregistrèrent sans broncher le récit de Clark, à savoir qu'il était sur le pont lorsqu'il avait vu Lex perdre le contrôle de sa voiture, qu'il avait plongé et sorti le jeune homme de l'eau.

— Ça s'est passé très vite, conclut-il pour tout commentaire.

Inutile d'en rajouter. De toute façon, personne ne l'aurait jamais cru.

*
* *

... *A l'époque, je n'y croyais pas moi-même.*

— Je te dois toujours la vie, murmura Lex.

— Mais non ! D'ailleurs, tu m'as bien délivré du Supplice.

Lex secoua la tête.

— Quand je pense que tu n'as pas porté plainte contre ces abrutis ! Tu es vraiment trop bon.

— Ne t'en fais pas. Je me suis bien rattrapé depuis.

Au bal de fin d'année, alors que Whitney et sa bande s'amusaient à l'intérieur, Clark, ayant trouvé leurs camionnettes garées dans le parking du lycée, n'avait pu s'empêcher de les empiler les unes sur les autres comme des crêpes. Le garagiste local n'eut pas assez de sa dépanneuse pour les remettre à terre. Il y fallut une grue. *Je me suis rattrapé à ma façon.*

La Lamborghini ronronnait au milieu des rues de Smallville.

— Tout le monde nous regarde, observa Clark.

— C'est normal. Ne t'inquiète pas, personne ne te voit à travers les vitres teintées. Tu peux leur faire la grimace si tu veux.

— Ça t'arrive… ?

— Pas depuis un moment, répondit Lex en souriant. Mais, au début, quand j'ai perdu mes cheveux… je n'arrêtais pas. Pendant deux ans, j'ai morflé. Les gens me croyaient en pleine chimio mais, dès qu'ils comprenaient que ce n'était pas ça, j'avais droit aux « crâne d'œuf » et à tout le reste.

— Les enfants sont cruels.

— Oui, les enfants aussi.

Lex s'arrêta à un feu.

— Mais j'ai appris à ne plus y faire attention, ajouta-t-il. Avant, on m'appelait « Rouquin » ou « Loco ».

— « Rouquin », je comprends, mais pourquoi « Loco » ?

— Pour locomotive. Parce que j'avais de l'asthme.

— Je ne savais pas.

— J'en ai usé des inhalateurs ! Mais maintenant c'est fini. Comme par hasard, à peu près depuis que j'ai perdu mes cheveux. Je me demande si ça n'a pas quelque chose à voir avec cette fichue pluie de météorites.

Clark savait que Lex avait visité Smallville quelques années auparavant. Il était arrivé avec son père, Lionel, qui venait conclure une affaire dans la région. Alors que celui-ci signait le contrat d'achat de l'usine de traitement du maïs de la famille Ross, Lex s'était promené dans les champs. *Et c'est à ce moment que les météorites sont tombées*. La première chute eut lieu à quelques pas du garçon qui s'en sortit mais perdit ses cheveux.

— Alors tu crois que les météorites ont guéri ton asthme ?

— Possible. Ou alors ça m'a passé avec l'âge. Mais je suis sûr que ton amie Chloé préférerait la première version.

— Et de loin ! C'est drôle, je n'aurais jamais cru que tu fasses partie de ses phénomènes postmétéorites.

— « Phénomènes postmétéorites » ! Merci quand même ! C'est le plus beau compliment que j'aie reçu ce mois-ci. Je comprends pourquoi ta séduction opère si bien sur les filles.

— Je ne voulais pas…

— Je plaisante, Clark. J'avais bien compris. Ce n'est pas toujours facile d'être mon ami, n'est-ce pas ?

— Ça me change un peu. Cette voiture doit coûter plus cher que les maisons de mes autres amis.

— Ça te « change » ? Décidément, quel tact ! Tiens, on arrive…

Lex se gara souplement le long du trottoir, à quelques mètres de l'entrée du Talon, « … le meilleur café-bibliothèque de Smallville ».

Ils sortirent de la Lamborghini sous les coups de klaxon des deux semi-remorques que Lex avait dépassés sur la route. Il sourit et leur envoya un signe.

Abasourdi, Clark demanda :

— Ce n'est pas le jingle de la pub de M. Propre qu'ils ont scandé ?

— Quelle oreille !

— Tu les connais ? Tu as vu leur chaîne cosmique ? Qu'est-ce que ça veut dire ?

— Je ne sais pas mais j'ai bien l'intention de le découvrir.

*
* *

Le camping-car se gara le long du trottoir en plein Smallville. Jimmy Wolfe passa la tête par la fenêtre et cria au conducteur du premier semi-remorque :

— On n'en a pas pour longtemps. Vous voyez le *Grand Restaurant*, au bout de la rue ? Vous devriez aller nous y attendre, on vous retrouvera dès que les papiers seront signés.

— Entendu. C'est vous le patron.

— Si c'était moi le patron, on ne serait pas ici, maugréa Wolfe pour lui-même.

Dans le rétroviseur, il vit Jacobi qui sortait des toilettes du camping-car.

— Prêt ?

— Tout beau, tout propre pour aller discuter affaires. Viens, nous n'allons pas faire attendre nos banquiers.

Wolfe ferma sa portière et emboîta le pas de Jacobi qui pénétrait dans l'agence de la Banque de Smallville. L'air sûr de lui, celui-ci traversa sans hésiter une rangée de bureaux.

— Monsieur Eaton ?

— Oui ?

Un homme d'une quarantaine d'années, au front dégarni, leva la tête de son ordinateur.

— C'est moi. Vous désirez ?

Jacobi lui tendit la main.

— Je suis Donald Jacobi et voici mon associé, M. Wolfe. Nous avons discuté au téléphone au début de la semaine… au sujet d'un terrain disponible.

— Ah, oui, oui !

Eaton se leva et serra la main de son interlocuteur.

— Je suis content de vous voir enfin. Veuillez vous asseoir. Puis-je vous offrir un café ?

— Non, merci. Nous n'avons guère le temps et nous aimerions que cette affaire soit conclue le plus vite possible.

— Mais certainement. Les papiers sont prêts.

— Parfait. Jimmy, à toi l'honneur.

Wolfe tira de sa veste une paire de lunettes en demi-lune pour consulter les papiers qu'on lui tendait.

— Je pense que tout ceci devrait vous convenir, assura Eaton. C'est une location classique de trois mois avec option d'achat. Vingt-cinq hectares de bonne terre avec la ferme et les dépendances… une excellente affaire.

Wolfe fronça les sourcils par-dessus ses lunettes.

— Si elle est si excellente, pourquoi a-t-elle été saisie ?

Eaton eut une moue lugubre.

— C'était une petite exploitation familiale et les Davis ont eu un décès. Les héritiers ne peuvent pas payer l'hypothèque alors il a bien fallu… c'est navrant mais nous n'avions pas le choix. En outre, j'ai cru comprendre que vous comptiez y faire autre chose que de la culture.

— En effet. Notre fondation organise une série de conférences et de symposiums éducatifs. Nous comptons y attirer des foules. Certains participants viendront de très loin et auront besoin de place pour se garer, si ce n'est pour y camper.

— Ah oui ! Où ai-je donc écrit cela ?

Eaton fouilla dans ses notes.

— Là ! Votre message indiquait qu'une partie du terrain servirait de camping ?

— C'est exact, répondit Wolfe, l'air toujours préoccupé. Et nous voulons nous assurer que tout se faisait dans la plus stricte légalité. Est-ce que vous avez vérifié auprès du cadastre comme je vous l'ai demandé ?

— Oui, oui. J'ai leur confirmation ici. Vous pouvez faire ce que vous voulez sur ce terrain. Je vous ai obtenu tous les permis requis. Une fois que tout sera signé, je les porterai chez le notaire.

Jacobi eut un large sourire :

— Voilà un monsieur sur qui on peut compter ! N'est-ce pas, Jimmy ?

Wolfe leva les yeux des papiers, l'air à peine satisfait.

— Tout est conforme à ce que nous a dit M. Eaton. Il ne nous reste qu'une dernière formalité.

De nouveau, il fouilla dans sa poche intérieure pour en sortir, cette fois, une grande enveloppe kraft.

— Voici un chèque certifié pour les trois mois de location. D'autre part, d'ici à une semaine, nous ouvrirons plusieurs comptes à la Banque afin de faciliter nos affaires le temps que nous serons ici.

— Cela vous convient-il, monsieur Eaton ?

— Tout à fait, messieurs. Nous serons très heureux de gérer vos comptes.

— Bien. Où faut-il signer ?

*
* *

Au *Grand Restaurant*, Marc Greenwood et Mac Raeburn, les deux chauffeurs, s'étaient assis au comptoir en reniflant la bonne odeur de café mêlée d'oignons grillés.

La serveuse posa devant eux deux grandes tasses fumantes.

— Le plat du jour est un foie de bœuf aux oignons avec salade, légumes et dessert.

— Tentant, observa Mac en goûtant son café, mais

on vient de loin et je n'ai pas encore digéré le décalage horaire. Le dîner, c'est trop tôt pour moi.

Marc consulta le menu écorné.

— Je m'offrirais bien un petit dessert.

Derrière eux, une voix lança :

— Il paraît que la tarte est excellente.

La serveuse ouvrit de grands yeux en voyant Lex Luthor venir s'installer à côté des deux routiers. Elle l'avait souvent vu traverser la ville en trombe dans ses coupés de luxe mais c'était bien la première fois qu'il mettait les pieds dans son établissement.

Mac tapa sur l'épaule du nouveau venu.

— Tiens, mais c'est notre pote M. Propre ? Ton bolide, c'est le plus beau que j'aie vu en dehors d'un circuit de course. Qu'est-ce qu'il a sous le capot, un V-8 ?

— Non, un V-12. Et toi, c'est Mère Cane, je suppose ?

— Dans le mille. Je m'appelle Mac et lui c'est Marc, le Caneton.

— Salut ! grogna Marc. Qu'est-ce que tu disais à propos de la tarte ?

Lex désigna une pancarte sur le mur :

— Chaque fois préparée du jour. A quoi est-elle aujourd'hui, Edna Mae ?

— Que… ?

La serveuse n'en revenait pas que Lex connaisse son nom ; elle avait presque oublié qu'il était brodé sur sa blouse.

— Oh… la tarte ? Aujourd'hui, il y a pomme, myrtille, pêche, ananas et noix de pécan. Je crois même qu'il reste de la crème de banane. Si vous voulez…

— Pas la peine, ma jolie ! coupa Mac. J'en prendrai une tranche à l'ananas.

— Et moi à la noix de pécan, renchérit Marc.

— Et vous, monsieur ? demanda Edna Mae à Lex.

— Juste du café, merci. La note sera pour moi.

— Hé, merci, mon pote !

— Ça me fait plaisir. Alors, qu'est-ce qui vous amène dans notre région ?

— On a été embauchés pour conduire les deux semi-remorques jusqu'ici. Après on rentre chez nous. On a rendez-vous demain à Albuquerque. Le chapiteau et la sono, ce sont d'autres gars qui vont les décharger.

— Le chapiteau ?

— Ouais. A ce que j'ai compris, ils ont loué un terrain en dehors de la ville pour donner une espèce de spectacle. Un vrai cirque, oui !

— Tu m'étonnes…

*
* *

Clark fut impressionné par le groupe qu'avait réussi à rassembler Lana. Il y avait entre autres trois membres du comité musical du Concile des étudiants, Chloé Sullivan et Jeff Hetzel, le magicien des installations sonores du lycée. Lorsqu'il arriva, la discussion était déjà lancée sur les questions techniques.

Lana vérifia une ligne de sa liste et demanda :

— Si un groupe apportait sa propre sono ?

— Pas de problème ! répondit Jeff en faisant un croquis. Je le placerais là et j'opérerais un petit branchement entre leur ampli et le mien. Pour le cas où.

— Super ! J'ai tout compris. Tu ne pourrais pas me donner des cours d'algèbre ?

— Je ne te le conseille pas. Les maths, ce n'est pas mon truc.

Jeff inclina la tête avant d'exécuter un gracieux demi-tour.

— Mais merci pour le compliment ! ajouta-t-il.

Lana rosit tandis que Clark réprimait un sourire. *Dommage que Whitney ne soit pas là. Il en aurait une attaque !* Etant donné que Jeff sortait depuis des années avec une fille adorable, il n'y avait pas de quoi être jaloux, mais cela, Whitney ne le savait pas.

Après une discussion animée sur les orchestres auxquels s'adresser, les participants se répartirent sur plusieurs tables et Clark fit signe à Chloé.

— Je suis arrivé en retard. Qui t'a mise au courant pour la réunion ?

— Lana. Elle compte sur moi pour lui faire de la publicité.

Le voyant près d'éclater de rire, elle le réprimanda :

— Ne te fiche pas de moi !

— Excuse.

— Je sais me rendre utile quand il le faut !

— Je n'en doute pas. Mais je ne vois pas ce qui peut t'intéresser dans cette affaire qui n'a rien de bizarre.

— J'écris toutes sortes d'articles dans *La Torche de Smallville*, depuis la liste des gens qui ont obtenu une bourse, jusqu'à…

— Jusqu'au sport ?

— Parfaitement ! Même du sport.

— Je reconnais que ça ne doit pas être drôle tous les jours.

— Arrête ! C'est pour la bonne cause !

— Tu as raison, excuse-moi. Tu nous feras une excellente publicité.

— Merci. Et je compte sur Pete et toi pour m'aider.

— Bien sûr !

— C'est vrai ?

— Oui. Note que je m'en suis douté dès que tu as dit que tu étais chargée de la publicité. C'est pour ça que je t'ai taquinée.

Chloé lui pointa un doigt sur la poitrine.

— Quel hypocrite ! Tu ne vas pas copier sur moi, maintenant ?

Lana s'approchait en papillonnant :

— On a bien avancé pour une première réunion. Charlie et Sylvia connaissent tous les chanteurs du coin et Harry va nous mettre en contact avec une billetterie de Métropolis qui devrait nous obtenir une subvention. Le reste dépendra de notre organisation. On a déjà la salle pour le premier samedi du mois prochain.

— Attendez, vous oubliez un élément essentiel qui pourrait tout bouleverser.

Lex Luthor traversa le café, une sacoche à l'épaule. Dans la foulée, il fit signe à une serveuse :

— Un double cappuccino, je vous prie ! Avec un croissant aux amandes. Le plus vite possible. Et un verre d'eau sans glace, j'ai besoin de me rincer le gosier.

Il vint se glisser à la table de Chloé, Clark et Lana.

— Qu'est-ce que tu racontes ? s'enquit celle-ci, perturbée.

— Ça a un rapport avec les semi-remorques ? demanda Clark.

— Attendez ! s'écria Chloé en tendant les mains. Quel élément ? Quels semi-remorques ?

— Minute…

Lex prit le verre d'eau que lui tendait la serveuse et en vida le tiers d'une seule goulée.

— Ça va mieux ! Un conseil : si vous allez au *Grand Restaurant*, évitez à tout prix le café.

— Je n'y crois pas ! s'étrangla Chloé. Toi, Lex Luthor, tu fréquentes cette gargote ?

— Ce n'est pas ma cantine préférée, je le reconnais, mais il a son charme… un peu rétro. Cela dit, leur café est un crime contre l'humanité. Je parie qu'ils le font bouillir toute la journée. Ah !

Il tendit les mains à la serveuse qui lui apportait sa commande et renifla avec délice la fumée de son cappuccino.

— Bon, acheva-t-il, si je suis entré au *Grand Restaurant*, c'était pour y glaner des informations.

Il leva sa tasse comme pour saluer Chloé.

— En tant que journaliste, j'espère que vous appréciez le sacrifice, mademoiselle.

Chloé porta une main sur son cœur.

— Je ne l'oublierai jamais. Alors, qu'est-ce que tu as appris ?

Lex prit le temps de savourer une gorgée brûlante.

— Que Smallville allait recevoir des visiteurs. Avec Clark, on a vu deux semi-remorques qui transportaient l'équipement d'un spectacle à venir dans la région. Je ne sais pas encore exactement lequel, mais ça se passera sous un chapiteau, avec une énorme sono et des lasers.

— Tu veux dire… comme pour un concert ?

— C'est ce qu'ont l'air de dire les types à qui j'en ai parlé, Lana. Ils ont été engagés par deux hommes, MM. Jacobi et Wolfe.

Lex ferma un instant les yeux pour mieux apprécier son croissant, avant de reprendre :

— Il semblerait que Jacobi porte le titre de « Docteur », encore qu'on ne sache pas bien ce qu'il soigne. Toujours est-il qu'avec son partenaire, ils ont passé un bon moment à la Banque de Smallville, cet après-midi. Malheureusement, l'agence a fermé juste à leur sortie. Je n'ai pas pu en apprendre davantage pour le moment.

— Jacobi et Wolfe... Jacobi et Wolfe, se répétait Chloé, pensive. Ça fait cabinet de juristes. Vous croyez qu'il s'agit de promoteurs ?

— Pourvu que ce ne soient pas des promoteurs de *concert* ! geignit Lana. Ça pourrait tout ficher par terre.

Clark lui posa une main sur l'épaule.

— Attends ! Pas besoin de s'inquiéter inutilement. Voyons d'abord ce que Lex va apprendre.

— C'est vrai, approuva celui-ci. D'autant que je n'ai pas l'impression qu'il s'agisse d'un concert. Crois-moi, cette affaire m'intéresse au moins autant que toi. Je vais donner quelques coups de fil. En attendant, on va tâcher de se renseigner à la source.

Il ouvrit sa sacoche, en sortit un ordinateur portable, appuya sur un bouton encastré et l'écran s'illumina aussitôt. Deux autres clics et il était en ligne.

— J'adore le vingt et unième siècle.

Chloé le regardait avec des yeux ronds.

— Qu'est-ce que tu lui as mis comme mémoire ?

— Oh, pas grand-chose !

Il tapa www.chaînecosmique.com et un site apparut presque instantanément.

— Je vais devoir bientôt en prendre un plus puissant, poursuivit-il.

— En tout cas, ils se sont donné du mal pour leur page d'accueil. C'est joli et ça a l'air de fonctionner.

Lex en lut le slogan : « Bienvenue à la Fondation Ascendance ! »

Clark regardait par-dessus son épaule :

— « Accomplissez votre destinée ! » C'est ce qu'ils avaient écrit sur les camions.

Lex déroula le menu et cliqua sur « Historique ». Ses compagnons s'étaient rassemblés autour de lui et lurent en silence.

Enfin, Lex demanda à la cantonade :

— Il y a quelqu'un qui s'y connaît un peu dans ces machins-là ?

— Oui, moi.

Tous se retournèrent vers Jeff qui marqua une pause avant de préciser :

— J'ai appris ça en jouant un prêtre dans « Donjons et Dragons » !

6

Le samedi matin, Jonathan Kent fut parmi les premiers spectateurs à voir s'ériger le chapiteau. Il venait de partir en ville chercher de la nourriture pour les animaux quand il remarqua deux camionnettes garées de l'autre côté d'Old Carter Road. Comme il connaissait ces véhicules, il se gara et s'approcha en appelant leurs propriétaires :

— Bob ? Forrest ?

— Salut, Jonathan ! Viens voir !

Il se dirigea vers les voix et découvrit ses voisins debout devant une palissade toute neuve. De leur place, ils apercevaient en contrebas une dizaine d'hommes en plein travail sur un demi-hectare de terrain. Visiblement pas pour relancer la ferme Davis. Des camions à benne déposaient leur chargement de gravier sur une route en formation. D'énormes poteaux métalliques s'élevaient de la prairie. D'épais cordages de nylon étiraient une immense toile d'un blanc éclatant au-dessus d'un entrelacs de piquets et de câbles.

— Ils ont commencé en pleine nuit, indiqua Bob Gundersen. On disait que le terrain des Davis allait être mis en location mais je n'aurais jamais cru que ce soit pour quelque chose comme ça.

— Je me demande ce qu'ils fabriquent, dit Forrest Morrison en se grattant la tête. Quand je les ai vus répandre cette sciure et monter cette toile, j'ai d'abord cru à l'arrivée d'un cirque. Mais, à première vue, elle n'est pas assez grande pour fermer partout. Il va rester une partie à l'air libre.

— Ce n'est pas un cirque, observa Bob en se protégeant les yeux d'une main. Regardez, la partie qui est restée à l'air libre, justement… c'est une scène qu'ils installent. D'ailleurs, je vois plein de haut-parleurs. Et la prairie, on dirait qu'elle va servir de camping. Ça sent plutôt le festival genre Woodstock. Qu'est-ce que tu en penses, Jonathan ?

— Un festival ? Je dirais plutôt un carnaval. Ou une attraction quelconque. Mon fils, Clark, en a entendu parler, hier… il paraît qu'un de ses amis a vérifié sur Internet.

Forrest écarquilla les yeux :

— Ils sont sur Internet ?

— Qui ne l'est pas, de nos jours ? Oui, on doit ce capharnaüm à des gens qui ne sont pas d'ici, une espèce de fondation. Ils vont donner des conférences sur la nouvelle guérison, sur « l'accomplissement de la destinée » et je ne sais quelle autre ineptie. J'ignore ce que ces gens veulent nous vendre mais ils ont l'air de compter rameuter les grandes foules.

*
* *

Le samedi après-midi, des affiches apparurent dans Smallville. Surmontées de la formule « ACCOMPLISSEZ VOTRE DESTINÉE ! », elles annonçaient de grandes découvertes qui allaient vous transformer l'existence et invitaient qui voulait venir, le mercredi suivant, à une première conférence gratuite donnée par le Dr Jacobi de la Fondation Ascendance. Après quelques brèves indications sur la route et les horaires arrivait l'adresse du site Internet : www.chaînecosmique.com.

La page d'accueil commençait par un bref historique de la Fondation Ascendance, puis indiquait les dates et heures des conférences suivantes et des séminaires à venir ; ensuite arrivait un bulletin d'inscription ouvrant droit à de plus amples informations pour 14,95 $ par mois seulement. Fort peu y répondirent.

Mais la Fondation comptait déjà beaucoup de membres à travers tout le pays. A peine Jacobi et Wolfe eurent-ils expédié les e-mails annonçant leur nouveau programme que les plus dévots se mirent en route pour Smallville.

Les premiers arrivèrent le samedi après-midi. Certains trouvèrent à se loger dans les motels des environs, d'autres – contre une modeste participation – parquèrent leurs camping-cars ou plantèrent leur tente sur le terrain aménagé à cet effet devant la vieille ferme. Ils avaient hâte de boire les paroles du grand Dr Jacobi et de se dévouer corps et âme pour sa Fondation.

Wolfe ne tarda pas à les mettre au travail. Une fois que les volontaires eurent gracieusement nettoyé la maison, les deux associés s'installèrent au premier étage et aménagèrent le rez-de-chaussée en centre d'opérations. Les membres qui demeuraient sur place furent partagés en petits groupes et chargés de la sécurité, de la maintenance et de la logistique de ce qu'ils appelaient déjà le Domaine de la Fondation.

Le dimanche matin, Wolfe put remplacer tous les ouvriers qu'il avait engagés par des bénévoles. Dans la soirée, le quart du camping était déjà occupé. Sur le perron de la ferme, Jacobi accueillait les nouveaux venus et Wolfe les faisait entrer pour aider à coller les enveloppes de l'épais mailing qui devait encore partir à travers tout le pays.

A huit heures et demie, le lundi matin, Wolfe sortit sur le perron arrière de la ferme Davis, une tasse de café à la main. Voilà longtemps qu'il n'avait plus organisé de réunion sous chapiteau. La dernière fois devait remonter à l'époque de ses tournées avec le Révérend Mike. *Mike pouvait tout « guérir », de la malaria au goitre, et tout le monde à part lui-même. Mais il m'a beaucoup appris. Dieu ait son âme de fripouille.*

Cette réunion serait un peu différente. Jacobi ne se posait pas en guérisseur… *Dieu merci !* Sinon, il leur faudrait un employé ou deux à plein temps rien que pour manipuler les foules, des professionnels capables de refouler en douce de la scène les cas visiblement désespérés. Non, avec Jacobi, c'était du vite fait bien fait et on pouvait se contenter d'ouvreurs bénévoles.

Wolfe souffla sur son café. Il savait par expérience que les foules se montraient plus enthousiastes sous une toile de tente que dans une salle fermée. Il lui suffirait de briefer un peu les ouvreurs et tout se passerait bien.

Et c'était justement là toute la gageure – s'il y mettait trop de diplomatie, les ouvreurs ne comprendraient pas qu'il s'agissait avant tout de protéger Jacobi d'éventuelles anicroches. D'un autre côté, s'il se montrait trop explicite, les jeunes volontaires risquaient d'entrevoir les véritables desseins de la Fondation.

Wolfe s'appuya à la balustrade pour contempler le Domaine. A quinze mètres de là, un agent de la sécurité, en veste orange et casquette de base-ball de la même couleur, au logo de la Fondation, orientait une fourgonnette Volkswagen vers le camping. Une petite équipe de bénévoles s'employait à rendre les lieux plus agréables, ramassant les débris qui traînaient encore, tondant l'herbe et taillant les arbustes. D'autres dressaient des échelles afin de repeindre la grange.

Seigneur ! Finalement, on a réussi !

*
* *

Article paru dans le *Smallville Ledger* du lundi…

La Fondation Nationale annonce une série de conférences dans la région

SMALLVILLE – La Fondation Ascendance de Smyrne, Delaware, organise une série de conférences et de séminaires, ce mois-ci, dans son nouveau domaine au 1027 Old Carter Road. Le Dr Donald Jacobi parlera d'un potentiel récemment découvert, susceptible de guérir les maladies et d'améliorer la qualité de la vie.

Généticien de renommée internationale, le

Dr Jacobi est le directeur de la Fondation Ascendance. Il a consacré l'essentiel de sa carrière à déchiffrer les secrets du génome humain.

— Mieux nous appréhenderons les éléments constitutifs de la vie et ce qui les affecte, mieux nous saurons sélectionner nos aliments et distinguer ceux qui nous conviennent de ceux qui menacent notre vie, assure-t-il.

La première conférence se déroulera mercredi soir au Domaine de la Fondation et sera ouverte à tous. Pour les suivantes, qui auront lieu vendredi, samedi et dimanche, il sera demandé un droit d'admission de 7,50 $. Chaque réunion commencera à 19 h 30 précises.

Toute information complémentaire sur ces conférences et ces séminaires, ainsi que sur les travaux du Dr Jacobi sont disponibles sur le site de la Fondation : www.chaînecosmique.com., ainsi que sur le calendrier en ligne du *Smallville Ledger*.

*
* *

Ce lundi soir, après le dîner, Stuart Harrison entra en traînant les pieds dans le salon familial et se laissa tomber sur la chaise longue face à la télévision. Sa mère le rejoignit quelques minutes plus tard et le trouva en train de zapper d'une chaîne à l'autre sans rester plus de quelques secondes sur chacune.

— Je me demande ce qui t'amuse là-dedans.

— Pas grand-chose, maman. Ils ne font que repasser de vieilles émissions. Il y a un superfilm sur TCM mais dans une heure seulement.

— En attendant, tu ne veux pas regarder une cassette ? Tes amis se sont donné la peine de t'en apporter plusieurs.

— Oui, Fordman est super… Il connaît mes goûts. Que des films de science-fiction et des *Laurel et Hardy*.

— Ces deux-là, je les adorais quand j'étais petite.

Stuart sourit.

— C'est vrai ?

— Oui, ils me faisaient un peu peur mais mon frère m'a expliqué que ce n'était que pour rire et, depuis, j'en raffole.

— Alors reste, on va les regarder ensemble.

Dans la cuisine, Ray Harrison leva la tête de ses dossiers quand il entendit les notes d'un générique qu'il connaissait bien.

— Hé ! cria-t-il, on regarde *Laurel et Hardy* sans moi ?

— Viens, papa ! cria Stuart.

— J'arrive.

Néanmoins, il replongea dans ses papiers, des publicités pour soins palliatifs du cancer, pour des cliniques spécialisées ou des factures… toujours plus de factures. Pour le moment, il préférait regarder ce qui lui promettait une guérison rapide, des établissements tous situés en Californie ou au Mexique. Trop loin ; même en imaginant une seconde qu'ils puissent trouver l'argent, jamais leur fils ne supporterait le voyage.

Puis il consulta la brochure laissée par un bénévole qui proposait d'assister les derniers jours des malades en phase terminale, et de leur famille. « *Les cinq étapes du chagrin – refus, colère, marchandage, désespoir, acceptation.* » Il ne les connaissait que trop. Il était passé par là, quand il était enfant, à la mort de son grand-père. A l'époque, on ne parlait pas beaucoup du chagrin de ceux qui restaient et encore moins du cancer. On ne disait rien à Ray, seulement que son grand-père était « très malade ». *Je ne sais pas s'il a accepté ce qui lui arrivait, mais maman l'a refusé jusqu'au jour de sa mort.*

Il en savait plus sur le cancer que toute sa famille d'alors, plus qu'il n'aurait voulu. Il avait vu son fils et sa femme traverser chaque étape pour parvenir enfin à l'acceptation tandis que lui restait bloqué à la colère. Mary lui avait bien dit que c'était malsain, qu'il devait surmonter cette violence mais il ne pouvait pas. La colère lui semblait naturelle. C'était le *cancer* qui était malsain. D'ailleurs, Ray ne s'en était jamais pris à personne qu'à lui-même (outre quelques médecins après qui il avait crié, mais c'était autre chose). Il n'envoyait rien à la figure des autres, il ne buvait pas. *Juste deux bières comme tous les soirs. Sacrément modéré pour quelqu'un dont le père en vidait une caisse par jour.*

Sa colère l'incitait à lire tout ce qu'il pouvait sur la maladie de son fils. Malheureusement, c'était toujours aussi déprimant.

Cela avait commencé par un mélanome malin sur le crâne de Stuart. C'était le coiffeur qui le leur avait signalé. Ray n'avait pas besoin d'un diplôme de médecine pour comprendre qu'il fallait y voir un mauvais signe. Le diagnostic tomba très vite : cancer de la peau à un stade avancé.

L'opération et le traitement consécutif s'étaient bien déroulés et les médecins se montraient « modérément optimistes ». Stuart passa trois années tranquilles avant de se mettre à trébucher sur le moindre obstacle. Pour un garçon qui montrait de si belles dispositions pour le football depuis l'âge de six ans, c'était un autre mauvais signe. Cette fois, Ray dépassa le stade de la colère, un court moment, pour prier :

— Mon Dieu, s'il faut qu'il soit malade, faites que ce soit une sclérose en plaques ou quelque chose qui ne menace pas sa vie.

Mais c'était encore le cancer. Au cerveau, cette fois. Comme s'il n'avait pas suffi à cette saleté d'emporter une partie de son cuir chevelu. Non, il lui en fallait plus. Cette fois, Stuart subit neurochirurgie, anticorps monoclonaux, iode radioactif... et tous ces traitements aux noms barbares que Ray n'oublierait plus jamais. Il avait également eu droit aux « traitements complémentaires ». Tous trois assistaient régulièrement à des réunions de soutien et Stuart se mit à tenir un journal. Cela les aida un peu. Les médecins se montrèrent de nouveau modérément optimistes : les tumeurs malignes du cerveau équivalaient à peu près toujours à une condamnation à mort mais, avec toutes ces nouvelles thérapies, de nombreux patients avaient connu une rémission.

Ce qui signifiait qu'elles ne fonctionnaient pas pour tout le monde.

La médecine était pourtant beaucoup plus avancée qu'à l'époque du grand-père. Ray estimait qu'il était temps de passer à la vitesse supérieure. Il aurait toujours le loisir, ensuite, de s'abandonner au désespoir et à l'acceptation. Pour le moment, la colère dominait encore.

Il reprit une brochure en main. Il accepterait la situation lorsque son fils serait mort. Pas avant.

Quand il arriva enfin dans le salon, Stuart s'était endormi sur la chaise longue, la télévision toujours allumée. Ray lui prit la télécommande pour faire taire le son et demeura là quelques instants, dans le silence, à regarder son fils à la lumière de l'écran.

— Ray ?

Il aperçut Mary qui s'étirait sur le canapé.

— Laisse-le dormir, murmura-t-elle. C'est bien comme ça.

— Non, ça n'est pas bien, et ça ne le sera jamais.

Elle se leva pour prendre entre ses bras son gros nounours de mari qui souffrait et rageait tellement devant l'injustice de la vie. *S'il existait un seul moyen pour que Ray lui arrache de force ce cancer et l'écrase d'un coup de poing, Stuart serait guéri depuis belle lurette.*

— Il dort de plus en plus, observa Ray amèrement. Combien de temps, combien de semaines nous reste-t-il avant qu'il ne se réveille plus ?

Mary secoua la tête. Quelle terrible question ! Elle refusait d'essayer d'y répondre. Elle détourna la conversation :

— La vaisselle est faite. Si ça ne te dérange pas, je vais rester là un petit peu, pour le cas où Stuart aurait besoin de quelque chose.

— Très bien, souffla-t-il. Appelle-moi si je peux t'aider.

Il embrassa sa femme sur le front et se rendit à son bureau. Une pile de magazines médicaux s'entassaient dans un coin. Il les avait tous lus et relus, à la recherche d'une simple lueur d'espoir.

Mais rien.

Il y aura peut-être du nouveau sur Internet. Il alluma son vieux PC et feuilleta le journal en attendant que l'ordinateur se mette en route. Il s'apprêtait à jeter un regard à la page des sports lorsqu'un paragraphe lui sauta aux yeux :

« … un potentiel récemment découvert, susceptible de guérir les maladies et d'améliorer la qualité de la vie. »

Il lut attentivement tout l'article.

« La Fondation Ascendance… Dr Donald Jacobi… Généticien de renommée internationale… »

Cela lui rappelait quelque chose, mais quoi ? Alors il se souvint de l'affiche aperçue à la vitrine du drugstore, celle qui préconisait : « Accomplissez votre destinée ! » Ray se mit à réfléchir. *Ça vaut peut-être la peine d'essayer.* Il se mit sur le Web et tapa www.chaînecosmique.com.

Un quart d'heure plus tard, il avait examiné à peu près tout le contenu des pages du site. Un an auparavant, il ne se serait jamais arrêté à ce genre de sujet. Mais aujourd'hui, plus il lisait plus il trouvait des raisons d'espérer. *Ils disent que le Dr Jacobi a passé des années à étudier des soins alternatifs. Je n'ai pas les moyens d'emmener Stuart dans une clinique californienne, mais ce type vient là… à nous ! Ce doit être un signe…*

Malheureusement, il ne pouvait fouiller au-delà. S'il désirait en savoir davantage, il devait adhérer au mouvement. Agacé, il cliqua dans une case marquée :

« Comment vous inscrire » et relut les questions. Il n'avait pas le temps de réfléchir. *Après tout, ce ne sont que cinquante dollars.*

Il cliqua sur « Inscrivez-vous maintenant » et entra le numéro de sa carte de crédit.

*
* *

Le mercredi soir, le grand chapiteau du Domaine de la Fondation vibrait d'animation. Les ouvreurs s'affairaient, faisant asseoir les gens, prenant des ordres dans les minuscules écouteurs sans fil qu'ils portaient tous.

— Allez, les gars ! On se dépêche !

D'un centre de régie situé derrière la scène, Jimmy Wolfe ajusta son casque.

— Souvenez-vous de ce que je vous ai dit – faites attention à tout ce qui vous entoure. Si vous voyez que quelqu'un a un problème, tâchez de le rassurer – mais ne laissez personne interrompre le Docteur, sauf contrordre de ma part, évidemment. S'il se passe quelque chose de grave, expliquez aux gens qu'ils pourront s'entretenir plus tard en tête-à-tête avec le Dr Jacobi.

Il marqua une pause en avalant quelques gorgées dans un gobelet de plastique.

— Bon, on y va ! reprit-il. On commence dans cinq minutes !

Devant lui s'alignaient une dizaine de moniteurs montrant diverses vues de l'intérieur de la tente. *Ça m'a l'air bien parti, mais il est temps de chauffer un peu cette foule.* Il appuya sur plusieurs boutons. Une musique douce s'éleva des haut-parleurs et le grand écran qui marquait le fond de la scène s'illumina sur la vue d'un ciel étoilé.

Jacobi surgit derrière lui.

— Ne me dis pas que tu bois encore de ces infects sodas sportifs.

— Qu'est-ce que tu crois ? Ça donne soif, la régie.

Là-dessus, Wolfe leva sa tasse à moitié pleine d'un liquide bleuâtre.

— En plus, c'est bon pour ce que j'ai. Ça m'aide à reconstituer mes électrolytes et à m'empêcher de boire de l'alcool.

— Moi, ça me donnerait soif de bière, mais chacun son truc. De quoi ai-je l'air, Jimmy ?

Wolfe examina son associé en col roulé brun, pantalon marron foncé et veste de sport beige avec des pièces de cuir aux coudes. Classique mais pas guindé. Exactement ce qu'il fallait pour camper son personnage ; avec ses yeux gris, Jacobi affichait une physionomie à la fois bonhomme et distinguée. Les gens lui faisaient instinctivement confiance, surtout quand il souriait. Alors que Wolfe avait des yeux bleu pâle, presque délavés, qui mettaient plutôt mal à l'aise. Tout reposait parfois sur si peu de choses…

— Jimmy ? Il y a quelque chose qui cloche ?

— Non, non, tu fais très sérieux, très fiable.

— Parfait. Où est mon écouteur ?

— Là. Tu es branché sur le canal un comme d'habitude, l'animateur sur le deux et les ouvreurs sur le trois.

Le petit objet de plastique disparut dans l'oreille droite de Jacobi et Wolfe se retourna vers son micro :

— Tu me reçois bien ?

Jacobi sourit.

— Cinq sur cinq. La salle se remplit ?

— On en est à plus de la moitié des sièges. Je dirais qu'on a attiré une quarantaine de gens du cru, en plus des habitués. Franchement, c'est beaucoup plus que je n'espérais pour un milieu de semaine. Il doit y avoir trop de rediffusions à la télé.

Wolfe se gratta le menton et ajouta :

— On n'aurait peut-être pas dû mettre tant de sièges, ça ferait moins clairsemé.

— Ne t'inquiète pas, dès que ce sera payant, il ne restera que des places debout.

— J'espère. On ne pourra pas se permettre ça longtemps.

— Continue de faire ce que tu as à faire, je me charge du reste. Notre animateur bénévole est prêt ?

Wolfe vérifia sur ses moniteurs. Le troisième montrait un jeune homme zélé dans un costume tout beau tout neuf, debout devant un mur d'enceintes. Pour l'instant, il consultait avec anxiété les cartons qu'il s'était préparés et répétait à mi-voix ce qu'il allait dire. Quelques gouttes de sueur perlaient sur son front.

— Douglas ? murmura Wolfe dans son écouteur.

Le jeune homme sursauta et porta une main à son oreille pour mieux écouter les instructions, puis leva un pouce tremblant comme pour faire croire que tout allait à la perfection.

— Misère ! commenta Wolfe. Il est prêt, je ne te dis pas !

— Courage, Jimmy ! On y va.

La musique baissa et le jeune homme s'élança sur un podium à la droite de la scène. Il se pencha sur un micro, toussota, faisant profiter toute l'assistance de son raclement de gorge.

Wolfe se frappa le front.

— Pas si près, Douglas ! Ecoutez, vous allez très bien vous en tirer. Vous n'avez qu'à respirer un grand coup et réciter votre texte.

Douglas hocha la tête et se lança :

— B-bonsoir, mesdames, messieurs ! J'ai le plaisir de vous accueillir ce soir à la première conférence sur l'amélioration des potentiels de la vie humaine.

Il reprit sa respiration et ajouta :

— Notre orateur est un homme que j'admire depuis longtemps… un homme qui a consacré sa carrière, non seulement à rechercher les secrets du code génétique… non seulement à faire progresser l'humanité et à enrichir la vie humaine… mais surtout à nous transmettre cette connaissance, à vous, à moi, à nous tous.

Il contemplait la foule qui l'écoutait avec ferveur. Cela ne se passait pas si mal que ça.

— Diplômé de l'Ecole d'études génétiques de San Mattese, créateur de la Fondation Ascendance, voici le Dr Donald Jacobi !

Lorsque ce dernier fit son entrée sur la scène, le noyau dur de ses fidèles se leva en applaudissant frénétiquement. Surpris par cet enthousiasme, les gens du cru se regardèrent et finirent par les imiter avec une circonspection polie. Arrivé à hauteur du jeune homme, Jacobi lui serra la main.

— Merci, Douglas ! dit-il en lui faisant lever le bras pour le présenter à la foule. Mesdames, messieurs, Douglas Oliver !

Les applaudissements redoublèrent, arrachant au

volontaire un sourire qui découvrit toutes ses dents. Tandis qu'il s'éloignait, Jacobi tendit les mains devant lui, l'air de bénir la foule en même temps que de la faire asseoir.

— Merci ! Merci pour ce chaleureux accueil. Je dois reconnaître que l'hospitalité du Kansas est encore plus cordiale que ce qu'on m'avait dit. Je ne suis pas de cette région mais, ce soir, vous me donnez l'impression de me retrouver chez moi.

Les applaudissements reprirent, plus modérés, cette fois, mais partagés par tous.

Derrière la scène, Wolfe riait jaune. Cependant, il ne pouvait nier l'évidence :

— Tu n'es pas en scène depuis une minute que tu les as déjà tous dans ta poche.

Si les yeux bleu trop clair avaient échu à Jacobi, il aurait dû se chercher un autre travail. Pas forcément honnête (impossible de l'imaginer dans la peau d'un fonctionnaire), mais certainement pas dans l'escroquerie. *Si c'était moi qui possédais ce regard, cette voix, j'aurais été le boss de l'équipe. Quelle équipe, au fait ? Non, je n'aurais eu besoin de personne.*

Accrochant un petit micro au revers de sa veste, Jacobi s'éloigna du podium.

— Le comté de Lowell me fait l'effet du terminus d'un long voyage, et à vous aussi, sans doute. Cette région comporte des séquelles pour chacun d'entre nous, des séquelles qui remontent à douze ans et demi…

Derrière lui, le ciel étoilé faisait place à l'image d'un panneau d'affichage au milieu d'un champ de maïs. Jacobi se retourna pour lire à haute voix :

— « Smallville – Capitale des météores ». Vous avez certainement été nombreux à voir cette affiche en arrivant ici. Ceux qui habitent dans le voisinage doivent la voir tous les jours. Elle fait partie du paysage, maintenant, au même titre que les champs ou l'usine de la LuthorCorp. La Capitale des météores... De quoi vous vanter auprès des amis qui ont choisi une autre région. Mais personne ne faisait le fier en 1989 !

A la régie, Wolfe appuya sur quelques boutons. Le sol se mit à vibrer au son des basses diffusées par les enceintes et, sur l'écran, apparut brusquement l'image de Smallville douze ans plus tôt.

— Octobre 1989 ! clama Jacobi assez fort pour couvrir le grondement de la sono. Par une belle journée d'automne. Les Crows venaient de gagner le match de fin d'année. On aurait dû faire la fête. Mais c'est alors que le ciel s'est ouvert !

Soudain, la photo s'anima pour monter en contre-plongée vers les nuages.

— Ces images ont été prises par un caméscope le jour même. J'ai pu me procurer une copie de l'enregistrement dans une agence de presse de Métropolis. A part quelques rétrospectives, voilà plus de dix ans que personne n'a revu ce film. Je vous préviens, nombre d'entre vous pourraient trouver ces images insupportables.

L'assistance ne broncha pas, fascinée par les points brillants qui traversaient le ciel, laissant derrière eux de petites traînées de fumée. Hors champ, jaillit un éclair suivi d'une forte détonation : l'essence qui s'embrasait. Des cris jaillirent de la salle mais aussi de l'écran.

L'image se mit à tressauter, au rythme de la course

de celui qui tenait la caméra. Brusquement, elle tourna vers le ciel alors qu'une météorite s'écrasait sur un clocher. L'écran parut exploser dans une boule de feu, sous les yeux effarés des spectateurs.

— Attention ! lança la voix de Wolfe dans l'oreillette. On a un malaise au quatrième rang !

Jacobi se précipita au bord de la scène pour voir, sur le côté, une femme blanche comme un linge commencer à chanceler et à rouler des yeux. Un ouvreur arrivait déjà, mais Jacobi sauta dans l'allée et fut le premier près d'elle. Il l'attrapa par les épaules alors qu'elle glissait lentement vers le sol de terre battue. Les gens l'entourèrent aussitôt mais il les écarta d'un geste de la main.

— Reculez ! Laissez-la respirer ! Et qu'on éteigne cet écran !

Wolfe l'avait déjà fait, de même qu'il avait arrêté les pulsations séismiques mais personne ne s'en était encore aperçu.

Jacobi sortit une capsule d'ammoniaque de sa poche et l'ouvrit sous le nez de la femme qui éternua et regarda autour d'elle, surprise.

— Ça va mieux, madame ?

— Je… je crois. Que… ?

— Attention, ne vous relevez pas trop vite. Vous avez l'air encore un peu faible.

Les gens reculèrent pour leur faire de la place et Jacobi l'aida à se rasseoir sur son siège.

— Est-ce qu'on peut nous apporter de l'eau, je vous prie ? lança-t-il encore.

Un ouvreur arriva en courant, une bouteille d'eau minérale et un gobelet en carton à la main.

— Merci, souffla la femme.

Elle accepta l'eau qu'elle but lentement.

— Je suis terriblement confuse, murmura-t-elle enfin. Je ne me comporte pas ainsi, d'habitude.

— Ce n'est rien, chère madame. Ce serait plutôt à moi de m'excuser.

Jacobi s'agenouilla, remplit la tasse, ferma la bouteille et s'assit à côté de la femme, lui prit la main sans la quitter du regard.

— Vous y étiez, ce jour-là, n'est-ce pas ?

— Oui, je... j'ai vu ma sœur et son mari mourir sous les premières météorites.

— Et moi qui vous ai rappelé ces pénibles souvenirs ! Je suis absolument navré. Pourrez-vous jamais me pardonner, madame... Madame... ?

— Potter... Nell Potter. Bien sûr que je vous pardonne, docteur. Ce n'est pas votre faute. Vous ne pouviez pas savoir.

— Mais j'aurais dû m'attendre à ce genre de réaction. Je n'en apprécie que davantage votre générosité, madame. Merci beaucoup !

Sans lâcher sa main, il se releva.

— Je tiens à vous assurer – à vous tous ! – que nous ne passerons plus un mètre de cette pellicule ce soir. Maintenant, nous allons nous accorder un petit moment pour reprendre notre souffle avant de poursuivre.

Il serra doucement la main de Mme Potter.

— Du moins si ça vous convient, Nell ?

— Mon Dieu, oui ! Bien sûr !

Rougissant jusqu'aux oreilles, elle se pencha vers lui :

— Je tiens à entendre ce que vous avez à dire. C'est pour ça que je suis là.

Jacobi lui décocha son sourire le plus béatifique et regagna la scène.

Derrière, Wolfe s'activait à lancer la musique.

Au milieu du dixième rang, Ray Harrison, penché en avant, s'accrochait au bord de son siège, écoutant de toutes ses oreilles.

7

Le jeudi matin, Lionel Luthor considérait la ville de Métropolis du haut de son bureau, au quatre-vingt-seizième étage de l'immeuble qui portait son nom. La grande ville s'étirait à ses pieds, dans toutes les directions. Des millions de gens se précipitaient au travail, dont près de la moitié devaient compter parmi les salariés de la LuthorCorp ou d'une de ses filiales. C'était devenu une multinationale qui gardait cependant son siège à Métropolis. Les habitants vivaient dans des appartements tenus par des agences Luthor ou achetaient des maisons bâties par ses entrepreneurs. Ils étaient nés dans ses cliniques, fréquentaient ses écoles, mangeaient dans ses restaurants et se faisaient enterrer dans ses cimetières. Métropolis lui appartenait.

Cela, certes, ne lui suffisait pas, mais c'était un début.

Il s'éloigna de la fenêtre et aperçut son reflet dans la vitre. Sa barbe semblait un peu négligée. Il serait temps de la tailler. Ses cheveux lui tombaient sur le col. Ils commençaient à grisonner mais, Dieu merci, il en avait toujours autant. Les hommes qui ne commençaient à grisonner qu'à son âge ne devenaient en général pas chauves. C'était donc un moindre mal.

Il se tourna vers son directeur financier.

— Que s'est-il passé pendant la nuit ?

— Tokyo, Hong Kong et Singapour restent fermes, et le marché européen grimpe.

Lionel se caressa la barbe.

— Surveillez-moi les mouvements de TransNational. Quand les actions seront à soixante, vendez.

— Oui, monsieur.

Le petit homme s'inclina légèrement et sortit de la pièce.

Lionel se dirigea vers son lourd bureau de chêne où il ouvrit une chemise kraft.

— Damian !

Un grand gaillard aux larges épaules émergea de l'ombre.

— Oui, monsieur ?

— Vous avez fait du bon travail sur l'affaire de Keystone City.

— Merci, monsieur.

— Les Verts du coin en demandaient trop. Je savais que je pouvais compter sur vous pour me débloquer tout ça. J'en tiendrai compte dans votre prime trimestrielle.

— Merci beaucoup, monsieur.

Lionel Luthor replongea dans son dossier avec un sourire mielleux. Damian Marco n'allait plus à la messe depuis longtemps, néanmoins il formula une silencieuse prière d'action de grâces. Il avait bien fait de placer son rapport au-dessus de la pile. *Je serais comblé s'il conservait sa belle humeur jusqu'au dernier feuillet.*

Il en met un temps, aujourd'hui ! Il tâcha de se distraire en examinant les article encadrés et les photos qui ornaient les murs de son patron. Lionel Luthor avec des maires, des gouverneurs et des présidents. Avec des chefs d'Etat étrangers. Avec d'autres grands patrons. Avec des escrimeurs médaillés olympiques. Lui-même avait assez joliment tiré le fleuret à l'université et en conservait une certaine habileté. Il arrivait tout juste à l'oreille de Damian et pesait facilement quarante kilos de moins mais ce dernier avait compris depuis longtemps qu'il ne fallait jamais, au grand jamais, se mesurer avec son patron. Même si Lionel devait lui tirer dessus en public.

Un détail retint son attention : sur les photos des années 80, malgré la mode d'alors, Lionel portait les cheveux relativement courts. Mais, depuis 1989, ils semblaient de plus en plus longs.

Damian jeta un coup d'œil vers son patron qui arrivait à la fin du dossier. Luthor souleva une lettre qu'il se mit à lire et sa physionomie s'assombrit.

Aïe ! Cette fois, il y est.

— Damian ? demanda Luthor d'un ton glacial. Qu'est-ce que c'est que ça ?

Une légère moiteur envahit la lèvre supérieure de l'intéressé.

— Les dernières nouvelles en provenance de Smallville, monsieur. Tout juste arrivées par fax. Trop tard pour faire la première édition du *Daily Planet*. J'ai pensé que ça vous intéresserait.

— Comment se fait-il que je n'en aie pas été informé plus tôt ?

— Ça vient de tomber…

Lionel jeta le papier sur le dossier.

— Je ne vous paie pas pour lire des fax ! Je vous paie pour vous tenir au courant de ce qui se passe. Ce n'est pas après coup que je dois savoir qu'un charlatan donne en plein Smallville une séance de passe-passe.

Il fit le tour du bureau et s'approcha lentement de Damian.

— Et dans la vieille ferme Davis qui plus est ! La Banque de Smallville a saisi cette propriété il y a des mois. Le prix n'a cessé d'en baisser. J'avais l'intention de faire une offre. Maintenant tout est à l'eau.

— Mais, monsieur…

Damian n'en dit pas plus, réduit au silence par le regard fixe de Luthor.

— Et ce n'est pas encore le pire, poursuivit ce dernier. Si je dois en croire cet amas de sottises, ce… ce Dr Jacobi… parle d'un « pouvoir météorique ». Ça ne me plaît pas. Encore moins quand je pense que ça vient de Smallville et que tout le pays est déjà au courant, à l'heure qu'il est !

Et voilà ! J'aurais dû me douter que ça allait se terminer ainsi. On en revient toujours au troisième sous-sol…

Une année auparavant, la LuthorCorp avait mené des expériences confidentielles dans le troisième sous-sol de l'usine d'engrais de Smallville. Les chimistes avaient produit des fertilisants à partir de fragments de météorites. A première vue, les résultats semblèrent concluants. *Ça aurait pu rapporter énormément d'ar-*

gent à l'entreprise sans ces fichus effets secondaires. Les animaux soumis à l'expérimentation étaient morts dans d'effrayantes convulsions. Lionel fit arrêter les essais, le troisième sous-sol fut fermé et personne ne parla plus de cet échec.

Quant aux employés de l'usine, aucun ne fut mis au courant, à commencer par le nouveau P.D.-G. Personne n'en aurait jamais entendu parler si un gardien n'avait pas été mis en contact avec l'engrais. L'homme devint subitement fou, prit plusieurs personnes en otages à l'usine. Il avait fallu toute l'habileté, toute la ruse de Lionel pour enterrer cette histoire. Mais son fils, Lex, avait appris à peu près toute la vérité.

Le vieux s'efforce de ne pas le montrer, mais je sais que ça le rend fou. Enfin, je le comprends. Moi non plus, je ne ferais pas confiance à son gamin.

— Monsieur, si c'est au sujet du troisième sous-sol…

— Damian ! Vous savez qu'il ne faut jamais aborder ce sujet.

— Oui, monsieur. Mais ce Jacobi, ce n'est qu'un imposteur. Qui pourrait croire… ?

— Il semblerait qu'ils sont déjà nombreux à croire. Cet article est assez explicite sur la question : la plupart des spectateurs viennent de loin et beaucoup campent sur place. Sans compter tous ceux qui ne sont pas encore arrivés.

Il reprit le fax, le mit dans la main de Damian.

— Je veux en savoir davantage. Il n'y a encore pas assez d'informations là-dessus.

— C'est tout ce qui s'y…

— Pas assez, Damian !

Lionel lui posa une main sur l'épaule et articula d'une voix aussi basse que menaçante :

— Je veux tout savoir sur ce soi-disant docteur et sur sa « Fondation ». Il faut s'en occuper.

Tout d'un coup, il le secoua brutalement :

— Compris ?

— Parfaitement, monsieur…

— Bien.

Relâchant son étreinte, il retourna à sa fenêtre.

Il régnait en monarque absolu sur tout ce qu'il avait entrepris. Cela lui avait demandé un travail titanesque et tout autant d'efforts pour se maintenir à cette place.

C'était un combat sans fin.

*
* *

Au fin fond de l'abri antitornade, Clark tira sur la vieille bâche poussiéreuse pour examiner la coque du vaisseau spatial qui l'avait amené sur Terre. *Je n'en reviens toujours pas*. Il passa une paume sur la surface grêlée du métal. *On le dirait sorti d'un rêve… mais ça explique tant de choses.*

Dès sa plus tendre enfance, il avait été capable de soulever d'une main la vieille table en bois de rose de sa mère. Ces premières manifestations avaient convaincu Jonathan de ne pas le mettre à la maternelle. *J'ai dû donner trop de soucis à mes parents. Ils devaient se demander si je saurais garder le secret de ma force. Avant de me laisser aller à l'école, ils m'ont abreuvé de recommandations pour ne pas me « faire remarquer ». Je n'oublierai jamais la tête de maman la pre-*

mière fois qu'elle m'a surpris à soulever l'arrière de la camionnette.

Il venait d'avoir onze ans. Son ballon avait roulé sous le véhicule, impossible à récupérer autrement. Il avait pourtant bien regardé autour de lui pour s'assurer que personne ne le voyait. Mais Martha était sortie par la cuisine pour l'appeler à déjeuner et l'avait trouvé tapi sous la camionnette dont il soulevait le pont arrière sur le dos.

Ce souvenir le fit sourire. *Je ne sais pas qui des deux a été le plus surpris.*

— Tu es là, mon garçon ?

— Oui, papa.

Clark se retourna pour apercevoir son père qui descendait l'escalier.

— Je... je vérifiais quelque chose.

— Oui... c'est ton droit.

A son tour, Jonathan regarda le vaisseau spatial.

— Tu sais, quand j'avais ton âge, ton grand-père ne me disait pas tout. Et ça ne me plaisait pas plus qu'à toi. J'avais l'impression qu'on ne me faisait pas confiance. Je me suis juré que si j'avais un fils, je ne lui cacherais rien... ou du moins pas les choses importantes...

Après une courte hésitation, il reprit :

— C'est pourtant ce que j'ai fait. Pendant douze ans, ta mère et moi t'avons caché ça. Je le regrette. Peut-être que j'attendais tout simplement le bon moment.

— Je sais, papa. Au début, ça ne m'a pas fait plaisir du tout mais – maintenant que j'y réfléchis – je crois que tu avais parfaitement choisi ton moment. Si tu m'avais révélé ça quand j'avais six ans, j'aurais certainement fini par amener tous mes copains pour leur montrer ma belle capsule intergalactique. A douze ans, je n'aurais pas arrêté de descendre ici pour jouer avec et tâcher de la mettre en route.

Jonathan se mit à rire.

— C'était bien ce dont j'avais peur.

— Tu sais, papa… la semaine dernière, j'ai de nouveau fait ce rêve.

— Tu t'es vu voler ?

— Oui. Cette fois, je me suis réveillé dans mon grenier. Je ne peux pas affirmer que j'y suis arrivé par la voie des airs, mais c'est ce qu'il me semble.

— Attends, laisse-moi m'asseoir ! Et toi, mets-toi ici.

Jonathan tira un tabouret à traire les vaches et fit signe à son fils de prendre place sur un vieux banc vermoulu.

Ce que fit Clark avant de raconter son rêve du lundi matin.

— … voilà, maintenant j'ai un nouveau sujet d'inquiétude ! Et si je m'envolais vraiment dans la stratosphère ? Ou pire, si je me retrouvais en train de flotter au-dessus de Métropolis ? Avec ma chance, je serais capable de passer devant l'usine juste à l'heure de sortie des équipes de nuit.

Croisant les bras, il regarda par terre avant d'avouer dans un souffle :

— J'aurais préféré que ces choses-là ne m'arrivent jamais… sans compter tout ce qui m'attend.

— Je m'en doute, et j'aimerais pouvoir t'aider. Il faut absolument trouver un moyen de faire face à tous ces dons que tu te découvres. Par exemple, si tu as vraiment peur de t'envoler la nuit, il existe un moyen de régler la chose.

— Lequel ?

— Par exemple, installer des détecteurs de mouvement à ta fenêtre. J'en ai justement vu à la quincaillerie de Kirk. Ça ne coûte pas trop cher. Il suffit de les régler sur une sonnerie qui ne réveille pas toute la maison et le tour sera joué.

— Ça marche ! s'écria Clark, soulagé. Il suffisait d'y penser !

— Tu me connais, mon garçon. J'aime aller au plus simple.

— Ah oui ? Alors tu pourrais m'expliquer pourquoi maman et toi avez adopté un extraterrestre ?

— Figure-toi que je n'arrête pas de me poser cette question.

Jonathan décocha un clin d'œil à son fils et ajouta :

— Sur le coup, l'idée m'a tenté.

— Très drôle !

Clark tapa sur le métal qui résonna comme un gong.

— Tu sais, reprit-il, j'aimais bien surfer sur Internet, à la recherche de détails qui m'indiqueraient que d'autres enfants possédaient certains dons extraordinaires. Ça m'arrive encore de temps en temps. Mais je n'ai jamais trouvé personne d'aussi fort que moi. Maintenant, je sais pourquoi. J'ai l'impression d'être le seul de mon espèce… du moins sur Terre.

Il caressa de nouveau la capsule, d'un geste moins tendre que la première fois.

— Je sais *comment* je suis arrivé ici, mais je ne sais

toujours pas *pourquoi*. Est-ce qu'on m'a envoyé ici exprès ou est-ce que je m'y suis retrouvé par hasard ?

— Mon garçon…

— Qui sait si je n'ai pas servi de cobaye à un quelconque cinglé ? Ou si je n'ai pas réchappé à une espèce de sacrifice rituel ?

Pour appuyer sa démonstration, Clark baissa la voix et lança d'un ton solennel :

— « Je t'ordonne d'envoyer ton premier-né dans l'espace infini ! »

— Tout est possible, Clark. Mais tu n'as jamais songé que ce pouvait aussi être un vaisseau de secours ? On peut très bien t'avoir mis là-dedans pour te *sauver* de quelque chose.

— Oui, ou alors j'étais le *dernier*-né et on m'a « jeté » comme un animal abandonné sur l'autoroute.

— Clark !

— Ça arrive ! Souvent ! Combien de chats et de chiens ont été ainsi jetés sur Hickory Lane, devant la ferme ?

— Trop, je sais. Mais de là à en conclure que c'est ce qui t'est arrivé… Nous ignorons ce qu'il faut en penser, alors ce n'est pas la peine de te torturer l'esprit…

— Papa, on pourrait ne *jamais* savoir.

Clark se releva et se mit à arpenter d'un pas nerveux le peu d'espace qui restait dans la pièce.

— Et si « mon peuple » venait me chercher un jour ? Et s'ils voulaient me récupérer ?

A son tour, Jonathan se leva.

— Durant ta première année avec nous, je n'ai pas vu une journée s'achever sans que ta mère et moi l'ayons redouté. Mais personne ne peut se faire tant de souci. C'est éreintant. En fin de compte, nous avons décidé que ça ne se produirait jamais et basta.

Il posa une main sur l'épaule de son fils :

— Et si cela devait se produire – si ton peuple devait se manifester et qu'il s'agissait de gens honnêtes et que tu désirais repartir avec eux… ce serait autre chose. Ta mère et moi nous en remettrions. Mais s'ils avaient de mauvaises intentions et qu'ils essayaient quand même de t'emmener… ils feraient bien de se méfier. Parce que nous ne nous laisserions pas faire sans résistance.

Clark s'imagina un instant Jonathan et Martha en train de faire face à une soucoupe volante, un fusil à la main. *Ils en seraient bien capables*. Une larme lui coula au coin de l'œil.

Il eut du mal à retrouver sa voix :

— J'espère que ça ne se produira jamais, papa, mais… merci.

— Bon… alors tu vas me faire le plaisir d'oublier toutes ces inquiétudes, tu veux ?

— Je vais essayer.

Clark regarda de nouveau le petit vaisseau et sourit :

— Il n'y avait pas que des *inquiétudes*, tu sais. Ça peut paraître idiot mais parfois je me demande si ce n'est pas moi qui ai mis cet engin en route… *accidentellement*. Ce sont des choses qui arrivent, avec les voitures familiales.

— Ça ne m'a pas l'air idiot du tout. En fait, si c'est le cas, j'en conclurai que tu étais vraiment *destiné* à devenir mon fils.

— Quoi ?

Le demi-sourire de Clark s'élargit subitement.

— Ne me dis pas que c'est ce que tu as…

— Ohhh si ! s'esclaffa Jonathan. La camionnette de mon père, quand j'avais quatre ou cinq ans… J'ai eu beaucoup de chance de m'en tirer.

Il reprit son sérieux et continua :

— Mais je voudrais que tu comprennes quelque chose. Quelle que soit la raison de ton arrivée ici – et que tu l'apprennes ou non par la suite –, c'est tant pis pour eux ! N'oublie jamais ça. Ce sont eux qui avaient à y perdre, et nous tout à y gagner. D'autre part, souviens-toi que la vie des gens qui habitent ce pays n'a pas commencé au Kansas, ni même aux Etats-Unis. Remonte aussi loin que tu voudras, nous sommes tous issus de l'immigration. Tes origines sont juste un peu plus lointaines que les nôtres.

— « Juste un peu » ?

— D'accord, beaucoup plus. L'important c'est ce que tu vas devenir.

— Je sais, mais… ce n'est pas facile de se dire qu'on est un monstre venu de l'espace. Avant je me prenais pour une erreur de la nature. Au moins je sais maintenant pourquoi je suis comme ça, même si j'ignore d'où je viens.

— Arrête, tu n'es pas un monstre, tu es mon fils ! assura Jonathan en lui caressant la tête. Et Martha et moi t'aimons de tout notre cœur.

Clark eut un bref sourire mais se remit à regarder la bâche dont il venait de recouvrir la capsule.

— Pourquoi est-ce que vous m'avez adopté, d'abord ? Je veux dire… vous saviez et vous m'avez quand même gardé. Pourquoi ? Et cette fois, pas de blague du genre « Sur le coup, l'idée m'a tenté ». Je voudrais obtenir au moins *une* réponse.

— Ça va peut-être te sembler bizarre – et je jure que je ne te fais pas marcher – mais il faut reconnaître que tu m'avais fait grosse impression.

— Papa… !

— C'est la vérité. Pure et simple. En outre, ta mère et moi n'avons pas su *dès le début*.

— Ah bon ? Et quand est-ce que vous avez compris ? Cinq bonnes minutes plus tard ?

— Non, je ne saurais pas te dire exactement mais beaucoup plus tard. Qu'est-ce qui te prend, mon garçon ? On en a déjà discuté plusieurs fois.

Clark détourna les yeux, l'air exaspéré.

— Soit, commenta Jonathan, songeur. Ça fait des années que nous vivons ainsi, ta mère et moi. Toi tu n'es au courant que depuis quelques mois. Alors, si on reprenait cette discussion après le dîner ? Je suis sûr que ta mère serait contente d'y participer.

— D'accord, bonne idée !

— Tant mieux. Parce que je suis également sûr que le dîner est prêt.

Devant la cuisinière, Martha partageait son attention entre la poêle à frire où fondaient poivrons et oignons, et la dernière édition du *Smallville Ledger*. Sans remuer un cil, elle accueillit Jonathan et Clark par un retentissant :

— C'est à cette heure-ci que vous rentrez ? Où étiez-vous ?

— Dans l'abri antitornade, répondit son mari avec

un rapide clin d'œil à Clark. On réparait le vaisseau spatial.

— *Quoi ?*

Elle en laissa tomber sa fourchette dans la poêle, envoyant une tranche de poivron valser dans les airs.

La main de Clark se détendit comme un serpent pour cueillir le légume au passage. Puis il s'adossa au mur et le mangea tranquillement.

— On a fait du bon travail, mon garçon, tu ne trouves pas ?

— Oui, le moteur ronronne comme un petit chat. Je n'arriverai plus jamais en retard au lycée. Tu veux venir faire un tour, maman ?

Martha leur jeta un regard dubitatif. Tous deux paraissaient enchantés de leur plaisanterie. Elle pointa la fourchette en direction de son mari :

— Tu es impossible ! Et toi, ajouta-t-elle à l'adresse de Clark, tu n'as pas besoin de copier sur ton père pour jouer les Martiens !

— Merci, chérie, dit Jonathan en l'embrassant sur la joue. N'en jette plus. Il y a des trucs intéressants dans le journal ?

— Intéressants, je ne sais pas, mais il y a tout un article sur la réunion d'hier soir sous le chapiteau.

— Fais voir ?

Tout en prenant place à table, il parcourut en hâte la première page.

— Il ne manquait plus que ça, s'exclama-t-il. Une espèce de roublard qui prétend tout guérir avec des météorites !

Clark faillit cracher dans son verre la première gorgée qu'il venait d'avaler.

— Il vend des météorites ?

Il prit le journal des mains de son père.

— Pas vraiment, mon garçon. D'après le *Ledger* – auquel il manque toujours un grain de sel –, ce Dr Jacobi fait la promotion de « l'accomplissement de soi et de la totale réalisation du potentiel humain ». J'ai l'impression que le côté météorite n'est qu'un leurre qui camoufle une belle escroquerie New Age.

— Je ne sais pas, Jonathan, murmura Martha en secouant la tête. Evidemment, ce Dr Jacobi a montré des films de la chute de météorites. Freida Wilson y a assisté et elle dit qu'il s'y est passé beaucoup plus de choses qu'on ne le dit dans ce journal.

— Ah oui ?

Cette pauvre Freida, elle est capable de passer le mur du son quand elle bavarde.

— Elle n'a pas dû te faire grâce du moindre détail.

— Elle m'a juste dit que le Dr Jacobi avait énuméré les effets nocifs des météorites sur les gens d'ici. Il avait l'air de tout savoir.

Et Nell Potter s'est couverte de ridicule devant lui.

— Il a dû potasser tout ce qu'il y avait de disponible sur la région. De nos jours, on trouve ce qu'on veut sur Internet.

Clark se rappela le site de Chloé.

— Oui, approuva-t-il.

— Crois-moi, chérie, ce type n'est qu'un vulgaire escroc. Quand mon père était enfant, il a vu comment les faiseurs de pluie pouvaient tondre une région… Là, ce serait plus sophistiqué mais ça reviendrait au même.

— Je l'espère, soupira Martha. Mais j'ai peur que ces conférences n'attirent des gens qui vont fourrer leur nez partout et finir par découvrir la vérité sur Clark.

— Ne t'en fais pas, maman. Selon le journal, tout ce que Jacobi a montré de cette chute de météorites se passait en plein Smallville. Tant qu'il n'a pas de photos de mon vaisseau spatial…

— Encore heureux ! murmura Martha en sirotant son café. Je n'oublierai jamais ce jour-là. Quand j'y pense, je sens encore l'odeur du maïs brûlé.

Clark renifla :

— Ce n'est pas du maïs. C'est le four !

Des flammes sortaient de la cuisinière et le détecteur d'incendie se mit à mugir. Sans laisser à ses parents le temps de réagir, Clark était déjà en train d'éteindre le gaz. Il ouvrit la porte du four et, de ses paumes nues, étouffa les flammes.

Jonathan et Martha se levaient à peine qu'il les accueillait dans la cuisine, en train de se lécher le pouce plein de graisse brûlante.

— C'est bon, détendez-vous.

— Tu n'as rien ?

Martha n'avait pu s'empêcher de poser la question, même si elle savait pertinemment que la réponse était négative. Elle alla jusqu'à saisir la main de son fils et la retourna. Ne serait-ce que pour se rassurer.

— Tout va bien, maman.

— Je veux quand même voir. C'est mon boulot.

Elle lui décocha un clin d'œil, auquel il répondit par un sourire.

— Pourtant, ajouta-t-elle en se rembrunissant, j'aurais juré avoir éteint le four. Ce doit être le journal qui m'a distraite.

— Il n'y a pas de mal, commenta Jonathan, puisque tu avais déjà sorti les côtelettes. Bon, si on parlait d'autre chose que de ce lamentable cirque ? Si on profitait un peu de ce bon dîner ?

— Excellente idée, papa. Mais, maman… ce que tu allais dire à propos du jour des météores, tu me le raconteras plus tard, promis ?

*
* *

Le soir tombait lorsque Lana tourna la clef dans la serrure de la porte d'entrée du grand manoir qu'elle habitait avec sa tante Nell.

— Je suis là !

— Tu tombes bien ! s'écria Nell dans l'escalier. J'allais te laisser un mot. Tu rentres tard, ma chérie.

— Je reviens du Talon. J'ai reporté les reçus et vérifié que les équipes de service seraient toutes là demain et pendant le week-end.

Elle laissa tomber ses livres sur la table de l'entrée en rappelant :

— Lex est peut-être le propriétaire des murs mais c'est nous qui gérons le café.

— Où avais-je la tête ? commenta Nell en fermant sa boucle d'oreille.

Ses talons claquèrent sur les marches de bois.

— Je t'ai laissé un dîner tout prêt dans le réfrigérateur. Je ne sais pas à quelle heure je vais rentrer.

— D'accord. Tu vas à Métropolis pour te faire si belle ?

— Non, je me suis inscrite à un séminaire de la Fondation. Je ne t'en avais pas parlé ?

Voyant le regard sceptique de sa nièce, elle s'inquiéta :

— Quoi ? C'est trop habillé ?

— Pour un jeudi soir à Smallville, peut-être…

— Ce n'est même pas dans Smallville, rectifia-t-elle en vérifiant son maquillage dans la glace de l'entrée. Et puis les autres assistants viennent de loin. Ça ne leur fera pas de mal de voir qu'il n'y a pas que des ploucs par ici.

— Tu y crois à cette histoire de « conscience de la chaîne cosmique » ?

— J'aimerais que tu m'en parles sur un autre ton, Lana ! A t'entendre, on dirait que j'adhère à une sorte de secte. Ce sont des conférences très intéressantes, qui me font beaucoup de bien. Je suis sûre que Donald… que le Dr Jacobi pourra m'aider à répondre aux questions que je repousse depuis des années.

— Donald ? Il est beau ?

— Il a l'air distingué, mais ça n'a rien à voir ici !

Cette fois, Lana ne dit rien, cependant son regard parlait pour elle.

— Bon, d'accord, il est beau, convint Nell. Il a les cheveux blond cendré et des yeux extraordinaires. Mais ce n'est pas ça qui compte. Si tu l'avais entendu parler… !

Elle rougit un peu en poursuivant :

— J'aurais aimé que tu sois là, hier soir. Il nous a montré l'averse météoritique sous un angle différent. Il m'a déjà permis d'envisager toute ma vie d'une autre façon.

— Il a parlé des météorites ? Tu ne me l'avais pas dit, ce matin !

— Non ? Je devais avoir tellement de choses dans la tête… Dans un sens, ce sont les météorites qui ont attiré le Dr Jacobi à Smallville. Il y a un article là-dessus dans le journal.

Elle caressa les cheveux de sa nièce.

— Ne fais pas cette tête-là. Je suis sûre qu'il va pouvoir nous aider.

— Si tu le dis…

— Je t'assure !

Nell se regarda encore dans la glace et rajusta son collier de perles.

— Lana… ? Tu ne mets plus ton collier depuis quelque temps.

— J'ai laissé tomber les bijoux quand j'ai eu mon job de serveuse au Beanery. Tu sais, cette histoire de code vestimentaire…

— Ça remonte à plusieurs mois ! Et je te rappelle qu'au Talon, c'est *nous* qui fixons le code vestimentaire.

— Justement, ça va dans le sens de ce que tu disais tout à l'heure… à propos de ces nouvelles perspectives. Il était temps que ça change. Allez, Nell, ne t'inquiète pas, je l'ai toujours, mon collier ! Je n'oublie pas ce qu'il représente pour toi… disons seulement que je n'ai plus très envie de le porter à longueur de journée.

— Bon, je vois. Tu es devenue une jeune femme capable de prendre tes propres responsabilités. Tu ressembles tellement à ta mère !

Nell la serra dans ses bras.

— Allez, je dois partir. Ne m'attends pas, ce soir !

Un dernier signe et elle sortit. Lana verrouilla derrière elle et monta dans sa chambre. *Parfois, j'aimerais bien trouver une nouvelle perspective de vie.* Tout en ôtant sa veste, elle jeta un coup d'œil dans le grand placard. *Trop de vêtements.* Elle ferma, regarda autour d'elle. *Trop d'affaires.* Elle ouvrit les tiroirs de sa commode où s'entassaient d'innombrables chaussettes et pull-overs. *Je ne porte plus la moitié de ces habits depuis longtemps. Je devrais les donner à la Croix-Rouge !* Elle entreprit de faire de petites piles sur son lit. Puis elle ouvrit le grand tiroir du bas.

Elle s'agenouilla devant et se mit en devoir de le vider, à commencer par le diadème qu'elle avait porté au dernier bal de fin d'année, le trophée qu'elle avait remporté six mois plus tôt au concours de majorettes, les innombrables rubans que sa tante lui donnait quand elle était petite, chaque fois qu'elle l'inscrivait à une compétition de Miss juniors. *Dix fois trop de trucs. Et ce n'est rien à côté de tous mes prix de concours équestres que Nell garde à l'écurie.* Elle envoya promener toutes ces fanfreluches. Ça n'intéresserait même pas la Croix-Rouge. Ça ne correspondait plus à rien, désormais.

Finalement, sa main tomba sur la petite boîte décorée que Clark lui avait offerte pour y enfermer le collier.

— Elle est en plomb, avait-il précisé. Je te la donne. Ce sera bien pour garder tes souvenirs.

Elle ouvrit le couvercle et regarda le bijou, une chaîne d'or qui brillait à la lueur du cristal vert.

Celui-ci provenait de la météorite qui avait heurté la voiture de ses parents, les tuant sous ses yeux. Depuis cet horrible jour, c'était Nell qui l'élevait. Sa tante lui avait offert ce collier le jour où l'adoption avait été officiellement prononcée. C'était sa façon un peu excentrique d'aider la jeune fille à accepter sa nouvelle vie. Elle n'oublierait jamais ses paroles :

— La vie change, Lana. Parfois c'est douloureux, parfois c'est magnifique. Mais, le plus souvent, c'est les deux à la fois.

Lana rangea le collier dans sa boîte dont elle fit claquer le couvercle. *Il y a un temps pour porter les symboles du passé et un temps pour les quitter. Et si ça n'est pas dans l'Ecclésiaste, ça devrait !* Elle ferma le tiroir et reprit ses rangements.

*
* *

Chez les Kent, on avait une règle sacrée : « Celui qui fait la cuisine ne fait pas la vaisselle. » Mais rien n'obligeait les autres à s'y mettre dès la fin du repas. En général, la famille traînait un peu à table avant de la quitter.

Pourtant, ce soir-là, dès le dîner terminé, Clark débarrassa, rangea le lave-vaisselle, versa du café à ses parents et regagna sa place – le tout en cinq secondes.

— Clark ? demanda Martha, abasourdie. Tu as quelque chose derrière la tête ?

— J'ai posé la question à papa tout à l'heure et il m'a dit qu'on devrait en parler devant toi. Alors maintenant, je te le demande : pourquoi m'avez-vous adopté ?

Sa mère en demeura un instant bouche bée, puis répondit d'un ton peiné :

— Quelle question, en effet ! Comment aurions-nous pu *ne pas* t'adopter ! Tu étais si adorable…

— Mais je suis un *extraterrestre* !

— Et alors ? Tu avais quand même besoin de parents…

— Je suis arrivé dans une *capsule spatiale*… !

— … et nous désirions depuis si longtemps un enfant…

— Maman, tu m'écoutes ?

— De toutes mes oreilles, mon chéri, assura-t-elle en lui prenant la main. Mais c'est vrai que tu as débarqué dans notre vie comme un cadeau du destin. Nous désespérions tellement d'avoir un enfant que nous avions fini par nous résigner. Nous avions tout essayé.

Jonathan s'éclaircit la gorge.

— Enfin pas tout. Nous avions renoncé à la fécondation artificielle. Je ne voulais pas que ta mère se retrouve manipulée par des dizaines de médecins…

— Je comprends, coupa Clark, les yeux dans le vide. Vous avez très bien répondu à ma question.

— De toute façon, conclut Martha, nous en étions à envisager l'adoption lorsque tu es arrivé. Alors le problème ne s'est plus posé.

*
**

Jonathan et Martha partaient en ville dans leur camionnette lorsque le grondement des premiers météores envahit le ciel de Smallville. Croyant à un orage, ils ne ralentirent pas et c'est alors qu'un premier projectile vint s'écraser dans le champ, à quelques mètres d'eux ; un deuxième fit exploser un panneau d'affichage en le traversant. Ils s'aperçurent avec horreur qu'un mur de fumée s'élevait du champ de maïs.

— Qu'est-ce qui se passe, Jonathan ?

Il n'eut pas le temps de répondre car une boule de feu venait de traverser la route à trente mètres devant eux, faisant fondre l'asphalte et marquant sa trace dans le champ voisin. Jonathan écrasa le frein et s'accrocha au volant mais trop tard, la camionnette s'enfonça dans le tourbillon de fumée noire. Les roues avant se bloquèrent dans le trou qui venait de se former au milieu de la route et la voiture effectua un tonneau avant de s'arrêter un peu plus bas, sur le toit.

*
* *

— … Nous avons tous deux perdu connaissance. Je n'ai jamais su combien de temps nous sommes restés inconscients mais, quand nous sommes revenus à nous, nous nous trouvions la tête en bas, bien accrochés à nos ceintures.

— Ça faisait un drôle d'effet, embraya Jonathan. Il nous a fallu deux bonnes minutes pour comprendre ce qui s'était passé et où nous étions. C'est alors que j'ai vu quelque chose bouger à l'extérieur de la camionnette.

Martha sourit.

— C'était un petit garçon, de trois ou quatre ans au maximum.

— Tout nu.

— Papa !

— Quoi ? Tu crois que tu portais une combinaison spatiale quand on t'a trouvé ?

— Tu avais un sourire craquant, Clark, et un rire angélique.

— Maman…

— C'est vrai !

— Ta mère a raison, Clark. Je devrais le savoir, c'est à moi que tu as souri d'abord.

Jonathan se massait la nuque, comme pour calmer une ancienne blessure.

— J'ai failli me casser le cou à essayer de sortir de cette camionnette…

*
* *

Jonathan s'arc-bouta contre le volant tandis que Martha détachait sa ceinture. Lentement, il sortit de son siège, frôlant le sol du dos, puis se laissa tomber sur le plafond et rampa. Dehors, le petit garçon riait et battait des mains, visiblement enchanté.

— Allez, Martha, à toi ! C'est comme au cours de gym… sauf que je suis là pour t'attraper. Détache ta ceinture et laisse-toi aller.

C'était facile à dire. Jonathan la cueillit à l'arrivée, lui assurant un atterrissage plus doux que le sien, si ce n'était plus gracieux. Ils achevèrent de sortir du véhicule et Martha tendit les mains vers l'enfant.

— Ça va, mon poussin ? N'aie pas peur…

Il n'avait pas peur du tout et répondit d'un nouvel éclat de rire en prenant la main qu'elle lui tendait.

— Oh, Jonathan, il va attraper la mort dans cette tenue !

Son mari alla chercher à l'arrière une couverture rangée sous le siège et en enveloppa le petit garçon. Martha le prit dans ses bras et tous trois regardèrent autour d'eux. Ils se trouvaient au fond d'une crevasse bordée de goudron brûlant. Une épaisse fumée les entourait toujours. Ils se retournèrent et prirent la pente qui menait directement au champ.

Jonathan ouvrait la marche, suivi de Martha qui ne cessait de parler à l'enfant :

— Comment t'appelles-tu ? Où sont tes parents ?

Le petit penchait la tête de côté et tentait de l'imiter :

— Pa… ents ?

— Il n'est peut-être pas d'ici, suggéra Jonathan.

En souriant, il se pencha vers lui :

— *¿ Hablas español ?*

Le gamin les regarda l'un après l'autre en faisant la moue.

— Arrête, Jonathan. Il ne comprend plus rien.

— Pardon.

*
* *

— Ça semblait logique à l'époque, expliqua Jonathan à Clark. Tu savais marcher… tu aurais dû savoir parler. Et avec ton épaisse tignasse noire, j'ai pensé que tu pouvais être hispanique, peut-être le fils d'un ouvrier immigré.

— Nous ne savions pas comment tu étais arrivé là. Tu étais si beau ! Un petit ange.

— *Maman… !*

— Je t'assure, d'ailleurs, je te montrerai les photos, tu verras.

— Ne regarde pas ta mère comme ça, mon garçon. On dirait… au fond, tu as peut-être raison…

— Jonathan !

— Non, Martha, c'est vrai. Ça prouve que, quelles

que soient ses origines, Clark réagit comme n'importe quel adolescent. Je sais qu'à son âge, je n'aurais pas aimé qu'on me traite de petit ange. Encore que ça ne me soit jamais arrivé.

Les regards du père et du fils se croisèrent et ils se mirent à ricaner.

— Ça suffit, tous les deux ! Clark, je croyais que tu voulais tout savoir !

— Oui ! J'écoute. Papa disait qu'il m'avait parlé en espagnol et que je n'avais pas plus l'air de comprendre.

— D'un autre côté, tu paraissais si content et si joli que tu ne pouvais avoir été un enfant négligé ou maltraité, encore moins abandonné.

— En sortant de la camionnette, nous avons craint qu'il n'y ait eu un autre accident dont tu aurais été le seul survivant. Franchement, j'avais peur de tomber sur une horrible épave et Dieu sait quoi à l'intérieur…

*
* *

Martha chantonnait une berceuse tandis que Jonathan écartait les épis de maïs tombés dans la crevasse.

— Un enfant… ça ne tombe pas du ciel, Martha.

— Alors, d'où vient celui-ci ?

— Je ne sais pas, mais il a bien des parents quelque part.

Ils débouchèrent enfin sur le champ et s'arrêtèrent, pétrifiés. Un étrange engin métallique était échoué sur le sol, juste devant eux.

Elle serra l'enfant contre elle.

— En tout cas, ils ne viennent pas du Kansas, c'est certain.

Plus ils regardaient l'étrange engin, plus la supposition de Martha semblait avérée. Sur un côté, béait une étroite ouverture et, dans la terre, on voyait encore de petites traces de pieds nus… de la taille de ceux de l'enfant. Le vaisseau, quant à lui, ne portait aucune marque identifiable mais les traînées calcinées en disaient assez long sur son entrée brutale dans l'atmosphère. Sinon, aucun drapeau, aucun logo qui permette de songer à un quelconque pays, à une quelconque armée ou agence spatiale.

Mari et femme se regardaient sans oser comprendre. D'autant qu'autre chose risquait d'émerger de cet engin, quelque chose de beaucoup moins innocent. Mais non, rien ne bougeait. Dans un sens, c'était rassurant, dans l'autre, ce pouvait être une rencontre du premier type autrement étrange que tout ce qu'ils avaient vu dans les films de science-fiction. Ni blob à tentacules, ni insectes géants, ni humanoïdes à grosse tête et globes oculaires exorbités.

Rien qu'un vaisseau spatial totalement extraterrestre et un petit garçon parfaitement humain.

Martha considérait tour à tour l'engin, son mari et l'enfant. Alors elle se mit à le bercer doucement. Jonathan n'eut pas besoin de lui demander à quoi elle pensait. En fait, elle se moquait éperdument de l'endroit d'où pouvait provenir ce gamin. Un lien naturel semblait déjà les unir et se renforcer seconde après seconde.

Jonathan se sentait tout aussi attiré mais une question terre à terre lui vint vite à l'esprit :

— Ma chérie, on ne peut pas le garder. Qu'est-ce qu'on va dire aux gens ? Qu'on l'a trouvé dans un chou…

Les yeux dans ceux du petit garçon, Martha répondit :

— On ne l'a pas trouvé, c'est lui qui nous a trouvés.

Jonathan leva les yeux au ciel, comme pour y trouver un signe, et la fumée sembla s'écarter pour lui montrer les nuages qui s'éloignaient. Il secoua doucement la tête et sourit. Et si Martha avait raison ? Et si cet enfant leur *avait* été envoyé ?

*
* *

— Ouf ! s'exclama Clark en se radossant à sa chaise. Et alors, qu'est-ce que vous avez inventé pour expliquer mon arrivée ?

Jonathan prit un air penaud.

— En fait, on a fini par raconter qu'on t'a trouvé errant dans un champ. Toute la région avait été sidérée par cette pluie de météorites. Les secours avaient été tellement sollicités que les services de protection sociale ont été trop heureux de te laisser à notre charge le temps que le bureau du shérif vérifie si tu correspondais à la description d'une personne disparue.

— Nous savions, enchaîna Martha, que personne au monde ne viendrait te réclamer. Ça n'a pas été facile pour l'adoption mais ça a fini par s'arranger.

— Et le vaisseau spatial ? Comment avez-vous fait pour l'emporter sans être vus ?

— De nuit, évidemment. Avec beaucoup de mal et beaucoup de chance ! J'ai cassé un treuil à extraire cette capsule de la terre et à la hisser sur un camion. On l'a cachée dans la grange sous un tas de foin, le temps que j'élargisse l'abri antitornade.

Pensivement, Clark repoussa sa chaise et resta sans bouger. Ses parents respectèrent son silence pour lui donner le temps de digérer ce qu'il venait d'apprendre. On n'entendit bientôt plus que le moteur du réfrigérateur.

— Bon… murmura-t-il enfin. Je dois dire… je suis content d'être tombé sur vous. Il y a tellement de gens qui auraient vendu mon histoire aux journaux à scandale !

— Vendre mon petit ange ? Clark, tu n'as *rien* écouté, voyons ! Grâce à toi nous réalisions notre rêve !

D'un geste spontané, elle vint le prendre dans ses bras.

— C'est vrai, mon garçon, renchérit Jonathan. Tu es notre fils et jamais nous n'avons eu à le regretter. Comme dirait le grand Bill Cosby : « Tu es mon fils. Tu seras toujours mon fils. Et tu peux encore habiter ici… tant que tu auras du travail. »

— Super ! soupira Clark. C'est vrai qu'on se croirait dans une série télé.

8

A peine Clark était-il entré dans le car, ce vendredi matin, que Pete l'interpellait :

— Hé ! Par ici !

Tandis qu'ils descendaient Hickory Lane, Clark s'approcha de son ami en regardant autour de lui :

— Où est Chloé ?

— Sais pas. Il n'y avait personne à son arrêt, tout à l'heure. Moi qui m'attendais à la voir me filer une tonne de papiers à distribuer pour son concert ! Ça fait au moins une semaine que vous en parlez, non ?

— Oui, mais on n'en est qu'aux préliminaires. Le comité cherche encore à joindre des groupes et la date n'est même pas arrêtée.

Il s'assit lourdement.

— J'espère que Chloé n'est pas malade.

— Elle avait l'air en pleine forme, hier. Elle est peut-être sur un superscoop.

— « Arrêtez les presses ! Déchirez la une ! Scoopette Sullivan nous apporte une nouvelle exclusivité ! »

Pete ôta un cigare imaginaire de sa bouche.

— « Bravo, Scoopette, tu es la meilleure ! »

— Arrête, on ne devrait pas se moquer d'elle dans son dos.

— Tu as raison, c'est beaucoup plus drôle en face.

— Non, mais il vaut mieux ne pas trop l'appeler Scoopette, on finirait par le lui dire en face et on se grillerait tous les deux.

— Juste ! Alors on change de sujet tout de suite. Tiens, tu as vu ce qu'ils ont écrit dans le *Ledger* sur ce comique avec ses histoires de météorites ?

— Ouais, c'est dingue !

— Il est trop ouf ! Chloé m'a dit que vous aviez vu son site – comment, déjà ? « La chaîne cosmique » ? Je ne savais pas qu'il restait tant de vieux hippies encore vivants pour gober cette daube.

— Les gens croient des tas de trucs.

— De là à en faire un article dans le *Ledger*…

— Ils avaient de la place libre et ce type attire des gens qui viennent de loin pour dépenser leur thune chez nous. Avec les météorites, ça fait parler de la région.

— On croirait entendre Chloé.

— C'est bien le genre d'article qu'elle…

Il s'interrompit et les deux garçons se regardèrent.

— Non, murmura Clark, elle ne ferait pas ça.

— Cinq dollars qu'elle le fait !

*
* *

Jacobi descendit l'escalier de la vieille ferme pour trouver Wolfe assis à la longue table de la cuisine, en train d'entrer des chiffres dans son ordinateur.

— Bonjour, Jimmy ! Comment allons-nous, ce matin ?

— Pas trop mal, en fin de compte. Je m'inquiète un peu à cause du projecteur central. Le calibrage des lasers était juste, mercredi soir. On voyait trop les bords de l'écran. Je vais tâcher de régler ça, mais il faudra peut-être faire un saut à Métropolis pour en chercher un autre.

Wolfe se leva pour aller remplir sa tasse de café fumant.

— En tout cas, ajouta-t-il, chapeau pour la façon dont tu as traité l'incident de l'évanouissement ! Ça n'aurait pas été mieux si vous aviez répété.

— Nell Potter ? Heureusement qu'elle était jolie et encore relativement jeune. Les femmes comme elle sont aussi réceptives à mon charme que les gentilles mamies.

— Je veux ! Non seulement elle s'est inscrite au séminaire d'hier soir mais aussi à toute la série de conférences. Je suppose qu'elle t'a donné son numéro de téléphone ?

— Et son adresse. J'ai sa carte. Je l'ai déjà entrée dans notre liste de mailing. Elle est jolie, n'est-ce pas ? Mais ce serait une erreur d'avoir une aventure avec une personne du coin.

— Bien dit !

Wolfe se redressa, fit craquer ses articulations.

— Bon, voilà où on en est, reprit-il. Nos fidèles adeptes occupent trente-sept places du camping et on a déjà reçu cinquante-quatre réservations par le Web et par téléphone. Si on y ajoute les donations reçues à la fin de la première conférence, on arrive à près de sept mille dollars. On est encore loin de rembourser nos investissements mais à la vitesse où on est partis, surtout un mercredi… on a plutôt pris de l'avance sur mes prévisions.

— Et tu vas voir, ce week-end ! Tu as vérifié sur le site si on avait de nouveaux souscripteurs ? Je te parie cent dollars qu'on en a récupéré au moins cinq avec la foule qu'il y a eu.

Un coup à la porte les interrompit et un agent de sécurité en veste orange passa la tête :

— Pardon, mais il y a ici une jeune femme qui demande à parler avec le Dr Jacobi. Elle prétend travailler pour un journal.

— Prétend ? maugréa Wolfe. Vous lui avez demandé sa carte ?

— Euh, oui… répondit le bénévole, mal à l'aise. Elle travaille pour… je ne sais pas, j'ai *La Torche*… Et puis elle m'a l'air terriblement jeune.

— Ça ne fait rien, dit Jacobi en se passant les mains dans les cheveux. Faites-la entrer.

Tandis que Wolfe fermait ses pages de calcul sur son ordinateur, la porte s'ouvrait sur Chloé Sullivan.

Son allure aurait sûrement stupéfié ses copains du lycée. Elle portait un tailleur anthracite et des talons plats, un sac de cuir en bandoulière. Oublié les fleurs de plastique sur la barrette et les gels à effet mouillé.

— Docteur Jacobi ? Je suis Chloé Sullivan de *La Torche de Smallville.*

— Comment allez-vous ? Voici mon associé, M. James Wolfe et… attendez ! Sullivan… ?

Une étincelle éclaira le regard de Jacobi et il serra vigoureusement la main de la jeune fille.

— Je vous dois beaucoup, mademoiselle !

Elle parut ne pas comprendre.

— Vraiment ?

— Mais oui ! C'est vous, Chloé Sullivan ? L'auteur de ce remarquable site sur les « mutants de Smallville » ?

— Euh, oui. C'est moi.

— Chère enfant, j'ai consacré une grande partie de ma vie à décoder les mystères du code génétique. Et voilà que vous m'avez fourni une clé d'une importance vitale !

— Moi ?

— Vous. Naturellement, vous êtes au courant de cette théorie qui veut que ce soient les comètes qui ont semé sur notre planète les éléments de base biochimiques indispensables au développement de la vie ?

— Un peu…

— Voilà des années que j'étudie des fragments de météorites et leur effet sur le génotype humain. Je crois que – tout comme jadis les comètes – elles ont périodiquement déclenché sur Terre une stimulation de la chaîne, si je puis dire. Aussi ai-je considéré votre site comme un don du ciel !

— C'est vrai ?

Ce n'était pas souvent que le travail de Chloé suscitait un tel enthousiasme ; elle avait plutôt l'habitude de voir ses idées tout juste tolérées.

— Il vous plaît vraiment ?

— S'il me plaît ?

Jacobi saisit l'ordinateur de Wolfe et afficha le site de la Fondation.

— Regardez. Je vous ai installée parmi nos liens.

Il cliqua sur le menu « Liens » et apparut une longue liste d'adresses, dont la première : « Smallville, cité de l'Etrange ».

— Je… vous… waouh !

Chloé n'en croyait pas ses yeux.

— Je peux ? demanda-t-elle.

Jacobi acquiesça de la tête et elle cliqua sur le lien. La page d'accueil de son site apparut.

— C'est la première fois que j'ai droit à un tel…

Elle s'interrompit. *On se calme, Sullivan ! Embrasse-lui les pieds tant que tu y es ! Avant tout rester impartiale.*

— Je veux dire… je ne m'y attendais pas. Je suis flattée de cet honneur mais je ne suis pas venue ici pour me faire envoyer des fleurs !

Sortant de son sac un lecteur de microcassettes, elle reprit :

— Vous avez suscité la curiosité de bien des habitants de Smallville et mes lecteurs aimeraient en apprendre davantage sur vous et sur le travail de la Fondation Ascendance.

Wolfe se mordit les lèvres pour ne pas éclater de rire. *Ce n'est pas vrai ! Une interview pour un journal de lycéens ?*

— Nous… euh…, commença-t-il, nous efforçons d'aider les médias chaque fois que nous le pouvons, mademoiselle, mais vous tombez à un moment particulièrement chargé. Le Dr Jacobi a une interview radio dans moins d'une heure. Si vous reveniez plutôt ce soir, assister à sa conférence ? Vous en apprendriez sûrement davantage.

— Je… bon, j'aimerais venir mais mon journal a un budget très limité et…

— James, intervint Jacobi, nous pouvons offrir quelques billets à ces jeunes gens pour ce soir, n'est-ce pas ? Mademoiselle, M. Wolfe va s'occuper de tout. Je ne saurais trop vous conseiller d'assister avant tout à une de mes causeries. Cela ne peut que solidifier l'assise de votre article. D'ici là, je pense pouvoir vous consacrer quelques minutes afin de répondre à une ou deux questions avant de partir.

Dans un sourire éclatant, il ajouta :

— Qu'aimeriez-vous savoir ?

*
* *

Peu avant vingt et une heures, Lex engageait sa Lamborghini sur un chemin de gravier bordé de peupliers qui menait à une ferme isolée. Il se gara dans un coin discret, coupa le moteur, sortit de voiture et regarda autour de lui. La maison semblait déserte ; il savait que l'homme qu'il venait voir passait le plus clair de son temps à l'annexe.

Lex poussa une petite porte latérale et entra dans la grange. L'intérieur avait été transformé en un laboratoire sommaire ; comme d'habitude, il y régnait le plus grand désordre. Diverses expériences en cours emplissaient plusieurs tables où scintillait partout la lueur verte des météorites. Mais nulle trace de l'expérimentateur. Lex regarda autour de lui, remarquant au passage, et non sans satisfaction, une centrifugeuse et un ordinateur flambant neufs. *Je vois qu'Hamilton com-*

mence à faire un usage plus raisonnable de mon argent.

Un juron exaspéré jaillit soudain de derrière une cloison.

— Dr Hamilton ? Vous êtes là ?

— Une minute !

Un claquement brutal et la silhouette noire du Dr Steven Hamilton faisait une entrée rageuse dans le laboratoire.

— Luthor ! J'aurais dû me douter que c'était vous.

— Qui vouliez-vous que ce soit ?

Hamilton avait pris un peu de poids depuis leurs premières rencontres et semblait infiniment plus soigné. *Voilà qu'il prend soin de lui-même. Tant mieux.* Le jean et la blouse du savant paraissaient neufs, ainsi que son tee-shirt qui arborait la photo d'Einstein, coiffé d'une casquette de policier, et la légende : « 300 000 KM À LA SECONDE – CE N'EST PAS QU'UNE BONNE IDÉE, C'EST UNE LOI ».

Lex sourit. *Il est en pleine réadaptation.*

Après avoir été l'un des minéralogistes les plus éminents du pays, un scandale avait obligé Hamilton à renoncer à sa chaire d'université. Pendant des années, il avait poursuivi ses recherches dans un anonymat quasi complet, étudiant les minéraux de Smallville dans le laboratoire qu'il s'était accommodé à l'intérieur de l'ancienne grange. Récemment, Lex était devenu son patron : il s'intéressait à ses travaux qui correspondaient aux questions que lui-même se posait. Il n'avait été que trop heureux de pouvoir le financer « au noir » ; cela lui permettait de satisfaire sa curiosité tout en se cachant de son père.

— Alors ?

Hamilton ouvrit les bras comme pour inciter son visiteur à parler le premier. Dans une main, il tenait une bouteille d'aspirine, dans l'autre un vieux transistor. Un mince fil reliait la radio à son oreille.

— D'après vous, à quoi me sert cet équipement ?

Lex prit un air perplexe :

— Une bouteille d'aspirine et une vieille radio ? Je donne ma langue au chat… Un rayon de la mort ?

— Non, non, non !

— Mettez-moi sur la voie. Je n'ai pas l'étoffe d'un savant fou.

Lex prit conscience trop tard de sa gaffe et tenta de se rattraper :

— Sans vouloir vous offenser.

— Pas grave. Je voulais parler de l'équipement sur la… Et zut !

Hamilton débrancha l'écouteur de sa radio dont le haut-parleur se mit aussitôt à grésiller :

« … vingt heures cinquante sur KTOW, la voix de l'information du comté de Lowell. Nous sommes actuellement avec le Dr Donald Jacobi, généticien renommé et créateur de la Fondation Ascendance. »

— « Généticien renommé » ! N'importe quoi ! grommela Hamilton.

Il planta le transistor dans la main de Lex et se mit à fouiller dans un tiroir.

La radio continuait :

« Docteur, votre deuxième conférence a lieu ce soir. Et cette fois, l'entrée est payante ?

— C'est exact. Un montant symbolique de sept dollars cinquante. J'aimerais pouvoir inviter tous ceux qui s'intéressent à mon propos, malheureusement, mes dépenses étant ce qu'elles sont…

— C'est certain, docteur, et ça revient toujours moins cher qu'une séance de cinéma à Métropolis. Cela dit… d'après ce que j'ai pu lire, les météorites du comté de Lowell entrent pour une part importante dans les travaux de votre Fondation, est-ce exact ?

— En effet. On peut même dire qu'elles sont essentielles pour nos recherches. Il m'est difficile de vous expliquer pourquoi en si peu de temps. Ceux de vos auditeurs que cela intéresse sont cordialement invités à venir assister à nos conférences et aussi à visiter notre site www.chaînecosmique.com.

— Ils n'y manqueront sûrement pas. Après une page de publicité, nous vous indiquerons où entendre ces conférences et à quelle heure. »

Lex éteignit la radio et Hamilton sortit un verre portant l'étiquette « Boisson humaine uniquement » qu'il remplit d'eau du robinet.

— J'ai dans l'idée que les travaux du Dr Jacobi ne vous impressionnent pas plus que cela, observa Lex.

Hamilton avala deux comprimés d'aspirine et les fit passer avec l'eau.

— Il est docteur comme moi je suis bonne d'enfants. Il a trouvé son diplôme dans une pochette-surprise. Il n'a jamais rien publié d'intéressant. Sa plus grande œuvre est son site Internet. Qui doit lui rapporter dans les 100 000 $ par an.

Le savant marqua une pause – comme pour bien marquer que c'était là le montant du premier chèque que Luthor lui avait donné.

— Sans vouloir vous offenser.

— Pas grave, rétorqua Lex avec un sourire. Vous savez très bien que je vous ai versé cette somme à titre d'acompte pour vos services. Vous en recevrez encore, beaucoup.

Il prit le temps de s'accouder tranquillement à une armoire basse avant de poursuivre :

— Et, à part le fait qu'il insulte la science, qu'avez-vous d'autre à reprocher au Dr Jacobi ?

— Qu'il risque d'attirer ici des cohortes d'abrutis qui vont venir piétiner notre champ de recherches.

— Vous croyez ?

Hamilton jeta un regard mauvais sur son jeune patron.

— D'après vous, qui avez l'air d'être au courant de tout ce qui se passe dans ce patelin ?

*
* *

Finalement, Chloé ne retrouva Pete et Clark que dans la cafétéria à midi, en plein déjeuner.

— Salut, les mecs !

— Tu trouves que ça fait bien d'être en retard ? demanda Pete en lâchant son hamburger. Tu joues les vieilles avec cette tenue ? Tu reviens d'un enterrement ?

Brusquement, il porta une main à sa bouche :

— Mon Dieu, c'est Stuart... ?

— Non, aux dernières nouvelles, il est toujours vivant, dit Chloé en s'asseyant près de Clark. Mais il n'y a pas que les enterrements pour s'habiller correctement, tu sais ?

— Voyons… trop tôt pour un mariage. Un entretien pour un job ?

— Tu chauffes.

— Attends, je ne joue pas. Qu'est-ce que tu as fait, ce matin ?

— Oui, renchérit Clark, tu as un scoop ?

Il avait dit ça en toute innocence, mais Pete n'en lâcha pas moins son hamburger pour simuler un éternuement afin de ne pas pouffer de rire.

Chloé le considéra d'une œil inquiet :

— Ça va ?

— Euh… oui ! murmura-t-il en essuyant une larme. J'ai dû avaler de travers.

— Reste parmi nous, j'ai encore besoin de toi ! Ecoutez-moi, tous les deux, vous n'allez jamais me croire : ce matin, j'ai interviewé le Dr Jacobi !

— Tu as manqué les cours pour aller voir le prédicateur ambulant ? s'exclama Clark.

Il jeta un regard en coin à Pete. *Heureusement que je n'ai pas tenu son pari.*

— J'ai la meilleure des excuses : j'étais partie en reportage pour le rédacteur en chef de *La Torche*.

— C'est-à-dire toi-même ! rétorqua Clark. Je n'y crois pas ! Tu as perdu ton temps pour ce malade, après tout ce qu'on a vu sur son site !

— Je sais, à première vue, ça fait un peu bizarre. Mais quand j'ai appris qu'il faisait des recherches sur les météorites, j'ai voulu aller y voir de plus près. Et je suis bien contente de l'avoir fait.

Elle jeta un regard plein de convoitise sur l'assiette de frites de Clark.

— Tu permets… ?

— Sers-toi.

— Merci. C'était génial. Le Dr Jacobi est complètement d'accord avec mes théories de l'étrange. Il a même créé un lien entre son site et le mien !

Pete restait sceptique.

— Et tu trouves ça bien… ?

— Ça confirme tous mes efforts pour réveiller les gens, pour attirer leur attention sur ce qui se passe ici. Un expert national qui donne des conférences dans tout le pays pour dire ce que je dis depuis longtemps ! C'est encore mieux que de vendre un article au *Ledger* !

— Chloé… bredouilla Clark. Je… à ta place je me méfierais…

— Ouais, mon père dit que ce type n'est qu'un charlatan.

— Pete !

— Le mien aussi.

— Clark !

Chloé jeta à chacun un regard acerbe.

— Est-ce qu'ils sont allés l'écouter, d'abord ?

— Enfin, non…

— Parfait. Alors on ira tous se faire une idée de nous-mêmes.

Avec un large sourire, elle sortit les billets de son sac.

— Que… ? Pas question !

— Et alors, Pete ? Tu as peur de découvrir que ton père a tort ?

— Arrête, il se trompe parfois mais sûrement pas sur ce genre de chose…

— Voilà un bon moyen de le vérifier, coupa Chloé

en lui tendant un billet. Ne me dis pas que tu as autre chose à faire !

— Moi ? Si, justement, je… c'est que… Bon, je n'ai rien du tout !

— Clark ?

— Euh, je suis curieux mais… Tu as combien de billets, au fait ?

— Un, deux, trois… quatre, cinq ! C'est drôle, je leur ai dit que j'avais des amis…

— Ils ont sans doute pensé que tu voudrais aussi amener tes parents.

— Un vendredi soir… avec mes parents ? marmonna-t-elle en plissant le nez. Non, je ne crois pas. Ils ont dû me prendre pour la fille la plus populaire du lycée !

— Chloé… Clark ! lança Lana en traversant la cafétéria. Je suis bien contente de vous trouver. Je voudrais fixer une nouvelle réunion.

— Quand tu voudras, s'empressa Clark en lui faisant de la place.

— Je suis libre, confirma Chloé en souriant, sauf ce soir.

— Bon, dit Lana en ouvrant son agenda. Vous sortez ensemble, tous les deux, ce soir ?

— On ne sort pas ! corrigea vivement Clark. On va en groupe à la conférence de la Fondation Ascendance. C'est Chloé qui a obtenu des billets gratuits. On en a deux en rab, tu ne veux pas venir ?

— Pour entendre un prédicateur ambulant ? Trop lourd.

— Hé ! intervint Chloé. Qu'est-ce qu'il a de lourd, d'abord ?

— Pardon, je voulais dire : trop lourd pour un vendredi. Ma tante y est allée mercredi dernier et maintenant elle n'arrête pas de parler du « grand Dr Jacobi ». Elle a même assisté à un séminaire spécial qui lui a coûté plus de cent dollars. Nell qui est d'habitude si près de ses sous ! Maintenant, elle a mis des affiches de lui dans son magasin de fleurs et tout. Elle veut assister à la série entière.

— Bon, je suppose que ça ne t'intéresse pas, conclut Chloé.

— En fait, je dois dire que j'aimerais bien savoir ce qui peut mettre Nell dans un tel état. Ça m'a l'air tellement dingue que ça doit en devenir drôle… enfin, tant que je ne suis pas assise à côté d'elle…

— Qu'est-ce qu'il y a de drôlement dingue, ma puce ? demanda Whitney qui arrivait derrière Lana. Et à côté de qui il ne faut pas s'asseoir ?

Il la serrait à la taille et elle posa ses mains sur les siennes. Clark eut l'impression que c'était lui qui l'étreignait.

— Chloé a deux billets de trop pour la conférence de la Fondation, ce soir.

Whitney parut ne pas comprendre.

— Fondation… ?

— Tu sais, celle dont parlait Nell.

— Ah ! Le prédicateur ambulant !

— Il s'appelle Jacobi, intervint Chloé, toute rouge. Le Dr… Donald… Jacobi ! Mais c'est ce soir. Tu es sûrement pris, ce soir.

— Non, pour une fois, je suis libre, annonça Whitney en étreignant de nouveau Lana. Il y a un vendeur qui est rentré un jour plus tôt. Je suis tranquille aujourd'hui. Je venais justement te proposer une pizza et un film mais si tu préfères aller à cette conférence, moi ça me va.

— Tu veux bien… ? demanda Lana à Chloé. Enfin, si tu as assez de billets…

— Oui… c'est bon.

— Merci, Bout de chou ! dit Whitney en les glissant dans sa poche. J'espère qu'on va se marrer.

— Bon, alors à ce soir ! souffla Lana en leur adressant un signe.

Tous deux disparurent dans les profondeurs de la cafétéria.

— « Bout de chou », « J'espère qu'on va se marrer »… grommela Chloé. C'est tout ce qu'il trouve à dire ? Merci, Clark, d'avoir parlé des billets !

Et tu n'avais pas besoin de t'aplatir comme ça devant Lana en t'empressant de dire qu'on ne sortait pas ensemble !

— Excuse-moi, Chloé. Je croyais…

Elle regardait l'éventail qu'elle venait de former avec les trois derniers billets.

— Oh ! s'exclama-t-elle. Ce sont des places numérotées ! Je n'ai aucune envie de me retrouver près de ce gros naze !

— Ne t'inquiète pas, intervint Pete. Clark et moi on se mettra chacun à côté de toi.

— « Bout de chou »… répéta Chloé en mâchonnant une frite.

— Il disait ça gentiment.

— Ça me donne l'impression d'être un nain de jardin.

— Pour nous, tu seras toujours une « Boute-en-train », assura Pete.

— Ah oui ? Dis tout de suite que je suis azimutée !

— Mais non, je voulais… Clark, aide-moi !

— Chloé, tu es deux fois plus mignonne que Pete.

— J'espère bien, dit-elle avec un large sourire à l'adresse de Clark. Bon, tu es pardonné.

— Et moi ? geignit Pete. Je ne t'ai pas fait don de ma personne pour te mettre à l'abri de Toxique Naze ?

— Euh…

— Tiens : je me charge des transports de ce soir.

— Alors tu es pardonné. Maintenant, les garçons, ne m'en veuillez pas, mais ce ne sont pas quelques frites qui vont me nourrir jusqu'à la dernière cloche.

Elle se leva de table :

— Passe me prendre vers dix-neuf heures, Pete, qu'on ait le temps d'arriver tranquillement.

— D'accord !

Clark la suivit un instant des yeux et dès qu'il fut certain qu'elle ne pouvait plus les entendre, il demanda :

— Tu es sûr que ton père te prêtera la voiture si tu la lui demandes à la dernière minute ?

— Pas du tout, mais je parierais à quatre-vingt-cinq pour cent que…

— Et si tu tombes dans les quinze pour cent restants ?

— De toute façon, je n'ai pas précisé quel transport j'utiliserais. D'après toi, elle ne voudra pas venir sur mon vélo ?

— Non, d'autant qu'on annonce de la pluie pour ce

soir. Ecoute, quand tu parleras à ton père, fais-lui un peu de charme.

*
* *

Cinq heures plus tard, Pete se glissait dans le salon où son père lisait le journal.

— Papa, je peux t'emprunter la voiture, ce soir ?

Dale Ross leva sur lui un regard étonné.

— Ça dépend, Peter. Combien de temps comptes-tu rester dehors, où vas-tu et avec qui ?

— J'emmène Chloé et Clark à une conférence et j'ai promis que je me chargerais du transport. Ça ne devrait pas durer très longtemps. Je veux rentrer à temps pour voir Jay Leno à la télé.

— Alors d'accord.

Dale Ross plia son *Daily Planet* et sortit ses clefs de sa poche.

— Tu emmènes Chloé ? Comment est-ce que ça se passe avec ta jolie amie blonde ? Ça devient sérieux ?

— Sérieux ? Chloé et moi ?

— Pour autant que je m'en souvienne, vous êtes allés ensemble au bal de fin d'année.

— Oui, mais pas parce qu'on sortait ensemble. Au contraire, c'était parce que ni elle ni moi n'avions de petits amis. On est copains, ni plus ni moins qu'avec Clark.

— Bon, moi ce que j'en dis… Tiens, et fais attention en conduisant. Pas d'excès de vitesse…

— « … et ne me la ramène pas le réservoir vide. » Promis !

Pete embrassa les clefs, les lança en l'air, tourna sur

lui-même et les récupéra sur un pan de sa veste ouverte.

Dale ne put s'empêcher de rire, comme souvent devant les facéties de son plus jeune fils. Cela le changeait des aînés tous plus sérieux et bardés de diplômes les uns que les autres. Le benjamin s'était bâti une solide réputation de garçon intelligent mais drôle. Néanmoins, Dale se faisait du souci pour lui.

— Tu sais, Pete, quand j'avais ton âge…

Aïe ! C'est reparti.

— … le seul fait d'être « bons amis » pour une Blanche et un Noir nous valait des regards de travers et parfois des menaces. Quant à ton grand-père, il aurait pu trouver une croix brûlée sur sa pelouse… ou pire.

— Les temps changent, papa. Ça va mieux, maintenant.

— Dieu merci ! Mais pour beaucoup de gens, *rien* n'a changé, même à Smallville. N'oublie jamais ça et méfie-toi.

— Comme toujours, papa.

— Je l'espère, mon fils. Je l'espère vraiment. Sois prudent, au volant, on dirait qu'il va pleuvoir.

9

Ce soir-là, Pete passa prendre Chloé vers dix-huit heures quarante-cinq puis se dirigea vers Hickory Lane. Devant la ferme des Kent, elle laissa la place avant à Clark.

— Vas-y, dit-elle, il faut que tu loges tes grandes jambes. Et n'en profite pas pour m'appeler « Bout de Chou » !

— Ça ne m'est même pas venu à l'esprit.

— Bon.

Chloé s'assit à l'arrière et boucla sa ceinture.

— Vous savez, reprit-elle, cette conférence c'est vraiment un truc spécial. J'espère que vous allez vous tenir correctement, tous les deux.

Clark leva la main droite comme pour prêter serment :

— Promis.

— Ouais, ouais, moi aussi, enchaîna Pete. Mais tu ne crois pas que tu en fais un peu beaucoup ?

— J'ai envie de passer une bonne soirée avec mes amis, c'est tout. Dépêche-toi, Pete, sinon on va être en retard.

— D'acco', Miss Daisy !

— Conduis, c'est tout.

Quelques minutes plus tard, ils se retrouvaient dans un embouteillage tant les voitures étaient nombreuses à se rendre au Domaine de la Fondation. En suivant les flèches, ils passèrent par un nouveau chemin récemment gravillonné et aboutirent dans le parking où un homme en veste orange les arrêta avec sa lampe torche.

Pete abaissa sa vitre :

— Bonsoir. On vient pour la conférence.

— Vous désirez des billets ?

— On en a déjà, dit-il en montrant Chloé qui les sortait de son sac.

La Veste orange les prit et les vérifia soigneusement avant de les leur rendre en hochant la tête.

— Bon. Vous les donnerez à l'ouvreur en arrivant sous le chapiteau. Les caméras, caméscopes et magnétophones sont interdits à l'intérieur. Pour le parking, ce sera cinq dollars.

— Pardon ?

— Pete ! murmura Chloé d'un ton effondré. Ne me fais pas mourir de honte. Paie et ne discute pas !

Clark fouilla dans sa poche.

— Si tu n'as pas assez, je peux te les donner.

— Laisse tomber, dit Pete en sortant un billet tout neuf de son portefeuille.

— Merci, monsieur, dit la Veste orange en leur faisant signe de passer.

Pete se chercha une place le plus près possible de la sortie.

— Cinq dollars de parking ! maugréa-t-il. Ils se croient où, à Métropolis ?

— Ce ne serait pas cher pour Métropolis.

— Chloé a raison. La dernière fois que j'y suis allé, le moindre parking venu prenait au moins six dollars cinquante.

— C'est bon, c'est bon !

Pete se gara entre une Mustang immatriculée au Texas et une nouvelle Coccinelle.

— J'espérais quand même, observa-t-il en coupant le moteur, que cette soirée n'allait pas me coûter plus d'un demi-plein d'essence.

Tout sourires, Chloé descendit de la place arrière.

— Merci, Pete. Je te revaudrai ça.

— J'espère bien !

Clark saisit un parapluie resté sur le siège vide.

— Tiens, n'oublie pas ça.

— Oh, merci, Clark ! Tu crois qu'on en aura besoin ? Les nuages ne m'ont pas l'air trop menaçants.

— Pour l'instant non, mais tout à l'heure, on ne sait jamais.

En approchant du chapiteau, les trois amis croisèrent d'autres voitures haut de gamme dont beaucoup arboraient l'autocollant « ACCOMPLISSEZ VOTRE DESTINÉE ! ».

— Regardez ça ! s'écria Clark en montrant les lignes peintes sur le sol. Ils ont prévu ici des places ultralarges pour qu'on ne risque pas de rayer sa porte en l'ouvrant.

— C'est exact, intervint une femme en veste orange. Vous êtes dans la section VIP, pour les membres de la Fondation et les spectateurs qui ont fait des réservations spéciales.

— Des Lincoln, des Cadillac… murmura Pete d'un ton admiratif. Oh ! Il y a même une Prowler ! Je ne sais pas ce que baratine Jacobi mais il attire des paroissiens de la haute !

Un klaxon familier retentit derrière eux et ils se retournèrent pour apercevoir une Lamborghini jaune d'or qui venait se garer à quelques pas d'eux.

— Salut, Clark, Chloé, Pete !

— Lex ! s'écria Clark, surpris. Je n'aurais jamais cru te trouver ici !

— Je ne m'attendais pas à vous y voir non plus. Quoique… ajouta Lex en regardant Chloé.

Celle-ci s'impatientait :

— On y va ? Ça va bientôt commencer. Clark… ?

— Partez en avant, je vous rejoindrai.

Elle attrapa Pete par le bras et l'entraîna avec elle. Il n'eut que le temps de voir, par-dessus son épaule, Clark et Lex qui bavardaient. *La Lamborghini de ce mec doit coûter ce que mes parents gagnent en un an. Forcément on est tous écrasés.*

Clark et Lex prirent posément la direction du chapiteau.

— Alors, tu as appris quelque chose sur ce Jacobi ?

— Pas autant que je l'aurais voulu. Il paraît qu'il a bien un doctorat – passé dans une petite université privée de réputation douteuse.

— Ce qui me ramène à ma première question : qu'est-ce que tu fais ici ? Tu crois pouvoir en apprendre davantage en vérifiant sur pièces ?

— On ne sait jamais. Ça vaut la peine d'essayer.

— Pourquoi te donner tout ce mal ?

— Parce que, répondit Lex d'une voix grave, tout ce qui se passe autour de Smallville me concerne. Sans compter que je n'ai rien contre une bonne soirée de rigolade. Je suppose que tu es venu avec tes potes branchés pour soutenir Mlle Sullivan ?

— Il fallait bien que quelqu'un se dévoue pour la protéger.

Lex haussa un sourcil.

— Tu es sûr que c'est juste pour ça ?

— Pourquoi ?

Clark s'avisa soudain que Lex fixait le parking derrière eux. Un petit sourire aux lèvres.

— Salut, Lana !

— Salut, Lex… Clark !

— J'étais justement en train de dire à Clark qu'il y avait d'innombrables raisons pour assister à cette conférence, ce soir. Vous ne croyez pas ?

— Je suppose, répondit Lana.

Elle regarda tour à tour Lex, Clark et Whitney.

— Je suis là par curiosité, ajouta-t-elle.

— Je crois qu'on va pas mal se marrer, renchérit le footballeur. En plus il paraît qu'ils ont de superlasers.

— Eh bien, je m'en voudrais de vous priver du spectacle. Amusez-vous bien.

Là-dessus, Lex tendit son billet à un ouvreur et alla s'asseoir au fond de la tente, non loin de l'entrée.

Un autre ouvreur emmena Clark, Lana et Whitney vers les tout premiers rangs. Au milieu de la salle, la jeune fille croisa le regard de Nell et lui adressa un signe.

— Je n'y crois pas, murmura-t-elle. On est mieux placés que ma tante ? Que Lex ? Comment Chloé a-t-elle fait ?

— Avec ce qu'ils nous ont pris pour le parking,

marmonna Whitney, vaut mieux que ce soient de bonnes places.

— Voilà, dit l'ouvreur devant le deuxième rang.

Chloé et Pete leur firent signe. Ils étaient assis non loin de l'allée. L'ouvreur tendit à Lana et à Whitney les talons de leurs billets.

— Vous deux êtes aux places quatre et cinq, après ces deux personnes, et vous, monsieur, ajouta-t-il à l'adresse de Clark, vous êtes là, place un, en bordure de l'allée. Nous vous souhaitons une excellente soirée.

— Magnifiques places, Chloé ! apprécia Clark.

Il y avait au moins mille personnes sous la grande toile blanche.

— Je n'ai jamais vu une telle foule par ici, s'extasia-t-il, sauf pour un match de foot.

— Quoi… ?

Whitney regarda autour de lui tandis qu'une fanfare solennelle s'élevait partout sous le chapiteau.

— Ils ne vont pas nous soûler avec ces musiques ringardes !

— Arrête ! lui intima Lana. Attends la suite avant de critiquer.

Pete tendait le cou vers le fond de la scène.

— C'est quoi, ces étoiles ? On dirait un fond d'écran.

— Chut ! souffla Chloé.

Elle les toisa tous d'un air sévère. Clark leva les mains.

— Hé ! Je n'ai rien dit.

— Tu as intérêt à la boucler. D'ailleurs, ça va commencer.

Comme le mercredi précédent, Douglas Oliver grimpa sur le podium. Ce soir, il ne montra aucun signe de trac et n'eut plus besoin de ses cartons pour se rassurer. Sa présentation fut dite sur un ton mesuré, direct et sincère ; puis le Dr Jacobi entra en scène sous un tonnerre d'applaudissements.

La foule se leva, entraînant les nouveaux adeptes qui ne comprenaient pas ce qui se passait. Le bruit devenait tonitruant, inhumain. Malgré la multitude, Clark se demandait comment ces gens pouvaient générer un tel vacarme. *Je jurerais qu'il est amplifié par la sono.*

Ce soir-là, Jacobi laissa l'ovation s'étirer sur deux bonnes minutes.

— Qu'est-ce qui leur prend ? demanda Whitney. Il n'a pas *encore* dit un mot !

Lana le fit taire d'un regard noir mais elle aussi était effarée par l'emprise du docteur sur son auditoire.

— Merci, mes amis, merci !

Il leva les mains puis les baissa lentement pour obtenir le silence.

— Je vois beaucoup de visages familiers ce soir. Mais je vois aussi des nouveaux venus. Bienvenue ! Bienvenue à tous !

Il s'arrêta, le temps de respirer un peu, laissant la salle en haleine, avant de continuer :

— Je sais que vous êtes nombreux à n'avoir jamais assisté à mes conférences et que vous êtes curieux de connaître notre Fondation et moi-même.

— Tu peux répéter ? murmura Pete.

Ce qui lui valut un coup de parapluie dans les jambes.

— J'ai consacré le plus clair de ma vie adulte à étudier l'essence et la substance de l'humanité, à comprendre le lien de cause à effet qui existe entre la maladie et les dissonances de nos vies… à identifier les interactions complexes, physiques et métaphysiques qui font de nous les êtres cosmiques que nous sommes…

Clark tressaillit. *Il vient de dire « êtres cosmiques » ?*

— … et à développer des techniques intégrées pour répondre aux questions, non seulement sur ce que nous sommes mais sur ce que nous pouvons être… et à identifier les énergies réelles qui peuvent nous grandir davantage.

Soudain, quelqu'un au milieu du public se leva en criant :

— DIEU EST AMOUR !

Jacobi se précipita sur l'avant de la scène et tendit un doigt en direction du trouble-fête :

— Je n'écarte pas une minute le pouvoir de la spiritualité, mon ami ! Certes, il existe un niveau spirituel en chacun de nous, tout comme il y a un niveau émotionnel et un niveau mental. Ils résident tous dans notre être physique. Pour autant que je sache, c'est l'esprit qui vous a poussés à venir ici ce soir !

Il sourit.

— Certains d'entre vous sont même prêts à opposer la foi et la science, mais pas moi. Après tout, n'est-ce pas Dieu qui nous a donné un cerveau pour réfléchir, des yeux pour voir, des voix pour interroger ? Et l'étude des sciences a révélé d'infinies merveilles sur ce monde et ceux qui peuplent notre cosmos !

Les lumières diminuèrent et sur l'écran jaillit sou-

…rre vue de la surface de la

…, nous a permis d'étudier …ier sur la Lune. Mais aussi …s-mêmes, de déterminer les …ont de nous ce que nous

…ère apparut soudain au centre …, il prit l'aspect d'une image …t une hélice d'ADN, de la taille

…a Whitney, enfin impressionné.

…es yeux et sa bouche formait un

…rs ses amis.

— C'est quoi, ce truc ? Un hologramme ?

— Comment font-ils ? demanda Chloé. On dirait un effet spécial de cinéma.

— Ils doivent avoir un projecteur à lasers multiples, suggéra Clark.

Il repéra au-dessus de lui la lueur qui traversait l'armature du chapiteau.

— Non, regardez, le laser projette une image vidéo normale sur le matériel de visualisation. Ça donne l'illusion d'une projection en 3D.

— Matériel de visualisation ? demanda Chloé. *Quel* matériel de visualisation ?

— Ce doit être une espèce d'écran transparent au milieu de la scène. Oui, il y en a un…

Il désigna une bordure qui brillait doucement le long de l'image tournoyante.

— On le voit à peine. Il va certainemen
moté quand les lumières diminueront.

A son tour, Pete dévisageait son ami :

— Où tu as vu jouer ça ?

Clark haussa les épaules.

— C'est sur le Web.

Jacobi contourna l'hélice pour laisser à l'a
le temps de s'extasier encore, avant de repren

— L'acide désoxyribonucléique... l'AD
double hélice moléculaire des chromosomes
noyau de chaque cellule vivante de notre corps

Il tendit les bras vers l'hologramme :

— C'est là notre propre mode d'emploi. Le
posants de ces fibres déterminent notre êtr
sique... si nous sommes petits ou grands, br
blonds, dotés d'yeux bleus ou marron. Bien que de taille microscopique, ils ont un impact macroscopique. Telle est la grande chaîne cosmique qui nous arrache à notre limon originel pour nous élever jusqu'aux cieux. Nous ne faisons que commencer à comprendre comment fonctionne cette chaîne. Lorsque nous le saurons parfaitement, nous vivrons un âge d'or tel que l'humanité en rêve depuis des millénaires. Et la clef de cette connaissance – le catalyseur qui nous permettra de reprogrammer notre ADN – se trouve ici, autour de nous !

L'hélice holographique se mit à vaciller et s'évanouit. Tandis que l'éclairage se tamisait, le matériel de visualisation descendit sous la scène et l'écran présenta l'affiche de Smallville, Capitale des météores. Un murmure parcourut la salle. Les gens reconnaissaient l'image.

— Nous avons tous vu ce panneau, n'est-ce pas ? De nombreuses fois. L'averse météoritique de 1989 constitue une véritable gloire pour la région. A l'époque, elle avait été considérée comme une terrible calamité. Mais je crois que ce fut également un merveilleux cadeau du ciel… Le signe annonciateur de notre prochain âge d'or !

Figée sur son siège, Lana serrait les poings. *Ce « cadeau du ciel » a tué mes parents.*

Elle n'était pas seule à s'indigner. D'autres commençaient à grommeler rageusement.

De l'autre côté de la scène, Wolfe posa sa tasse et chuchota dans son micro :

— Méfie-toi. Il y en a qui s'énervent.

Mais Jacobi se jouait déjà de leur colère :

— Oui, les météorites ont causé d'abominables dégâts dans cette région, une véritable catastrophe qui a entraîné la mort et la souffrance… Nous ne pourrons jamais l'oublier ! Cependant, nous ne pouvons non plus ignorer le don qui nous en est resté.

« Mes amis, la grande tourmente de 1989 ne fut que le dernier d'une série d'événements cosmiques qui ont aidé l'humanité à émerger de l'obscurité des grottes. J'ai la ferme conviction que les météorites peuvent déclencher une nouvelle stimulation de la grande chaîne cosmique et nous aider à parvenir au niveau supérieur de l'humanité !

« Il y a eu, depuis la nuit des temps, tant d'averses météoritiques… tant d'impacts de corps célestes sur notre planète. Certains ont rendu possible la vie sur Terre. D'autres sont peut-être à l'origine de l'extinction des dinosaures et d'autres espèces primitives… afin d'ouvrir la voie aux humains. Quelques-uns d'entre nous s'inquiètent de ce que de nouveaux impacts pourraient un jour entraîner notre propre extinction. Je n'écarte pas le danger. Mais ne vivons-nous pas constamment au milieu du danger ? Smallville est encore aujourd'hui une communauté rurale. Or, l'agriculture s'avère *parfois* une activité des plus dangereuses. L'existence elle-même est incertaine. Ni la vie ni la vieillesse ne sont réservées aux petites natures !

Ce qui déclencha quelques éclats de rire. Jacobi sourit. Il avait reconquis son auditoire.

Au fond de la salle, Lex admirait la performance du dompteur. *Il est doué.*

— Mes amis, je suis un optimiste, continuait Jacobi, la main sur le cœur. Je suis certain qu'une humanité ascendante trouvera le moyen de nous protéger de tels dangers. Et, comme je l'ai dit, nous avons à notre portée la clef de cette ascendance.

A la régie, Wolfe appuya sur un bouton, faisant apparaître à l'écran l'image de quelques fragments de météorites, constellés de cristaux verts étincelants. Au deuxième rang, Clark changea de position sur son siège, mal à l'aise.

— Les voici, mes amis ! Les germes de notre héritage cosmique… la clef de l'essor et du progrès de l'humanité. A la suite de la tourmente de 89, les grands instituts de la science et du savoir ont passé le comté au peigne fin, à la recherche des plus gros fragments de météorites, qu'ils ont prélevés pour les étudier dans leurs laboratoires. Et quel fut le principal résultat de cette étude ?

Il faisait face à la salle, l'air indigné.

— Je vais vous le dire : *rien !* Rien du tout.

« Au mieux, ils ont accordé à ces échantillons un rapide examen. Le public a appris que les quelques pierres restées sur place ne présentaient aucun danger pour la santé publique. On nous a dit qu'il n'y avait rien d'extraordinaire dans ces météorites. Oh, elles présentaient bien une petite radiation mineure, mais rien d'inquiétant… vous n'étiez pas plus exposé que devant les rayons émis par une montre lumineuse. Dans un sens, ils avaient raison. Mais dans tous les autres sens, ils avaient complètement tort.

« Parce que, laissez-moi vous le dire aujourd'hui, ces scientifiques… non, je ne devrais même pas les gratifier de ce titre… ces *bureaucrates* nous ont trompés ! Nous aurions dû nous inquiéter… une formidable aubaine pour l'humanité risquait de *passer à la trappe*. Oui, il y avait un danger… le danger que ce magnifique outil ne soit mal employé ! Ces derniers mois, nous avons constaté de nombreux exemples des conséquences de l'impéritie bureaucratique.

Sur l'écran, les fragments de météorites firent place à la photo d'un jeune homme de quinze ou seize ans.

— Prenez le cas de Jeremy Creek. Il a été hospitalisé il y a douze ans et demi après avoir souffert d'un grave traumatisme consécutif à une exposition trop intense aux rayons émis par une des plus grosses météorites tombée non loin de lui. Comateux, souffrant d'un extrême déséquilibre électrolytique, il n'a pas vieilli d'un jour en dix ans ! Les experts sont décontenancés. Pourtant ce cas est loin d'être unique.

Jacobi se mit à faire les cent pas sur la scène.

— Un garçon du pays a récemment disparu à la

suite du décès de sa mère dans des circonstances suspectes : son corps avait été trouvé enfermé dans une sorte de cocon apparemment filé par un insecte géant. Une jeune fille a vu ses tissus devenir soudain si malléables qu'elle pouvait se transformer à volonté et prendre l'aspect d'autres individus. Une autre jeune personne a été victime d'un métabolisme détraqué qui l'a mise en danger, elle et son entourage.

Il marqua une pause face à l'audience suspendue à ses paroles.

— Ces cas ne font que prouver l'interférence des météorites. Les habitants de la région vous le diront… tout ceci s'est produit chez eux ces mois derniers. De nombreux jeunes gens ont été hospitalisés. Malheureusement, certains en sont morts. S'il faut s'en soucier… il ne faut pas s'en épouvanter !

« La plupart du temps, ce sont des adolescents qui ont fait les frais de ces phénomènes ; des adolescents qui étaient enfants à l'époque de l'averse météoritique… des adolescents qui ont passé toute leur vie dans cet environnement. Nous ne sommes en rien responsables de ce qui leur est arrivé.

La voix de Jacobi se faisait soudain très douce.

— Mes amis… nous ne devrions jamais vivre dans la crainte de nos enfants. Leur exposition aux météorites ne fut qu'un facteur parmi tant d'autres qui ont abouti à des cas aussi extrêmes que rares. Ces quelques malheureux ne forment en effet qu'une minuscule fraction de la population. La vaste majorité des jeunes gens de la région sont en bonne santé et parfaitement normaux.

Mal à l'aise, Chloé s'agitait sur son siège. *Il a cité*

tous ces cas sans faire une fois allusion à mon site. Il aurait pu au moins le mentionner.

— J'ai déjà parlé des dangers potentiels qui nous menaçaient. Par exemple, une scie électrique, mal utilisée, peut blesser ou même tuer. Mais si vous savez vous en servir, elle vous permettra de couper le bois qui servira à vous construire une jolie maison. Il en va de même pour les météorites.

Jacobi se tourna vers la gauche.

— Douglas ?

Le présentateur bénévole arriva, poussant un chariot au milieu duquel trônait une boîte en métal.

— Merci.

Douglas Oliver s'éloigna et Jacobi fit sauter les loquets de la boîte tandis qu'autour de lui la lumière s'atténuait. La foule se taisait.

— Songez à tout ce que nous pourrions faire si nous parvenions à exploiter le pouvoir des météorites au service du bien !

Il souleva le couvercle de la boîte et son visage fut baigné d'une douce lueur verte.

Clark eut un haut-le-cœur.

Jacobi sortit la météorite.

Clark s'agrippa aux bras de son fauteuil et sentit le métal se déformer sous ses paumes. D'un geste hâtif, il tâcha d'y remédier. *Cool, Clark... on se calme ! Tant qu'il ne s'approche pas de toi avec ce truc, tout ira bien.*

— Cette pierre céleste m'appartient, proclama Jacobi en brandissant l'objet d'une main. Voilà près de trois ans que je l'ai en ma possession et que je vis avec. Je m'imprègne chaque jour de ses rayons apaisants et

– je puis vous le garantir – je n'en ai jamais ressenti aucun effet néfaste. Au contraire, je n'ai pas eu un seul rhume depuis. Je suis loin d'en avoir tiré toutes les observations scientifiques qui me semblent s'imposer mais je ne pense pas non plus qu'il s'agisse d'une simple coïncidence. Néanmoins, je ne suis pas venu ici vous parler d'un simple remède contre le rhume, ce qui ne serait déjà pas si mal. Je parle de l'éradication d'à peu près *toutes* les maladies... de l'augmentation de l'espérance de vie humaine... de l'accession de l'humanité à un niveau inouï... de l'accomplissement de notre destinée en tant que citoyens du cosmos ! Je crois que ces météorites, proprement utilisées dans un environnement contrôlé, en sont la clef !

« Imaginez seulement les possibilités qui s'offrent à nous : ces énergies qui ont pu stopper le processus de vieillissement sur plus de dix ans ne pourraient-elles arrêter – si ce n'est inverser ! – la détérioration mentale et physique ? Un minéral qui a pu rendre le tissu humain vivant aussi malléable que le plastique, pourrait-il susciter des niveaux de guérison dont nous n'avons seulement pas idée aujourd'hui ? Un membre amputé susceptible de se régénérer ! Les blessures qui se refermeraient sans laisser de cicatrices !

« Tout ceci est à notre portée si nous voulons nous donner la peine de le chercher. Est-ce dangereux ? Oui ! Mais le plus grand danger consisterait à cesser de nous battre et de nous améliorer ! Aucune de nos espérances, aucun de nos rêves ne se réalisera si nous ne persévérons pas !

« En ce qui me concerne, je vous promets de ne pas éluder mes responsabilités envers vous. Je vais continuer à étudier ces météorites. Et, au contraire d'autres institutions, la Fondation Ascendance ne conservera aucune de ses découvertes sous clef ! Nous les partagerons toutes. Nous ne trouverons pas le repos tant que nous ne saurons maîtriser cet extraordinaire outil ! Je pense être à la veille d'une immense percée... d'une immense découverte sur de nouvelles thérapies assez puissantes pour améliorer la qualité de la vie. Nous sommes capables d'y parvenir et nous y *parviendrons*, grâce à l'aide généreuse de tous ceux qui ont adhéré et apporté leur contribution à cette Fondation !

— Docteur, je veux faire quelque chose !

Les têtes se tournèrent vers la voix qui venait de s'élever. Un projecteur balaya la foule et vint se poser au trentième rang, sur un homme vêtu modestement. Un ouvreur se précipita pour lui tendre un micro.

— Je m'appelle Herb Langley, dit le petit homme, et je me suis inscrit sur votre site il y a plus de six mois. J'approuve à cent pour cent vos paroles. Nous devons tous remplir notre part pour en voir la réalisation.

— Merci, Herb. Le montant que vous avez d'ores et déjà versé avec votre souscription nous a aidés à financer notre œuvre.

— Merci à *vous*, docteur ! Mais je veux faire *davantage* !

Il sortit une liasse de billets de sa poche en proclamant :

— Je ne suis pas riche, je ne suis qu'un simple travailleur. Mais voici les cent dollars que je tiens à remettre à la Fondation !

— Herb, je ne sais quoi dire, murmura Jacobi d'une

voix cassée. Nos membres font souvent des versements complémentaires et des legs à la Fondation, mais j'ai rarement reçu un don si spontané…

— Je veux participer, moi aussi !

Un deuxième projecteur éclaira une femme debout, deux rangs derrière.

— J'ai assisté à votre séminaire d'hier.

— Ah oui ! Je me souviens de vous, chère madame Carney, c'est bien cela ?

— Oui, docteur… Elaine Carney. Je souffre depuis longtemps d'un hygroma de l'épaule. Pendant ce séminaire, j'ai eu l'occasion de m'asseoir près de cette météorite et de me concentrer sur ses pouvoirs comme vous nous l'avez conseillé. Regardez-moi, maintenant !

Dans un mouvement gracieux, elle leva les mains au-dessus de la tête.

— Je ne souffre plus du tout !

— Voilà qui est tout à fait remarquable, madame. Toutefois, nous ne pouvons être certains que la météorite soit seule responsable de cette amélioration.

— *J'en* suis certaine ! insista la dame, les larmes aux yeux. Voilà des années que je ne me suis pas sentie aussi bien ! Il n'y a pas assez d'argent au monde pour exprimer ma reconnaissance mais je tiens à faire un geste. Voici trois cents dollars pour aider à vos travaux !

Un autre membre de l'assistance se leva, puis un autre. Tout d'un coup, des dizaines d'ouvreurs apparurent, armés de troncs qu'ils passèrent dans les rangs afin de recueillir les dons. Les gens fouillaient dans leurs portefeuilles pour déposer – un petit – quelque chose au passage de la quête.

— Qu'est-ce qui se passe ?

Chloé détourna la tête devant un tronc agité par un ouvreur.

— Ça tourne à l'office religieux ou quoi ?

— Ils n'ont pas intérêt à me tendre leur cagnotte, rouspéta Pete en croisant les bras. J'ai déjà donné pour le parking.

— Moi aussi, grommela Whitney.

— Mon Dieu ! geignit Lana en se faisant toute petite. Voilà que Nell se lève, maintenant…

— DOCTEUR ! J'AI BESOIN DE VOTRE AIDE !

Du fond de la salle, un homme descendait l'allée, son chapeau à la main, suivi d'une femme et d'un adolescent.

— Je m'appelle Ray Harrison et mon fils est malade !

A la régie, Wolfe aperçut la famille sur l'un de ses écrans et jura intérieurement.

— Crise de nerfs droit devant !

Il augmenta lentement la musique tout en actionnant un interrupteur pour alerter ses ouvreurs.

Ray s'empara du micro de l'un d'eux mais le contact avait été coupé. Il le rendit au jeune homme et le bouscula pour passer tout en mugissant de sa voix caverneuse :

— Docteur, mon fils a une TUMEUR !

Deux ouvreurs tentèrent d'arrêter Ray mais il fonça dans le tas.

— Ses médecins disent qu'ils ne peuvent plus rien pour lui ! Docteur, vous devez nous AIDER !

La foule n'émettait plus un son. Wolfe sentit une goutte de sueur lui couler sur un sourcil alors que la famille Harrison emplissait tous ses écrans.

Ray poussa son fils en avant.

— Voici mon enfant, Stuart.

Les ouvreurs qui s'apprêtaient à leur bloquer le passage s'arrêtèrent net en apercevant le jeune homme. Il avait la peau jaune et fine comme un parchemin sur un corps d'une maigreur squelettique. Il tenait à peine debout et devait s'appuyer sur son père. Une casquette trop grande semblait le protéger de l'air ambiant. Malgré son état, Stuart paraissait fort peu apprécier d'attirer ainsi tous les regards sur lui.

Les ouvreurs s'effacèrent pour les laisser passer.

Sur la scène, Jacobi replaça la météorite sur la boîte et considéra le public. La moitié avait les yeux fixés sur les Harrison. L'autre sur lui.

— Docteur, je ne possède pas beaucoup en ce monde, mais tout est à vous, ma maison, ma voiture, ce que vous voudrez, si vous pouvez aider mon fils ! JE VOUS EN PRIE !

Des cris s'élevèrent :

— Aidez-le !

— Allez !

— Faites quelque chose !

A peine couverts par la musique qui allait crescendo.

Jacobi abaissa son micro et murmura dans celui que Wolfe avait caché dans son col :

— Arrête la musique !

— Tu es fou ? gronda la voix dans son oreille. Ce gosse a un pied dans la tombe. Il faut passer à autre chose immédiatement !

— Trop tard. Je dois me débrouiller. Arrête cette musique, bon sang !

Wolfe appuya sur un bouton et se laissa retomber sur son siège. La musique se tut.

Jacobi leva la main droite. A part quelques exclamations çà et là, un silence total régnait.

— Je vous entends, monsieur Harrison. Je ne veux pas de vos biens. Je souhaite de tout mon cœur pouvoir aider votre fils, mais nos recherches sont encore en cours. Nous sommes malheureusement loin de…

— Je croyais que vous étiez tout près d'une immense découverte !

Malgré sa faiblesse, Stuart avait encore la voix qui portait. Il avança d'un pas chancelant et ôta sa casquette. Il avait les cheveux presque ras, laissant apparaître une cicatrice foncée autour de son crâne.

— Espèce de mytho ! Votre roche miraculeuse, c'est de la daube.

D'un geste étonnamment vigoureux, il envoya sa casquette à travers la salle atterrir aux pieds de Jacobi.

Stuart se tourna vers son père :

— Je t'avais dit qu'on perdait notre temps.

— STUART !

L'assistance sursauta au son de la voix de Jacobi amplifiée par les haut-parleurs :

— Je n'ai jamais promis d'accomplir des miracles. Ça, ça relève de la foi, pas de la science.

Il alla chercher la casquette, s'agenouilla pour la ramasser.

— Je ne sais pas si je peux t'aider ou non. Tout ce que je peux t'offrir, c'est de l'espoir. Est-ce que tu veux tenter ta chance ?

Il tendait la main vers le garçon. Dans la salle réduite au plus grand silence, celui-ci s'avança en traînant les pieds et saisit sa main. Une clameur générale accompagna son geste et deux ouvreurs se ruèrent vers lui pour le hisser sur la scène.

Pete se pencha vers Chloé et Clark.

— A quoi ils jouent, là ?

Abasourdi, Jimmy Wolfe ne quittait pas ses écrans des yeux.

— Mais qu'est-ce que tu *fabriques* ? On est *fichus* ! Tu ne peux rien faire pour ce gamin !

Jacobi prit le garçon par les mains.

— Nous ne savons jamais ce que nous pouvons accomplir tant que nous n'avons pas essayé. Veux-tu tenter une petite expérience avec moi, Stuart ?

— Pourquoi pas ? Je n'ai rien à perdre.

— C'est bien mon avis.

Il lui tendit la météorite.

— Pourrions-nous baisser les lumières, s'il vous plaît ?

Désemparé, Wolfe fit ce qui lui était demandé.

— Bien, maintenant, si chacun d'entre vous voulait bien rester à sa place et ne plus rien dire…

Jacobi plaqua les mains sous les bras du jeune homme pour le faire tenir bien droit et l'aider à porter la météorite.

— Stuart, je veux que tu continues de tenir cette pierre comme tu le fais et que tu laisses sa lumière briller sur toi. Maintenant, ferme les yeux et détends-toi… détends-toi…

Wolfe passa un mouchoir sur son front trempé.

— Espèce de… Tu ne vas pas tenter une hypnothérapie ? *En ce moment ?* Dans ces conditions ?

— … que plus rien n'a d'importance… détends-toi…

La voix de Jacobi se faisait douce, apaisante.

— Détends-toi. Laisse tes muscles se décontracter. Imagine le pouvoir de la météorite qui flotte à travers toi. Laisse-le te pénétrer, t'envahir, te baigner… chasser les toxines, nettoyer ton corps et ton esprit. Dis-moi… comment te sens-tu ?

— Mieux.

La réponse de Stuart était arrivée avec un léger retard. La voix semblait apaisée, un rien surprise.

— … bien.

— C'est parfait. Détends-toi et laisse la crispation et la peur s'éloigner de toi, pour faire place à l'énergie de la météorite. Imagine-toi en train de reprendre des forces…

A la régie, Wolfe se rongeait les ongles.

— Tu as un culot qui dépasse l'entendement !

Il permuta son micro sur le canal trois et donna de nouvelles directives à ses ouvreurs.

— Ecoutez : l'important est de ne surtout pas interrompre l'expérience du docteur. Méfiez-vous que certains membres de l'assistance ne se montrent pas un peu… trop enthousiastes quand ce sera fini. Vous devez commencer à vous rapprocher de la scène, lentement mais sûrement.

Il s'appuya des deux mains sur la console, faisant osciller dangereusement son gobelet, voulut le rattraper, trop tard, la boisson énergisante se répandait sur la baie de contrôle des lumières. Il y eut un grésillement et un claquement.

Dans les cintres surmontant la scène, les lasers holographiques s'embrasèrent subitement. L'un des faisceaux darda de toute sa violence le cœur de la météorite, éclaboussant de lumière verte ce qui se trouvait autour, à commencer par Jacobi et le garçon.

Stuart Harrison eut une convulsion. Il tremblait si violemment que Jacobi en tomba à la renverse.

En contrebas, dans l'allée qui menait à la scène, Mary Harrison se mit à hurler :

— Non ! NON !

Wolfe écrasa le bouton de secours et le laser s'arrêta.

Stuart s'effondra au sol, laissant la météorite lui échapper.

En un quart de seconde, Clark quitta son siège et se rua dans l'allée mais, à peine atteignait-il la scène que ses jambes flageolèrent.

— STUART !

Ray Harrison dévalait la salle, Mary sur ses talons.

Serrant les dents, Clark s'efforçait d'escalader la scène malgré son épuisement.

Deux ouvreurs saisirent Ray par les bras pour le retenir mais, d'un seul moulinet, l'homme se débarrassa des permanents qui tombèrent à la renverse tandis qu'il reprenait sa course.

Piégé à sa place, Whitney sauta par-dessus le rang précédent et fonça vers Clark.

Mary parcourut encore deux mètres avant de trébucher, au bord de l'évanouissement.

— Madame Harrison ?

Chloé accourut pour tenter de l'aider à venir s'asseoir sur le siège de Clark.

— Pete ! Lana ! lança-t-elle.

Ses amis avaient déjà quitté leurs places sans trop savoir que faire, aussi furent-ils trop heureux de pouvoir s'occuper de Mary Harrison.

— Kent !

Chancelant, Clark se retourna pour apercevoir Whitney qui aidait Ray Harrison à grimper sur la scène.

— Kent ! Donne-nous la main !

Clark attrapa l'homme par l'avant-bras et tira tandis que le footballeur poussait. Enfin Ray parvint à se hisser et courut vers son fils ; pendant ce temps, Clark se penchait pour prêter main-forte à Whitney.

Dans l'allée centrale, un ouvreur ne vit pas Mary et faillit tomber sur elle. Pete bouscula les filles afin d'envoyer promener le maladroit, lui prenant au passage une bouteille d'eau qu'il tendit à Chloé.

Sur la scène, Ray tombait à genoux devant son fils et le prenait dans ses bras. Jacobi se pencha sur eux en remuant silencieusement les lèvres, comme s'il avait perdu la parole. Dans ses mains, il tenait la météorite qu'il orientait vers eux, son rayon vert arrosant les Harrison, Whitney et Clark.

— Allez, Kent ! insistait le footballeur. Ne t'arrête pas en si bon chemin !

Mais celui-ci chancelait. Il voyait les veines de ses mains virer au vert foncé, se tordre et trépider comme si elles allaient bouillir. Il fusilla Jacobi du regard.

— HÉ ! ARRÊTEZ, AVEC CETTE PIERRE !

Le docteur sursauta, comme si l'appel de Clark venait de le réveiller. Il fit volte-face et courut remettre la météorite dans sa boîte.

Aussitôt, Clark sentit ses forces revenir. Il rejoignit

Whitney au chevet des Harrison. Le footballeur avait deux doigts pressés sur la carotide de Stuart.

— Comment va-t-il ?

— Il respire. Mais le pouls est faible.

— Oh, mon Dieu ! gémit Ray en blêmissant. Il va y passer ! Je dois l'emmener à l'hôpital !

— CLARK !

La voix de Lex dominait le grondement grandissant de la foule. Clark leva la tête et l'aperçut, qui brandissait un téléphone cellulaire.

— Une ambulance arrive ! Je leur ai dit de se garer à l'arrière du chapiteau !

— Bien joué, Lex ! Vous avez entendu, monsieur Harrison ? Les secours arrivent.

Dans la salle, presque tout le monde allait et venait dans tous les sens. Clark aperçut Lana en train d'éventer Mme Harrison tandis que Chloé tentait de la faire boire.

Au bout du rang, Pete fermait l'allée à tout passage.

— Clark, ça va, là-haut ?

— Je crois. Tu peux t'occuper de la maman de Stuart et des filles ?

— Pas de problème, pote. Je vais les faire sortir dès que possible.

— Merci !

Les deux amis échangèrent un signe d'accord puis Clark alla aider Lex à se hisser sur la scène. *Elles sont en de bonnes mains*. Pete n'était pas un géant mais il avait les épaules presque aussi larges que celles de Clark et la ténacité d'un bouledogue.

Ray allait et venait comme un zombie.

— C'est ma faute… C'est à cause de moi…

Lex s'accroupit devant lui.

— Mais non, monsieur, souffla-t-il d'une voix rassurante. Tâchez de vous reprendre. Il faudra que vous puissiez répondre aux questions des infirmiers dès qu'ils seront là.

— C'est vrai… c'est vrai.

Ray ferma les yeux et prit une longue inspiration. Clark eut presque l'impression d'entendre le pouls de l'homme revenir à la normale. Celui-ci rouvrit les yeux et regarda autour de lui.

— Mary ? Où est ma femme ?

— Elle est coincée en bas, monsieur, dit Clark. Mais ne vous inquiétez pas. Mes amis sont avec elle. Ils vont nous retrouver dehors.

Puis il se tourna vers Lex et Whitney :

— Il faut sortir Stuart, maintenant, pour l'emmener à l'arrière du chapiteau. A nous quatre, on devrait y arriver.

A moi seul aussi, d'ailleurs.

— Tenez, prenez ça.

Whitney ôta sa veste et l'étendit par terre.

Ils firent rouler Stuart dessus puis chacun saisit un coin et souleva le garçon inconscient dans ce brancard improvisé. A l'avant, Clark lui soutenait également la tête. Ils descendirent ainsi quelques marches à droite de la scène et sortirent de la tente.

Derrière eux, invisible au milieu de ce brouhaha, tassé sur lui-même, Jimmy Wolfe restait figé parmi ses écrans. Sur le moniteur nº 2, il voyait des gens s'en aller, laissant sur place les membres les plus fidèles de la Fondation, un peu perdus. Le moniteur nº 1 montrait cinq ou six ouvreurs, épaule contre épaule, tâchant d'empêcher quelques personnes énervées de grimper sur la scène. Et, sur le moniteur n° 3, Donald Jacobi, agrippé au podium, s'efforçant de ne pas se laisser happer par cette effervescence qui lui échappait.

*
* *

Une méchante bruine poissait l'atmosphère nocturne et le gyrophare rouge d'une ambulance faisait scintiller les gouttelettes froides lorsque Pete, Chloé et Lana émergèrent enfin à l'air libre. Entre les deux filles qui la réconfortaient de leur mieux, Mme Harrison marchait d'un pas hésitant.

— Ho, Clark ! cria Pete en venant à sa rencontre. Où est-ce qu'on en est ?

— Les secouristes ont examiné Stuart. Il a repris conscience.

Clark baissa la voix lorsque Mme Harrison passa devant eux pour se précipiter vers son mari.

— Il a repris conscience mais il est sonné et il a une fièvre de cheval.

— Attends, ne tire pas cette tête-là ! Tu as fait tout ce que tu as pu pour lui.

— Oui, je crois. Les autres aussi.

Il regarda les parents de Stuart rejoindre leur fils dans l'ambulance. *J'aurais sans doute pu l'emmener moi-même à l'hôpital mais que serait-il arrivé s'il avait été repris de convulsions en chemin ? Je sais administrer les premiers secours, seulement, là, c'est autre chose.*

L'ambulance s'éloigna toutes sirènes hurlantes. Elle fonça sur cinquante mètres et, soudain, dérapa dans un crissement assourdissant et s'arrêta. Les roues tournèrent à vide sur le sol boueux et le chauffeur jura tout ce qu'il savait.

Clark fut le premier à le rejoindre.

— Qu'est-ce qui se passe ?

— Je ne m'attendais pas à une telle gadoue. Ce n'est pas cette petite pluie qui a fait ça. Il doit y avoir une source, là-dessous.

Il appuya doucement sur l'accélérateur mais les roues patinèrent de plus belle.

— On est salement embourbés. Vous pourriez essayer de pousser ?

— Tout de suite !

Clark siffla, et Whitney, Lex et Pete vinrent à la rescousse. En quelques secondes, ils se placèrent de chaque côté des roues arrière et Whitney se mit à compter.

— Allez, à trois ! Un… deux… TROIS !

Le chauffeur libéra les gaz et les quatre jeunes gens poussèrent à coups d'épaule. Mais un seul d'entre eux faisait tout le travail.

En retrait de ses amis, Clark s'était à moitié glissé sous le véhicule. Il en attrapa le fond et le souleva puis s'agenouilla dans la boue lorsque les roues quittèrent le sol.

— On… bouge ! cria Whitney dans un souffle. Encore un effort… Allez !

Clark donna une poussée plus forte et l'ambulance fit un bond en avant pour aboutir sur le chemin de gravier.

Whitney laissa échapper un soupir de soulagement, puis imita Lex qui se levait après avoir dérapé dans la gadoue comme le véhicule leur échappait.

— On a réussi !

— Comme tu dis, commenta Lex en regardant les feux arrière s'éloigner dans la nuit. C'était plus facile que je n'aurais cru.

— Parle pour toi ! râla Pete encore à quatre pattes.

Il arborait un visage barbouillé jusqu'au front.

Whitney l'aidait à se lever quand Lex regarda autour de lui.

— Où est passé Clark ?

— Ici !

Celui-ci émergea de l'obscurité, souillé jusqu'à la ceinture.

— Le sol devait être encore plus meuble à l'endroit où je me trouvais.

— Ah, vous êtes jolis, tous les quatre !

Ils se retournèrent pour apercevoir Lana et Chloé sous le même parapluie, qui tentaient de s'approcher d'eux sans trop se salir.

— Vous feriez mieux de vous cacher.

— C'est un peu tard, Lana, dit Clark en essorant son blouson. Heureusement que la pluie n'est pas trop froide.

— Froide ou pas, répliqua-t-elle, il faut vous sécher au plus vite sinon vous allez attraper un rhume.

Puis, Lana s'adressa à Whitney :

— On est tombées sur Nell en arrivant. Elle avait l'air assez renversée par ce qui s'est passé ce soir. Je préfère rentrer avec elle.

— Je comprends. Viens, je t'accompagne à sa voiture.

Lana mit sa veste sur sa tête pour se protéger.

— Pete, merci beaucoup pour ton aide. Chloé…

Clark, je vous appellerai pour la prochaine réunion. Lex, bonsoir. Rentrez tous sagement !

Avec un signe, elle suivit Whitney qui s'éloignait déjà.

— Je vais y aller aussi, dit Lex en essuyant ses chaussures dans l'herbe. Moi qui devais faire nettoyer la voiture, ça tombe bien ! Bonsoir, tout le monde.

— La voiture…

Pete se regarda puis considéra Clark.

— On est mal, là ! Je ne te dis pas dans quel état on va mettre la voiture de mon père ! Il va me tuer !

— Sûrement pas. C'était un cas de force majeure. Ton père comprend très bien ce genre de chose.

— Oui, mais il aime trop sa caisse. Peut-être que si je me mettais en caleçon…

Il jeta un coup d'œil à Chloé qui n'osait rien dire et gémit de plus belle :

— Non, oublie ! Il ne comprendrait jamais *ça* !

Clark continuait d'essorer son blouson.

— Ecoute, je suis beaucoup plus sale que toi. Je n'ai qu'à rentrer à pied.

— C'est à des kilomètres ! Tu en as pour toute la nuit.

— Mais non ! Je marche très vite quand je veux. Et puis la pluie diminue. Ça ira très bien, je t'assure.

Comme pour appuyer ses paroles, il se mit en route.

— A plus !

— Clark !

Mais Pete eut beau crier, son ami ne se retourna plus et disparut dans l'obscurité. Il se gratta la tête en riant.

— Il est trop, ce mec !

— Oui… comme tu dis.

— Ah ! La grande journaliste qui parle enfin !

Il alla se mettre à l'abri sous le parapluie et son sourire disparut.

— Hé, ça va, Chloé ? C'est vrai que tu n'as pas dit un mot.

— Je suis encore sonnée par ce qui s'est passé. Sonnée, désillusionnée et un peu démoralisée.

Elle secoua son parapluie, envoyant des gouttelettes autour d'elle, comme un chien mouillé.

— Je veux dire, continua-t-elle, je croyais avoir eu une chance d'enfer en rencontrant le Dr Jacobi. Il soutenait toutes mes théories… il disait tout ce à quoi je croyais depuis longtemps. Et puis tout ça a tourné en… en je ne sais quoi.

— Ouais, je vois assez bien ce qui a pu te démoraliser.

Chloé secoua la tête.

— Ça, ça n'a fait que me sonner et me désillusionner. Non, je veux parler de ce qui est arrivé à Stuart, ce soir, avec cette météorite qui brillait, et ce laser et tout…

Elle frissonna.

— Pete, je crains qu'on n'ait vu une partie de ma théorie de l'étrange en action.

10

La porte à double battant de l'entrée des Urgences s'ouvrit devant les secouristes qui poussaient le brancard de Stuart vers le Dr Caroline Van Etten.

— Joel... Mark, bonsoir ! C'est notre jeune patient au cancer ?

— Garçon, Blanc, dix-huit ans. Convulsions suivies d'une syncope au cours d'une manifestation publique. Les convulsions avaient cessé quand nous sommes arrivés.

Joel lui passa le rapport et poursuivit :

— Conscient, post-ictus. Température quarante. Tension dix-huit cinq. Pouls cent, filant. O_2 à quatre-vingt-dix-huit pour cent, sinus normal, glucose sanguin normal. On lui a administré cent milligrammes de thiamine sur place.

— Rudy, ordonna le médecin au réceptionniste, avertissez l'Oncologie – il nous faut un deuxième avis. Et appelez l'hôpital de Métropolis pour demander quand on peut le leur envoyer.

— Entendu. On l'évacue par hélico ?

Le médecin fit la grimace.

— Seulement s'ils peuvent voler à basse altitude. Il vaudrait mieux prévoir un scan crâne ici.

Un homme de haute taille suivait le brancard, soutenant une femme qui marchait tant bien que mal.

— Docteur Van Etten ! lança-t-il d'une voix désespérée. C'est mon garçon… Stuart Harrison !

Elle n'avait pas oublié ce solide gaillard qui lui avait déjà amené son fils à peine quinze jours auparavant. L'état de ce dernier semblait avoir empiré. Que lui était-il arrivé ? Elle fit signe au réceptionniste :

— C'est bon. Ils peuvent entrer.

Elle jeta un coup d'œil au rapport.

— Pas d'anticonvulsivant ?

— Pas encore. Comme je vous l'ai dit, les convulsions étaient passées.

Elle examina les yeux du malade, se pencha sur lui.

— Stuart, tu m'entends ?

— Vert… vert… articula-t-il dans son masque à oxygène.

— Que dis-tu ?

Une infirmière se pencha pour insérer un thermomètre tympanal dans l'oreille du patient. Elle vérifia et annonça vivement :

— Quarante degrés trois dixièmes !

— Apportez de la glace ! Et préparez-le pour un scanner !

Sans cesser de parcourir le rapport, le médecin se tourna vers les Harrison :

— Il n'est pas allergique à un quelconque médicament ?

— Non, assura Mary Harrison.

— Bon.

Elle entraîna les parents vers une salle d'attente.

— Nous allons lui faire passer quelques images de la tête pour vérifier s'il ne souffre pas de saignements ou de pression intracrâniens, de masses ou de tumeurs…

— Vous allez en trouver beaucoup, docteur, lâcha Ray d'une voix brisée.

— Certainement, dit le médecin en ajoutant une note au rapport.

Elle regarda impatiemment autour d'elle. Où était ce cancérologue ?

— De toute façon, ajouta-t-elle, s'il n'y a aucun signe de tension élevée, nous ferons un PL. Il s'agit d'une…

— Ponction lombaire, énonça Mary comme si elle en parlait tous les jours. Vous cherchez des signes d'infection ?

— Oui.

Le Dr Van Etten se souvint qu'elle avait affaire aux parents d'un cancéreux. Au point où ils en étaient, ils devaient en connaître davantage qu'elle sur la question.

— Il faut absolument que nous trouvions ce qui cause cette fièvre. Il pourrait s'agir d'une méningite.

— C'est cette satanée pierre ! murmura Ray en larmes. C'est ma faute, je n'aurais jamais dû l'emmener à cette séance.

— Quelle pierre ? demanda le médecin.

— Stuart tenait une météorite, commença Mary, et, tout d'un coup, elle… elle s'est allumée… comme un projecteur.

— Oui, renchérit Ray. L'un des garçons qui nous a aidés ensuite a dit quelque chose au sujet d'un laser qui se serait mis à dérailler.

Le médecin se tourna vers les secouristes en train de récupérer leur matériel. Joel confirma :

— Ils étaient tous à cette soirée donnée par la Fondation sous le chapiteau. Le père y a emmené son fils dans l'espoir de le faire guérir par une espèce de cinglé New Age.

— Ouais, approuva Mark. On n'a pas vu ce qui s'y passait mais, apparemment, ce charlatan l'a fait monter sur la scène, lui imposait les mains et lui donnait cette météorite quand l'éclairage s'est détraqué. C'est là que le gosse a fait des convulsions.

— Entendu.

Le médecin inscrivit d'autres observations à la fin du rapport.

— Personne n'a appelé la police ?

— Ils arrivaient quand on est partis.

Le Dr Van Etten ordonna au réceptionniste :

— Rudy, appelez le bureau du shérif. Dites-leur qu'on a besoin de tout ce qui se rapporte à un fragment de météorite utilisé pour ce spectacle. Et qu'ils fassent attention en le manipulant… il pourrait bien receler des bactéries.

Elle se retourna vers les Harrison :

— Je vous abandonne, je monte à la radio. Pendant ce temps, Rudy va vous faire remplir des papiers. Je reviens le plus vite possible.

Ray et Mary s'assirent et le réceptionniste s'approcha d'eux :

— Vous connaissez sûrement toute la procédure ! lança-t-il d'un ton décontracté. Il nous faut vos noms, adresse… nom du patient… assurance…

— Nous…

Mary ne put en dire davantage.

— Nous n'avons plus d'assurance. Notre police a expiré ! martela son mari d'un ton où se mêlaient la honte et la colère. Mais vous devez faire tout ce que vous pouvez pour Stuart. Je trouverai l'argent pour payer. D'une façon ou d'une autre.

Une voix métallique s'éleva derrière eux :

— Ne vous inquiétez pas pour l'argent. C'est pris en charge.

Rudy lorgna la silhouette couverte de boue qui venait de passer la porte à double battant.

— Et vous êtes... ?

— Lex Luthor.

Il sortait déjà son portefeuille et ordonnait :

— Je veux que Stuart bénéficie des meilleurs soins possible. Peu importe la dépense.

Les Harrison écarquillèrent les yeux ; le réceptionniste ouvrit la bouche en reconnaissant le jeune homme chauve qui s'approchait dans la lumière :

— O-oui, monsieur.

— Bien.

Il produisit une petite carte dorée.

— Vous prenez l'American Express ?

*
* *

Article paru dans le *Smallville Ledger* du samedi...

Incident au cours d'une conférence. Un adolescent dans le coma.

Par MAY FRANKLIN

SMALLVILLE – Un lycéen de Smallville a été hospitalisé suite à une attaque survenue vendredi soir au cours d'une manifestation locale. Selon les témoins, Stuart Harrison se serait effondré sur la scène du chapiteau dressé dans le Domaine de la Fondation Ascendance consécutivement à la défaillance d'un projecteur. Il a été traité sur place par les infirmiers du comté de Lowell avant d'être transporté au Groupe hospitalier de Smallville.

La porte-parole du Centre, Pauline Beckford, a déclaré que le jeune Harrison, 18 ans, a été admis dans un état critique.

— Il a été soigné par notre équipe des urgences avant d'être remis aux mains de son médecin de famille.

D'après les témoins, Stuart Harrison était déjà en mauvaise santé avant l'incident.

La Fondation Ascendance de Smyrne, Delaware, s'est récemment installée dans l'ancien domaine d'Alton Davis, au 1027 Old Carter Road, pour y donner une série de conférences et de séminaires. C'est au cours de la deuxième conférence, portant sur la médecine alternative, que Stuart Harrison a eu son malaise.

Une équipe spéciale de la police d'Etat du Kansas assiste le bureau du shérif du comté de Lowell dans son enquête. Selon diverses sources, le dysfonctionnement du projecteur aurait été causé par un « imprévisible court-circuit du système électrique ». Aucun rapport officiel n'a été publié vendredi.

Les porte-parole de la Fondation n'ont pas souhaité faire de commentaires et nous n'avons pu joindre la famille Harrison.

*
* *

Le camping du Domaine de la Fondation était à peu près désert en ce samedi matin. La plupart de ses occupants avaient quitté les lieux dans la nuit. Seule une poignée d'adeptes restait sur place pour tâcher de maintenir un semblant de sécurité et d'informer les nouveaux arrivants qui n'avaient pas encore entendu parler de l'incident.

Les adjoints du shérif demeurèrent sur les lieux jusqu'à midi pour interroger les bénévoles. Une équipe de police scientifique de l'Etat du Kansas avait confisqué le projecteur laser, la console de contrôle et la météorite du Dr Jacobi afin de les étudier.

Toutes les conférences, tous les séminaires prévus pour le week-end étaient annulés. Aucune information sur le site web ne laissait entendre quand ils reprendraient.

Jacobi passa la journée dans un état second. Il répondit aux questions – quand il le pouvait – comme un automate. Au cours de son interrogatoire, un grand plateau avait été renversé – tombant sur le sol dans un atroce fracas – à quelques pas de lui sans le faire ciller. Son état inquiéta tellement une enquêtrice qu'elle fit venir un secouriste pour le prier d'examiner immédiatement le docteur. Le soir, Jacobi fut envoyé se reposer dans la ferme, sous sédatif.

Ce fut à Wolfe que revint la charge de répondre aux autorités, à la presse et aux bénévoles. Le samedi soir, il s'éclipsa en ville, trouva un caviste ouvert et rentra à la ferme avec des sédatifs de sa façon.

Il fallut attendre le dimanche matin pour que Jacobi émerge enfin de sa léthargie et parvienne à s'exprimer devant son associé.

— J'y étais presque, Jimmy. Je tenais ce gamin au creux de ma main et la foule à mes pieds. Si seulement tu n'avais pas allumé ce fichu laser… !

— Arrête, maintenant ! Combien de fois devrai-je te répéter que c'était un *accident*. Il y a eu un court-circuit dans les contrôles ! Le shérif m'a cru, alors pourquoi pas toi ?

Jacobi ne répondit pas. Assis à la table de la cuisine, il se contentait d'ouvrir et de refermer sans arrêt la boîte vide de la météorite.

— Regarde les choses en face, Donald. Il est temps d'arrêter les dégâts. On ferait mieux de plier bagage et de s'en aller.

Wolfe tira une flasque de sa poche, avala une grande gorgée et la passa à son associé.

— Je ne crois pas qu'il y aura des poursuites criminelles – sinon on serait déjà bouclés. Mais on n'a que le temps de filer avant que le père du gosse se réveille et nous colle un procès.

Dans la flasque de métal, Jacobi contemplait le reflet de sa face mal rasée.

— Je ne voulais pas lui faire de mal. Je n'ai jamais fait de mal à personne…

— Tu as fait énormément de mal. La seule différence c'est que, cette fois, tu es encore sur place pour affronter les conséquences.

— Conséquences… articula péniblement Jacobi. Tellement de conséquences.

— Exactement. Il y en a un paquet. Et elles vont

nous tomber dessus comme la misère sur le pauvre monde si on ne se casse pas vite fait.

Jacobi se leva et se dirigea vers l'évier, se passa de l'eau froide sur le visage, prit une longue inspiration. Par la fenêtre il apercevait quelques bénévoles encore occupés à nettoyer le domaine.

— Regarde-les, Jimmy. Eux, ils ne veulent pas le savoir. Il y aura toujours un noyau de fidèles qui me soutiendront... toujours des amis loyaux.

— Ouais, c'est très touchant, mais toute la loyauté du monde ne nous évitera pas un procès et ce genre de litige pourrait ficher le reste en l'air.

Wolfe attrapa son associé par les épaules pour l'obliger à se retourner.

— Tu entends ce que je te dis ? Si on s'en va maintenant, on sera au Mexique avant la nuit. Demain, on est lundi, avec un peu de chance on pourrait clore électroniquement presque tous nos comptes de la côte Est et transférer les fonds dans une petite banque que je connais à Vera Cruz, avant que quelqu'un d'autre aille y mettre son nez.

— Et la Fondation ? Et le site Internet ?

— Laisse tomber ! Le petit Harrison a une espérance de vie plus solide que ces hochets ! On ne pourra sans doute pas récupérer tout l'argent, juste soixante-quinze, quatre-vingts pour cent au maximum. Mais ça devrait suffire pour nous permettre de laisser passer la tempête à l'abri. Après, on pourra peut-être recommencer ailleurs...

Les projets de Wolfe furent interrompus par la sonnerie insistante d'un téléphone cellulaire. Jacobi traversa machinalement la pièce pour le prendre.

— Allô ?

Il se raidit :

— Oh… monsieur Harrison !

C'est fini. Wolfe imaginait déjà les files d'avocats qui devaient attendre derrière la porte. *J'aurais dû l'emmener de force cette nuit.*

Cependant, Jacobi écarquillait les yeux :

— Pardon ? Je ne comprends pas… ! Oui. Oui. Entendu. Tout de suite.

Alors qu'il refermait le téléphone, il vit son associé récupérer sa flasque.

— C'est si grave que ça ?

— Grave ? Rien n'est grave. Au contraire. Range-moi ce tord-boyaux !

Jacobi reposa le téléphone et s'accroupit devant un placard d'où il sortit une bouteille de champagne et deux flûtes.

— Je l'avais cachée en vue d'une occasion spéciale ; c'est donc le moment ou jamais.

Wolfe se frotta les yeux et dévisagea son associé qui semblait avoir récupéré toute sa belle assurance.

— Donald, tu peux me dire ce qu'Harrison vient de te raconter ? Qu'est-ce qui se passe, à la fin ?

— Calme-toi. Il n'y a pas lieu de s'inquiéter.

Jacobi fit sauter le bouchon en souriant.

— En fait, je dirais que la Fondation vient de récupérer son deuxième souffle.

*
* *

A quatorze heures et quelques minutes, le Dr William Manning jeta un coup d'œil sur son visiteur puis regarda à travers les stores vénitiens de son cabinet, au cœur du service des urgences du Groupe hospitalier de Smallville.

— Voilà près de trente ans que je pratique la médecine et je n'ai jamais vu ça.

Dans une chambre privée, de l'autre côté de la vitre, Stuart Harrison était assis sur son lit et buvait du jus de canneberge en zappant la télévision.

— Le revirement s'est produit tellement vite que nous n'avons même pas eu à le transférer sur Métropolis.

Manning ferma les stores et prit un graphique accroché au mur.

— Quand ce garçon est arrivé, il y a deux nuits, il était pâle, apathique et fiévreux… sa température a grimpé presque jusqu'à quarante et un.

Il vérifia de nouveau sur son graphique comme pour s'assurer, une fois de plus, qu'il ne se trompait pas.

— Etant donné tout ce que Stuart a subi depuis quelques années – chirurgie, rayons, chimiothérapie – je ne lui aurais pas donné la nuit à passer, même si on l'avait emmené directement à l'hôpital de Métropolis. Et puis, tout d'un coup, la fièvre est tombée. En moins d'une demi-heure, la température retombait à trente-sept cinq.

Il jeta un coup d'œil à la pendule murale.

— Et voilà où nous en sommes, à peine quarante-deux heures plus tard : température : trente-sept deux. Presque normale. Le cœur bat à soixante-deux pulsations à la minute. La tension est à onze sept. Regardez-le ! Voilà des mois qu'il n'avait plus ces couleurs. Je jurerais presque que ses cicatrices se sont améliorées.

Le visiteur traversa la pièce pour regarder à son tour par le store. Stuart venait de s'arrêter sur la chaîne Cartoon Network et se mit à rire devant Daffy qui jaillissait d'une mare pour couiner à la tête d'Elmer. Contre l'oreiller, la tête de l'adolescent paraissait presque plus ronde qu'auparavant et les traces de sa trépanation moins rouges sous ses cheveux ultracourts.

— Oui, je vois ce que vous voulez dire. Il a davantage l'air d'un gamin victime d'une égratignure que d'un malade du cancer. Et vous dites que les tumeurs du cerveau semblent effectivement se rétracter ?

— On dirait.

Manning se pencha pour entrer son mot de passe sur son ordinateur portable.

— Après que sa fièvre est tombée et que ses autres fonctions vitales se sont stabilisées, j'ai demandé un IRM pour vérifier s'il n'avait pas autre chose.

Il tourna l'écran vers son visiteur :

— Voilà à gauche l'image que nous obtenions il y a un peu plus de quinze jours. Comme vous le constatez, on aperçoit clairement les tumeurs.

Le visiteur hocha la tête. Plusieurs masses compactes apparaissaient sur l'image en coupe transversale du crâne. Même pour un juriste, il était patent que de telles taches n'annonçaient rien de bon.

— Et voici maintenant l'IRM pris vendredi dernier.

L'image qui apparut sur la droite de l'écran aurait pu tout aussi bien provenir d'un autre patient. Les masses étaient toujours présentes, certes, mais sensiblement réduites. La plus grande ne devait faire que la moitié de son équivalent sur la gauche.

— Remarquable.

— C'est peu de le dire.

Manning ôta ses lunettes et les tapa contre sa paume.

— L'évolution était tellement spectaculaire que j'ai d'abord cru à une erreur du scanner. Alors j'ai demandé une autre séance.

Un clic de souris réduisit les deux premières images pour laisser la place à une troisième puis à une quatrième. Visiblement, les masses tumorales diminuaient en taille et en nombre.

— C'est comme si ces saletés régressaient à vue d'œil, commenta Manning en se frottant l'arête du nez. Si ça continue à ce rythme elles vont bientôt… disparaître !

— D'après vous, quelle est la cause de cette réduction ?

— Je crains malheureusement que mon traitement n'y soit pour rien. A la demande de Stuart, je lui avais assuré d'autres soins palliatifs depuis qu'on avait découvert les dernières tumeurs.

Tout en chaussant ses lunettes, Manning tâchait de remettre de l'ordre dans ses idées.

— Je suppose que sa fièvre aura déclenché une sorte de mutation biochimique, mais je ne peux même pas vous dire avec certitude ce qui a provoqué cette fièvre.

— Est-ce que ça pourrait provenir d'un des événements survenus pendant la conférence ?

— Vous voulez dire la « grande expérience » ? railla Manning. Je n'y étais pas, mais à ce qu'on m'a dit, il ne s'est guère agi que d'une thérapie de relaxation agrémentée de lumières et de miroirs de music-hall. La police a examiné la météorite et n'a trouvé aucun signe de contamination. Elle ne comportait rien de plus remarquable que les autres roches célestes qu'on trouve à profusion dans cette région. Evidemment, les parents de Stuart ne partagent pas cet avis. Son père crie au miracle.

— Et vous, qu'en dites-vous ?

— Que nous sommes devant une sorte de régression spontanée. C'est extrêmement rare mais ça arrive. J'en ai personnellement vu un exemple lorsque j'étais interne. Un cancer du foie au stade terminal. Après s'être détériorées pendant des mois, les fonctions du foie ont paru atteindre un palier et puis elles se sont améliorées. Cinq semaines plus tard, le patient n'avait plus de cancer.

Manning jouait avec le bout de son stéthoscope.

— Mais cette régression-ci a été infiniment plus rapide. C'est merveilleux pour ce gamin, bien sûr, mais moi, ça me laisse perplexe. Je n'ai jamais cru aux miracles, pourtant, je ne vois pas quelle autre explication vous donner.

Le visiteur réfléchit, puis demanda :

— Je suppose que je vais devoir m'en contenter. Vous me tiendrez au courant s'il y a encore du changement ?

— C'est dans l'ordre des choses possibles.

Manning regarda encore à travers la vitre qui le séparait de son patient.

— Non pas que je vous reproche le souci que vous vous donnez pour Stuart et sa famille, mais, franchement, monsieur Luthor, je ne suis pas certain que j'aurais dû vous dire tout cela.

Lex sourit.

— Je ne prétends pas une seconde que vous feriez quoi que ce soit à l'encontre du serment d'Hippocrate, docteur. Je désire seulement faire tout ce qui est en mon pouvoir pour que Stuart bénéficie des meilleurs soins possible.

Il tendit la main à Manning.

— Et je compte sur vous pour m'y aider.

*
**

Le lundi après-midi, Chloé obtint sa permission habituelle pour quitter l'étude et se rendre au bureau de *La Torche de Smallville*. Là, elle mit en marche son vieil ordinateur et vérifia ses e-mails. Une kyrielle de messages l'attendait, provenant tous de la même adresse…

Sujet : **Bonnes nouvelles de Stuart Harrison !**
Date : 22/4/02 10:07:43
De : doliver@chainecosmique.com (Douglas Oliver)
A : chloe@smallvilletorch.edu

Nous avons reçu un mot de la famille Harrison. L'état de Stuart continue de s'améliorer. Sa température était descendue à 37° ce matin à huit heures et sa dernière IRM ne laisse plus apparaître qu'une minuscule tumeur.

Les médecins du Groupe hospitalier de Smallville sont encouragés par les progrès de Stuart mais ne désirent pas, pour le moment, envisager de le laisser sortir.

A suivre !

Sujet : **Nouvelles de lundi matin sur Stuart Harrison**
Date : 22/4/02 11:09:24
De : doliver@chainecosmique.com (Douglas Oliver)
A : chloe@smallvilletorch.edu

Nous avons enfin reçu l'explication selon laquelle les médecins du Centre médical de Smallville ne désirent pas, pour le moment, laisser sortir Stuart.

Le Groupe hospitalier a pour principe de garder les patients en pédiatrie cancéreuse tant qu'ils n'ont pas présenté une température normale pendant au moins 48 heures. (Etant donné que les récentes tumeurs de Stuart sont des métastases d'un précédent cancer développé lorsqu'il était plus jeune, il est toujours considéré comme un patient relevant de la pédiatrie.)

A suivre dès qu'il y aura du nouveau.

ACCOMPLISSEZ VOTRE DESTINÉE ! VISITEZ LE SITE INTERNET DE LA FONDATION ASCENDANCE WWW.CHAÎNECOSMIQUE.COM.

Chloé déroula la liste.

— Oh… mon… Dieu !

Trois messages supplémentaires en provenance de chaînecosmique.com apparurent pendant qu'elle lisait les autres. Maintenant, il y en avait quatre.

Elle cliqua vivement sur chacun. Ils étaient partis au rythme d'un à l'heure. *Ces gens-là pourraient rivali-*

ser avec les services de la météo. Elle ouvrit un nouveau dossier et archiva les lettres. Puis elle alla sur le web et continua la recherche qu'elle avait entreprise pendant le week-end.

Elle était tellement absorbée par ce qu'elle faisait qu'elle n'entendit pas la cloche sonner.

*
* *

Le mardi après-midi, Clark rentra du lycée à grande vitesse et fit son travail en un temps record. Dès qu'il eut terminé, il s'enferma dans sa chambre, brancha son ordinateur et alluma Internet. Il se posta sur son moteur de recherche préféré et tapa « Stuart Harrison ».

Alimentées par les e-mails de Douglas Oliver, des rumeurs sur l'état du garçon, plus fantaisistes les unes que les autres, se répandaient à travers tout le lycée depuis deux jours. S'il fallait en croire ne serait-ce que la moitié, les chances de s'en sortir de Stuart avaient décuplé depuis le vendredi soir.

Mis à part un récent passage par le www.chainecosmique.com. – *comme si j'allais les croire !* –, le dernier article qui vint en réponse à la recherche de Clark était un élément vieux de trois jours archivé sur le site du *Ledger. J'aurais dû m'en douter, ils laissent toujours passer plusieurs jours après publication.* Il tenta différentes approches, changeant l'objet de sa recherche, examinant les articles portant sur les miracles de la médecine. Il surfa ainsi sur de nombreux sites. Ses yeux filaient sur l'écran, lisant les pages aussi vite qu'elles apparaissaient, mais il ne trouva rien qui se rapprochait du cas de Stuart.

Déçu, Clark monta après le dîner dans son grenier au-dessus de la grange pour tâcher d'y réfléchir. Il appuya sur le bouton d'alimentation de sa vieille radiocassette et chercha différentes stations. Le son était un peu crépitant, ponctué par les parasites d'un orage lointain. Enfin il opta pour une station AM et se laissa tomber sur le canapé défoncé, envoyant rouler au passage un vieux ballon de basket. Il le fit rebondir à plusieurs reprises sur le plancher puis l'expédia sur les poutres en chevrons et le rattrapa. Il s'amusa ainsi une dizaine de minutes, faisant le vide dans son esprit, avant d'entendre de nouveau la musique diffusée par la radio.

Il esquissait une passe lorsque s'élevèrent les premières notes de « Sweet Georgia Brown ». Il sourit, catapulta le ballon contre le mur de droite et bondit pour aller le cueillir des deux mains sur la gauche ; le temps de le relancer, il était de nouveau sur le canapé pour l'intercepter.

— Vas-y, Kent ! s'exclama-t-il. On se fait une petite partie ?

Il renvoya le ballon et fila le récupérer en face. Il se déplaçait si vite qu'il avait l'impression de le voir se figer en l'air.

Une fois, il le saisit en plein vol et le fit tournoyer au bout de son index.

— D'accord pour une partie mais chacun son uniforme, moi en chemise, toi torse nu.

Il relança et fonça tout en ôtant sa chemise qui atterrit sur le canapé à l'instant où Clark torse nu s'emparait du ballon. Et ainsi de suite, il se déshabillait et se rhabillait entre chaque interception.

— Allez, plus vite !

— Tu vas le rater !

— Attrape ça si tu y arrives.

A croire qu'il y avait deux Clark dans le grenier.

— Clark !

La voix de sa mère venait de la cour.

— Quoi ?

— Tu as de la visite.

Il s'arrêta net, prit le ballon sur la joue et le laissa dévaler l'escalier.

— Hé !

Chloé eut juste le temps de se plaquer contre la rampe pour l'éviter.

— Pardon ! cria Clark en éteignant la radio. Je... j'ai manqué mon lancer.

— Qu'est-ce que tu *fichais* ? demanda la jeune fille, abasourdie devant le nuage de poussière qui retombait peu à peu. D'en bas on aurait dit des chevaux qui faisaient des claquettes.

— Je faisais quelques paniers.

— Ah oui ? s'étonna-t-elle en regardant autour d'elle. Et où est-ce qu'il est, ce panier ?

Clark désigna les poutres qui se rejoignaient en chevron sur un pilier à trois mètres cinquante au-dessus de leurs têtes.

— Je l'imagine là-haut. Ça me permet de combiner l'exercice mental et physique. C'est une sorte de... basket-ball virtuel.

— Okay, d'accord ! C'est pour ça que tu t'es mis torse nu ? Ce n'est pas que ça me gêne, mais...

— Je... euh...

Il regarda autour de lui et finit par retrouver sa chemise sur une botte de foin, dix mètres plus loin.

— Je commençais à me prendre une bonne suée, alors je ne voulais pas tout salir.

Chloé alla la chercher.

— Tu t'y es pris à temps, elle sent encore le frais.

Elle la lui tendit non sans admirer au passage les muscles de son torse et de ses bras.

— Merci. Excuse-moi.

Il se tourna pour se rhabiller, offrant à la jeune fille une réjouissante vue sur son dos.

— Il n'y a pas le feu, répondit-elle d'un ton malicieux.

Clark s'en rendit compte et se hâta de rentrer les pans dans son jean et de fermer ses boutons.

— Alors… qu'est-ce qui t'amène à cette heure tardive ? Tu prépares un article sur la pratique clandestine du sport ?

— Pas du tout, répliqua-t-elle en s'asseyant sur la botte de foin. Je cherchais quelqu'un qui veuille bien m'entendre. J'ai besoin de dire un peu ce que j'ai sur le cœur. Ça ne t'ennuie pas ?

— Je t'écoute. On ne s'est pas vus beaucoup, ces derniers jours. Qu'est-ce qui t'arrive ? Ça a quelque chose à voir avec Stuart ?

— Plutôt avec Jacobi. En ce qui concerne Stuart, les nouvelles sont meilleures les unes que les autres. Sa température est complètement normale et il n'a plus une trace de cancer. En plus, il mange tout ce qui lui tombe sous la dent. Il paraît qu'il va bientôt rentrer chez lui.

— C'est vrai ? Génial !

— Comme tu dis. Si l'année scolaire pouvait s'achever sans que j'aie à rédiger une autre notice nécrologique, je serais la première contente.

— C'est sûrement la meilleure nouvelle qu'on pouvait entendre, commenta Clark en s'agenouillant près d'elle. Alors pourquoi tu nous tires cette figure ?

— Parce que je crois que Donald Jacobi est un escroc et que je suis dégoûtée de m'être laissé entraîner aussi facilement. Je n'en reviens pas d'avoir été aussi naïve.

— Arrête ! Personne ne te demande d'être une journaliste pure et dure vingt-quatre heures sur vingt-quatre. Tu ne tiendrais pas le choc.

— C'est vrai. Mais j'aurais au moins dû garder un minimum de distance. Au lieu de quoi, quand j'ai rencontré le Dr Jacobi, c'était comme si tout ce que j'avais appris, lu ou entendu sur l'art du reportage passait aux oubliettes. Ses théories paraissaient complètement calquées sur les miennes. Il connaissait même mon nom !

« J'avais devant moi un scientifique qui reconnaissait mes travaux – tout ce que j'avais pondu et qui me faisait si mal voir par le principal. Jacobi allait fouiller au cœur des phénomènes provoqués par la météorite et alerter le monde. Il allait obliger les gens à *écouter*.

D'une toute petite voix, elle ajouta :

— Je trouvais que c'était un superplan. Il me disait ce que je voulais entendre et j'ai tout gobé comme une carpe affamée.

Elle regardait Clark avec une expression mêlée de colère et d'exaspération.

— Même vendredi soir, quand il a cité tous ces cas qu'il avait pompés sur mon site, j'ai continué à croire en lui. Je voyais bien qu'il exagérait un peu mais je me disais que c'était pour la bonne cause, qu'il devait attirer l'attention des gens. J'aurais dû m'en *douter*, pourtant, surtout après avoir vu tous ses délires cosmiques sur son site. Il a fallu que ses ouailles fassent la quête pour que je commence à comprendre !

« Clark, ce n'était qu'une conférence bidon, retapée aux lasers pour *paraître* scientifique ! Il s'est servi des météorites pour gagner de l'argent. Dans une autre région, il aurait sûrement trouvé un autre artifice. D'après moi, la Fondation Ascendance ne sert *qu'à* faire du blé. Seulement je ne peux pas le *prouver* pour le moment.

« J'étais à côté de la plaque quand j'ai commencé et les événements ne m'ont pas aidée. J'aurais voulu commencer à enquêter à l'instant où Stuart a perdu connaissance mais il a fallu que j'aide sa mère. Comprends-moi, je l'ai fait sans arrière-pensée, mais…

— Encore heureux.

— … mais je n'avais qu'une envie, filer derrière la scène et poser les questions qui me brûlaient la langue. En sortant du chapiteau, j'ai aperçu Jimmy Wolfe ; il avait l'air complètement hagard, encore qu'assez fou de rage. Il me faisait penser à l'homme derrière le rideau dans *le Magicien d'Oz*.

— Arrête !

— Je sais, je sais. Ça ne prouve rien. Raison de plus pour *chercher* des preuves.

Elle se releva et se mit à faire les cent pas.

— Ces derniers jours, j'ai passé mon temps à faire des recherches sur le passé de Jacobi, de son copain Wolfe et de la Fondation. J'ai retrouvé toutes ses publications – c'est-à-dire pas grand-chose – et, surtout, ses critiques sur les travaux des autres.

Elle envoya un coup de pied dans la botte de foin.

— Il n'a fait *aucune* recherche originale sur l'ADN ! Il n'a fait aucune recherche sur l'éradication de la maladie ! Il n'a fait aucune recherche sur l'extension de l'espérance de vie ! Il n'a fait aucune recherche originale sur *quoi que ce soit* ! Je ne crois pas que cet homme ait jamais mis les *pieds* dans un laboratoire de son *existence* !

— Hé, Chloé, cool ! C'est super ! Tu as vu clair en lui !

— Mais qui d'autre, à part moi ? Quand Stuart a perdu connaissance sur la scène, j'ai cru que Jacobi était fichu, au moins ici. Sauf que ses adeptes reviennent.

— Qu'est-ce que tu dis ?

— Tu te souviens que Jacobi m'a mise sur la liste d'e-mails de la Fondation ? Eh bien, depuis deux jours et demi, ils m'ont envoyé tous ses bulletins de santé et annoncé qu'une quantité de voitures allaient rebrousser chemin et revenir sur le camping. Alors je suis allée vérifier, cet après-midi, et c'était vrai. Il y en a même qui ont demandé pardon pour les avoir lâchés vendredi soir ! Le week-end prochain, je te parie qu'ils seront *tous* là ! Et tous convaincus que Jacobi fait des miracles.

Clark s'adossa à un pilier.

— C'est tellement tentant de croire aux miracles. Et toi, qu'est-ce que tu en penses ? Jacobi a quelque chose à voir avec le rétablissement de Stuart ?

— Jacobi ? Non. Sa météorite ? Oui. C'est clair

qu'il s'est passé quelque chose quand le laser a tapé dessus.

— Attends, Stuart a déjà eu des attaques.

— Oui, mais elles n'ont jamais été suivies d'une guérison complète du cancer ! Reconnais que toutes ces choses étranges qui se sont passées ici se sont avérées avoir un rapport avec ces cristaux verts fluorescents. Jamais tu ne me feras croire que ce n'est qu'une coïncidence. *Jacobi* est un imposteur mais ces phénomènes sont *réels*. C'est pour ça que je l'accuse d'exploiter les météorites.

Machinalement, elle jouait avec la pointe de ses cheveux. C'était un tic nerveux que Clark avait déjà remarqué.

— Hé, ne te mets pas dans ces états ! Tu n'y es pour rien.

— Tu crois ? ricana-t-elle. D'après toi, est-ce que Jacobi serait venu ici s'il n'avait pas vu mon site ?

— Qui sait ? Il possédait cette météorite du comté de Lowell, ce qui prouve qu'il devait être au courant de quelque chose. Tôt ou tard, il aurait bien fini par aboutir ici.

— C'est toi qui le dis…

— Et s'il ne s'était pas pointé, peut-être que Stuart Harrison n'irait pas mieux à l'heure qu'il est. Ecoute, supposons qu'il *s'agisse* là d'un effet des météorites. Sans Jacobi, combien de chances Stuart aurait-il eu d'entrer en contact avec un de ces cristaux *et* un laser détraqué ?

Chloé se rasséréna un peu.

— Sans doute aucune. Je n'y avais pas pensé. Clark, c'est fort !

Elle eut cependant vite fait de se rembrunir :

— Mais ce n'est pas ce qui mettra Jacobi hors d'état de nuire. Je ne la sens pas, cette Fondation. Ça me tue de penser qu'il se sert des ressources naturelles de la région pour pomper le fric des gens. *Je* me sens exploitée.

— Je te comprends. Mais si cette Fondation est aussi louche que tu le dis, il y a des chances que tu ne sois pas la seule à l'avoir remarqué. Ça va finir par se savoir.

— J'espère.

— Allez, ne t'inquiète pas ! Tu sais bien que ça s'arrangera.

Chloé parvint à sourire, surtout lorsque Clark lui passa une main sur l'épaule.

— Et quand ça arrivera, ajouta-t-il, je suis sûr que tu auras un article en bonne et due forme à leur mettre sous les yeux.

Elle leva sur lui un regard rêveur.

— Tu crois ?

— Oui… sûrement.

Soudain il se rendit compte que son geste d'amitié la troublait et se hâta de retirer sa main.

— On est amis depuis… quoi ? le collège ?

— C'est ça.

— Chloé, depuis cette époque, je ne t'ai jamais vue baisser les bras.

— Non, tu as sans doute raison.

Par jeu, elle lui envoya un petit coup dans le triceps et ils échangèrent un sourire.

— Et si je veux que cet article soit prêt, j'ai intérêt à poursuivre mes recherches.

— Pas la peine de te tuer à la tâche non plus.

— Je n'ai aucune raison de m'inquiéter, rétorqua-t-elle avec un clin d'œil. Si je me noie dans la paperasse, je sais que tu seras là pour m'envoyer une bouée.

Elle s'arrêta au bord de l'escalier.

— Merci, Clark. Merci de m'avoir écoutée.

— Quand tu voudras.

Resté sur la dernière marche, il la regarda descendre. Il l'aimait bien mais il trouvait parfois qu'elle prenait trop au sérieux son rôle de chroniqueuse. Elle mettait son nez partout, comme si elle comptait chaque fois découvrir un nouveau Watergate. *Elle finira sûrement reporter dans un grand journal.* Il admirait sa détermination et ne détestait pas lui donner un coup de main de temps à autre, mais il ne comprenait pas comment on pouvait rêver à ce genre de carrière.

Il traversa le grenier pour aller se mettre à la lucarne. Un long moment, il admira la nuit étoilée. *L'astrophysique, voilà une branche intéressante.* Le ciel l'avait toujours intrigué et, quand il avait appris qu'il venait d'une autre planète, perdue quelque part dans cette immensité, sa fascination n'en avait que redoublé. Il réorientait son télescope pour vérifier la position d'une étoile dans la Petite Ourse quand il crut repérer un mouvement du coin de l'œil. Il regarda en bas et vit sa mère qui lui faisait signe d'une fenêtre. Alors il lui répondit d'un signe. *Merci de m'avoir si vite averti de l'arrivée de Chloé, maman ! J'aurais eu du mal à lui expliquer comment je pouvais jouer au basket avec moi-même.*

Derrière lui, une marche grinça dans le silence du grenier.

Il se retourna en souriant.

— Tu as oublié quelque chose… ?

Il se figea, la bouche ouverte.

La silhouette qui venait d'apparaître n'appartenait pas à Chloé.

C'était Lana.

11

Lana le considéra d'un air surpris.

— Je ne crois pas avoir jamais oublié quelque chose chez toi. Si ?

— Euh, non… pas toi… euh…

— Tu attendais quelqu'un d'autre ?

— Oui. Non ! Enfin… Ma mère m'a appelé d'en bas il y a deux minutes. Je croyais qu'elle allait monter. Mais ce n'était pas elle… c'est toi.

— Ah !

Lana ne paraissait pas très convaincue :

— J'espère que je ne tombe pas mal.

— Pas du tout.

Il se rendit compte qu'il la regardait fixement et se détourna, de peur de la mettre mal à l'aise.

— Qu'est-ce qui t'amène ici ? Tu as l'air préoccupée.

— Plutôt, oui ! J'étais sortie marcher un peu quand j'ai vu de la lumière, alors j'ai pensé…

— Tu as eu raison. Assieds-toi.

Il étala un vieux tapis de selle sur le canapé.

— Allez, viens me dire ce qui te chagrine.

Elle s'installa et commença :

— C'est assez compliqué. Avec tout ce qui se passe depuis vendredi, je flippe un peu.

— On en est tous là.

— Nell est dans un état ! Elle était gaga de ce Dr Jacobi, jusqu'à la séance de vendredi soir. Ça l'a vraiment secouée. Mais, maintenant que Stuart va mieux, elle replonge allègrement. En pire. Hier, elle a passé la journée à travailler à l'œil pour la Fondation. Et cet après-midi, je l'ai surprise en train d'envoyer des fleurs à Jacobi, accompagnées d'un petit mot.

Elle en frissonna de dégoût.

— Tu as froid, Lana ? Si tu veux une couverture… ?

— Non, merci. Tu sais, j'ai quelquefois des flashs : je vois Jacobi devenir mon oncle.

Elle réprima un second frisson et Clark préféra la laisser poursuivre sans intervenir :

— Nell passe maintenant presque tout son temps au Domaine ! Et elle lui a donné tellement d'argent ! De l'argent qu'elle aurait dû réinvestir dans sa boutique de fleurs ou dans le Talon bar. Ça fait peur. J'ai parfois l'impression que, tout d'un coup, les rôles sont inversés : comme si elle redevenait une gamine. Je m'inquiète beaucoup pour elle mais, si je dis quelque chose, elle répond que je ne peux pas comprendre. Elle ne supporte pas qu'on dise un mot de travers sur Jacobi. A croire qu'il lui a jeté un sort.

Tout d'un coup, elle se tut, le regard perdu vers le ciel étoilé qu'elle apercevait par la lucarne. Clark se souvint alors de ce que Chloé avait dit sur le retour des adeptes et cela ne le rassura pas. Les craintes de Lana au sujet de Nell n'en rendaient la situation que plus navrante. *Je commence à comprendre pourquoi Chloé était toute retournée.*

— Lana, si ça peut te consoler, tout le monde n'est pas sous le charme du Dr Jacobi.

Il lui résuma brièvement sa conversation avec Chloé (sans préciser qu'elle venait tout juste de se dérouler, ni où).

— Et je te répète ce que je lui ai dit : si tu vois clair en lui, les autres ne vont pas tarder.

— J'aimerais bien. Je vais en parler avec elle, voir ce qu'elle en pense.

— J'aimerais pouvoir faire davantage pour t'aider.

— Si tu connais un tour de magie susceptible de ramener Nell à la raison, vas-y. Sérieusement, Clark, tu m'as déjà beaucoup aidée. Au moins, tu ne m'as pas dit de la laisser se débrouiller.

— Qui t'a dit ça ?

— Oh... Whitney. Il estime que je m'affole pour rien et me conseille de la planter là pour aller vivre ma vie. C'est facile à dire. Que je sache, il n'a pas planté son père en apprenant qu'il était si malade – il en est même complètement *obsédé*. Ce sont ses amis qu'il a plantés. Au début, il ne voulait rien dire à personne... même pas à moi !

— Je me souviens. Il nous a fait le coup du silence.

Jusqu'à ce que je lui en parle moi-même.

Clark aurait préféré discuter avec Lana d'autre chose que de Whitney Fordman mais elle semblait bouleversée et il n'aimait pas la voir dans cet état.

— Je crois, expliqua-t-il doucement, que Whitney se fait toujours un sang d'encre pour son père et, à côté des siens, les problèmes des autres doivent lui paraître mineurs. Quand il te dit d'oublier le… l'intérêt de Nell pour le Dr Jacobi, c'est sans doute parce qu'il imagine sa mère bientôt veuve… et prête à se remarier. Ça ne doit pas l'enchanter.

— Tu as sûrement raison. En fait, tu *as* raison. Tu es doué en psychologie !

— Pas *tant* que ça.

— Si, je *t'assure* ! Comment fais-tu ? Quel est ton secret ?

J'ai eu maintes fois l'occasion d'observer les gens « normaux », afin de paraître *normal moi-même. Alors que je ne suis seulement pas humain. Je ne fais que passer.*

— C'est peut-être parce que je suis fils unique.

— Moi non plus, je n'ai pas de frères ni de sœurs, ça ne m'empêche pas d'être complètement perdue, de temps en temps.

— Comme tout le monde. Et ne crois pas que je sois si bon psychologue. Ça viendrait plutôt de l'éducation que j'ai reçue. Nous avons toujours été très proches, avec mes parents. Dans un sens, je me sens presque de leur génération. Ça donne une autre vision des choses.

— Il faut reconnaître que tu as des parents super-cool.

— Oui, j'ai de la chance. Ils m'ont beaucoup appris rien que par la vie de tous les jours.

— Par exemple ?

— Je ne sais pas trop par où commencer. Ils m'ont enseigné à prévoir… à réagir. C'est obligatoire, dans une ferme.

Il arracha quelques brins de foin qu'il frotta entre ses doigts.

— Cette botte ne s'est pas faite toute seule.

— Non, je m'en doute, dit Lana en esquissant un sourire. Si je comprends bien, c'est une question de perspective... fermière ?

— Je n'y ai jamais pensé de cette façon, mais – oui. Tu dois percevoir tout ce qui se passe autour de toi. Tu dois savoir quand alterner les cultures et reconstituer le sol – en priant le ciel pour que les minéraux ne gâchent pas tout. On en apprend beaucoup sur les relations de cause à effet.

Dehors, une vache mugit plaintivement et Clark se mit à rire :

— Tiens, voilà un autre exemple. Même si tu as choisi de bonnes lignées, tu dois sans cesse veiller sur les veaux nouveau-nés si tu veux en faire des champions. De toute façon, tu n'as aucune garantie.

Lana se pencha en avant, appuya les bras sur ses genoux.

— La ferme est une allégorie de la vie... ! Maintenant que tu le dis, tout ça paraît tellement clair...

— N'est-ce pas ?

Clark semblait intrigué par son propre raisonnement.

— Il faut travailler dur mais ça ne suffit pas ; il faut aussi travailler *intelligemment*. Et, parfois, malgré tes prévisions et tout le mal que tu t'es donné, les choses ne se passent pas comme prévu. Il ne pleut pas. Ou trop. Ou juste ce qu'il faut mais, au lieu de la pluie, c'est de la grêle, ou de la neige, qui gâte toutes tes plantations.

— Ça semble trop pénible ! On doit avoir l'impression que le monde entier est contre vous.

— C'est sûr ! Mais il ne faut pas se laisser abattre pour autant. Parce que, au fond, rien ni personne n'est vraiment contre toi. Ni pour. Si j'ai appris une chose de mes parents, c'est que le monde se moque pas mal de ce qui t'arrive. Quand les choses ne se passent pas comme tu le désires, c'est comme ça, et voilà tout. En revanche, il t'incombe d'en sortir, et sans accuser les autres de ce qui t'est arrivé.

— C'est vrai, de temps en temps, les choses tournent mal, sans qu'on sache pourquoi. Parfois, les gens tombent malades, sans raison. Même les gens qui le méritent le moins, comme Stuart Harrison.

Elle se penchait de plus en plus en avant, les mains jointes, comme si elle priait.

— Et parfois... continua-t-elle, parfois, c'est juste que tu es mal tombé. Comme pour mon père et ma mère.

— Lana...

— Ne t'inquiète pas.

Elle jeta un bref regard vers le sol pour se donner une contenance.

— Tu sais, continua-t-elle, j'ai souvent rêvé de la vie magnifique que j'aurais pu connaître avec eux. Nous aurions vécu dans une superbe maison à Métropolis et nous aurions visité le monde entier.

Les yeux encore brillants, elle releva la tête vers Clark.

— Mais je m'arrête vite et je me dis... non. Ils possédaient des hectares de bonne terre fertile au cœur du Kansas ; j'aurais donc vécu à la campagne... et ç'aurait été très bien. Alors tu vois, quand je t'entends parler de la ferme, ça me donne une petite idée de ce qu'aurait été ma vie.

— Je suis désolé si…

Elle tendit un doigt vers lui, le posa sur sa bouche.

— Chut ! Ça me plaît d'imaginer tout ça.

— Et moi, je ne connais rien d'autre, alors je me prends à rêver de partir à l'aventure, de parcourir le monde. Mais tu dois avoir raison, nous avons tout ce qu'il nous faut ici…

Elle se tenait tout près de lui et le regardait dans les yeux. Il se pencha doucement.

Brusquement, le silence fut interrompu par un mélodieux gazouillis qui retentit dans la poche de Lana.

— Zut !

D'un geste agacé, elle sortit un minuscule téléphone cellulaire et l'ouvrit.

— Allô ? Oui, Nell, je vais bien.

Elle leva les yeux au ciel.

— J'étais juste sortie me promener un peu. Euh… non, je vais bientôt rentrer. D'accord. Au revoir.

Elle fit claquer le téléphone d'un geste sec.

— La technologie ! s'exclama-t-elle, exaspérée. Excuse-moi. Je croyais l'avoir éteint.

— C'est… ce n'est rien, mentit Clark.

— Je devrais peut-être y aller.

Un million de mots se bousculèrent dans l'esprit de Clark et il chercha désespérément ceux qui pourraient convaincre Lana de rester avec lui, ne serait-ce que quelques minutes de plus.

Pourtant, il ne trouva rien d'autre que :

— C'est bon.

Il la suivit jusqu'à l'escalier.

— J'aurais bien aimé pouvoir t'aider à résoudre tes problèmes.

— Je ne venais pas chercher une solution... juste une oreille compatissante.

Avant de poursuivre, elle lui décocha un si joli sourire qu'il sentit son cœur flancher.

— Ça me fait toujours du bien de parler. Merci, Clark, tu es un véritable ami.

— Tant que tu voudras, Lana.

Il se pencha sur la rampe et la regarda descendre avec le désespoir d'un noyé qui verrait son bateau disparaître à l'horizon. Cependant, il résista à la tentation de l'observer à travers le plancher et regagna son grenier en se maudissant de n'avoir su se montrer plus efficace, plus charmant... de n'avoir pu lui faire oublier Whitney Fordman. Si seulement il y parvenait...

En un clin d'œil, il vit la scène : il épouserait Lana et tous deux aideraient ses parents à la ferme. Par la suite, ils pourraient racheter une partie de la propriété et y bâtir leur propre maison, ou acquérir le terrain de Nell. Leur avenir à deux se déroulait devant ses yeux et lui semblait parfait.

Perdu dans ses pensées, il n'entendit pas marcher derrière lui.

— Hem !

Il se retourna d'un bond et vit Martha qui venait d'atteindre la dernière marche de l'escalier.

— Maman ? Qu'est-ce que... ?

— Je me demandais si tu ne voudrais pas te joindre à ton père et à moi pour nous faire du pop-corn. A moins que tu n'attendes encore d'autres jeunes femmes pour la soirée...

— Euh, non... ça m'étonnerait.

Martha haussa un sourcil.

— Ça ne va pas, Clark ?

— Je rêvassais un peu. Tu sais, comme quand on fait des retours en arrière tellement puissants qu'on s'y croit ?

— Oui... ?

— Je crois que je viens de faire un *retour en avant*.

*
* *

Mercredi, en fin d'après-midi, un fourgon blanc au logo de la chaîne WMET News s'engageait dans la cour du Groupe hospitalier de Smallville. Trente mètres plus loin, il était arrêté par un des shérifs adjoints du comté de Lowell.

Le chauffeur abaissa sa vitre :

— Il y a un problème, shérif ?

— Pas de problème, répondit le policier.

Il nota le numéro de la plaque.

— Je veille à ce que les voies des urgences restent dégagées. Vous venez de Métropolis ?

— Oui. Ed Dixon. WMET.

A la place du passager, une femme élégante se pencha et lui décocha son sourire spécial caméras.

— Bonjour ! Je suis Kelly McDonald. Nous sommes un peu en retard. Nous venons pour...

— Je sais pourquoi vous êtes là.

Le shérif acheva de prendre ses notes et tendit son crayon vers une voie de traverse :

— Prenez à gauche et c'est tout droit jusqu'à une rangée d'arbres. Le parking nord se trouve juste derrière.

Ed suivit la direction indiquée et, arrivé au parking, écarquilla les yeux :

— J'ai l'impression qu'on a de la concurrence, Kelly.

Une rangée entière de véhicules de presse s'étendait devant eux, provenant d'à peu près toutes les régions du pays. Kelly lut quelques noms de villes à haute voix :

— Dallas… Amarillo… Wichita… Denver… Chicago ? Ils ont dû rouler toute la journée. Regarde, Ed, il y a même CNN !

Le chauffeur se gara dans l'un des derniers espaces libres en maugréant :

— Je te parie qu'il n'y a plus eu autant de journalistes dans le coin depuis 89.

— Tu m'étonnes.

Kelly ouvrit son poudrier pour vérifier dans le miroir que ses dents n'étaient pas souillées par des fragments de nourriture.

— Ça donnera peut-être un reportage plus important que prévu. Viens, on se dépêche.

Hissant une caméra sur l'épaule, Ed tendit un micro à Kelly et tous deux se précipitèrent en direction d'un groupe de journalistes massés devant l'entrée du pavillon nord.

— Hé, Kelly ! lança un grand type mince. Tu viens interviewer le petit miraculé ?

Le sourire de la jeune femme se figea.

— Salut, Nixon. Je n'aurais jamais cru te trouver

dans cette cambrousse. Cette affaire n'est pas trop niaiseuse pour l'*Inquisitor* ?

— Tu me vexes, là, Kelly.

— Ne me laisse pas prendre mes désirs pour des réalités, Roger.

Il partit d'un grand éclat de rire.

— Je te jure que c'est tout à fait dans mes cordes, au contraire ! Un gamin en phase terminale qui va entendre un prêcheur ambulant et revient guéri… ça vaut la première page ! Si tu savais tout ce que j'ai entendu raconter sur cette « cambrousse », comme tu dis !

— Par là ! s'écria Ed. Ils arrivent !

La porte à double battant s'ouvrit dans un chuintement de caoutchouc et un petit groupe émergea de l'hôpital. Flanqué par ses parents, Stuart Harrison se dirigea d'un pas ferme vers la forêt de micros et d'objectifs qui se fixaient sur lui.

— Stuart ! cria un reporter.

— Par ici !

— Quel effet ça fait d'entamer une nouvelle vie ?

— Quels sont vos projets ?

— A qui attribuez-vous…

— SILENCE !

Ray Harrison tendit vers la foule une énorme paluche. Un instant impressionnés par cette voix de stentor, les journalistes se turent.

— Là, c'est mieux comme ça, Maintenant, si vous voulez bien écouter une minute, mon fils va faire une déclaration.

Avec un sourire emprunté, le jeune homme leur adressa un geste maladroit de la main :

— Bonjour, tout le monde ! Ça fait un peu drôle de

se voir accueilli par une telle foule mais… c'est vrai que quand on a droit à un rétablissement comme le mien, on a le devoir d'en parler. Pour en faire profiter d'autres gens si possible. Avant tout, je tiens à remercier le Dr Manning et le personnel de cet hôpital. Ils ont toujours été super avec moi… même s'ils voulaient me garder encore quelques jours supplémentaires.

Il sourit à sa mère qui lui répondit à travers ses larmes.

Kelly McDonald profita de cette parenthèse pour intervenir :

— Ainsi, vous rentrez chez vous plus tôt que prévu ?

— Ça ne m'a pas l'air trop tôt, à moi !

Cette franche réponse attira quelques rires de sympathie à Stuart.

— Je me sens bien, ajouta-t-il, et tous mes examens prouvent que je suis en bonne santé. Du moment où ma température est revenue à un niveau normal, je n'avais aucune raison de rester ici.

— Il est donc exact qu'aucune de vos tumeurs ne met plus votre vie en danger ?

— Elles sont *parties* ! affirma Stuart en se tapotant le crâne. En fait, c'est comme si elles n'avaient jamais été là. Et je dois tout cela à cet homme ici présent, le Dr Jacobi…

A l'appel de son nom, Jacobi s'avança. Jusque-là, il se tenait derrière les Harrison, complètement inaperçu des journalistes. Stuart lui serra la main.

— Docteur, je vous dois les plus grandes excuses de la terre. Vendredi dernier, je crois que j'étais dans une colère noire. Mon père nous avait entraînés, ma mère et moi, à votre conférence. Je ne voulais pas y aller. Je vous prenais pour un arnaqueur et je ne suis monté sur la scène que dans le but de vous démasquer. Mais je me trompais. Vous m'avez guéri ! Je suis ici pour proclamer devant le monde que vous m'avez sauvé la vie ! Merci… merci !

Les appareils photo cliquetaient de toutes parts tandis que Stuart étreignait Jacobi et que Ray Harrison embrassait sa femme, tous deux sanglotant joyeusement. Nombre de journalistes écrasèrent également une petite larme.

— Non, Stuart, répliqua le Dr Jacobi d'un ton suave, je ne t'ai pas sauvé la vie. Je n'ai fait que t'en procurer les moyens, l'opportunité.

Sans cesser de regarder le jeune homme, il projeta sa voix davantage du côté des micros.

— Pourtant je ne savais pas si cela marcherait. C'est pour ça que j'ai parlé d'une simple expérience.

Cette fois, il se tourna carrément vers les caméras.

— N'importe quel honorable scientifique vous dira que la plupart des expériences débouchent sur un échec. Mes premiers essais avec un fragment de météorite – qui se trouvait précisément provenir de cette région – m'avaient indiqué qu'il produisait d'imperceptibles énergies aptes à engendrer d'importantes améliorations pour la santé.

Passant un bras sur l'épaule de Stuart, Jacobi le fit pivoter à son tour vers les objectifs.

— L'état de ce courageux jeune homme était tellement grave, tellement sérieux, que j'ai décidé de tenter le coup. Je dois reconnaître que ce fut une décision spontanée. Au mieux, j'espérais apaiser quelque peu le stress effrayant qui lui pesait sur le système nerveux et donner à son corps une chance de lutter un peu mieux contre la maladie.

Trouvant sous son nez une caméra de CNN, Jacobi s'adressa directement à elle :

— Nous avons opéré une percée plus grande que tout ce que j'ai réalisé en laboratoire. Ce fut un merveilleux accident… un authentique « Eurêka ! ».

Puis il se tourna de nouveau vers Stuart :

— Mon garçon, tu m'as remercié – mais c'est moi qui devrais le faire. Voilà des années que je travaille pour chercher un moyen de libérer les énergies contenues dans cette météorite. Vendredi soir, nous l'avons découvert ensemble ! Nous n'avons pas fait que détruire tes tumeurs, nous avons trouvé le maillon de la grande chaîne cosmique qui va permettre à l'humanité de se hisser à un degré encore jamais atteint. Maintenant, au moins, je sais comment poursuivre les travaux de la Fondation. Nous sommes à la lisière d'un nouvel âge d'or, grâce à toi !

Stuart sourit :

— Comme vous dites, docteur, on ne sait jamais ce qu'on peut accomplir tant qu'on n'a pas essayé.

12

En ce jeudi matin, une aurore lumineuse se levait sur Métropolis. Une brise légère venue de l'ouest avait balayé la brume habituelle et les rayons du soleil illuminaient le globe gigantesque au sommet de la tour du *Daily Planet*, lui donnant un petit air de phare éclairant le monde. Dans les bureaux, les gardiens de nuit cédaient la place à l'équipe de jour. Les camions poubelles progressaient comme des tortues dans les rues encore vides.

Une longue limousine noire filait sur Bessolo Boulevard. Elle s'arrêta au feu rouge devant Clinton Street et tourna sur la droite. Trois rues plus loin, une fourgonnette débarquait la première édition du *Daily Planet* devant le kiosque du vieux Pop Shayne ; comme tous les matins depuis un demi-siècle, celui-ci se mit en devoir de défaire les paquets afin d'installer les journaux sur son étalage. Il coupait le fil du premier ballot lorsque la limousine freina le long du trottoir et lui envoya un appel de phares.

— Ça va ! Ça va ! J'arrive.

Il choisit au milieu de la pile un exemplaire en bon état et se dirigea d'un pas traînant vers son client. La vitre teintée s'abaissa sans bruit et une main aux ongles fraîchement manucurés en sortit, pinçant un beau billet de vingt dollars. Pop l'échangea contre le journal et fouilla dans la poche de son vieux tablier de toile, à la recherche de monnaie. La main attendit patiemment.

— Cinq… et dix, ce qui nous fait vingt. Le compte est bon !

La main rentra, la vitre se releva et la limousine repartit silencieusement. Pop la suivit un instant des yeux avant de cracher par terre :

— Bonne journée à vous aussi, monsieur Luthor !

Devant la section sports du kiosque, un ouvrier casqué n'avait rien perdu de la scène :

— Des richards comme ça, ils pourraient au moins vous laisser un pourboire.

— Lionel Luthor ? Si, si, il m'en *laisse*. Il paie chaque fois le double du prix pour avoir un exemplaire propre et bien plié. Mais ce n'est pas la question.

Pop souleva les autres journaux et les déposa sur le stand.

— Il pourrait au moins me dire bonjour !

— Oui… évidemment.

L'ouvrier prit un journal et donna un dollar à Pop.

— Ça ne coûte rien.

Pop regarda de nouveau dans la direction de la limousine.

— On se le demande, parfois.

A l'arrière de la limousine, jetant à peine un coup d'œil sur la première page, Lionel Luthor feuilleta le journal à la recherche d'un article.

— Où sont-ils ? Ailleurs ils font les gros titres de toute la presse nationale.

Finalement, il plia le quotidien sur une photo en page intérieure de Stuart Harrison et de Donald Jacobi.

— A peine une demi-page dans le *Planet*, marmonna-t-il. J'imagine les colonnes dans l'*Inquisitor*...

Il parcourut l'article.

— Je suppose qu'ils auraient eu droit à plus de place si le Congrès n'était pas en pleine session budgétaire. Vous voyez le dernier paragraphe, Damian ?

— Oui, monsieur.

Inconfortablement perché sur un strapontin, Damian Marco faisait face à son patron.

— Lisez-le.

Lionel lui plaqua le journal sur la poitrine.

— A haute voix !

Damian s'éclaircit la gorge. Il détestait lire tout fort ; cela remontait aux récitations de son enfance, dans la classe de sœur Mary Katherine, et ça ne s'était pas arrangé depuis.

« Jacobi a également annoncé que la Fondation Ascendance allait se lancer sur-le-champ dans une grande campagne de collecte de fonds. “Nous avons l'intention d'acquérir un terrain dans le comté de Lowell afin d'y construire un Institut Supérieur de Recherche sur les Météorites. La collecte...” »

— Ça suffit, Damian.

Lionel se cala dans son siège et joignit le bout des doigts.

— Avez-vous une idée de la propriété qu'ils veulent acheter ?

Damian ne le savait que trop :

— La ferme Davis, monsieur.

— Eh oui ! Jacobi et Wolfe ont déjà signé un bail avec option de vente. Ils vont devenir propriétaires de la terre qu'ils occupent déjà. Or, cette terre, je la voulais, et je la veux *toujours*.

— Monsieur, j'ai travaillé jour et nuit à tâcher de salir Jacobi mais on dirait que ça glisse sur lui comme sur les plumes d'un canard. Quant à son associé, c'est un pantin. Je ne trouve rien qui…

Lionel attrapa Damian par la cravate et l'attira vers lui :

— Tout le monde a un passé. Ne me dites pas que ces charlatans de bas étage n'ont pas des cadavres dans le placard !

Il l'envoya cogner contre la portière gauche.

— Dehors !

— Monsieur ?

La limousine s'arrêta.

— Jacobi et sa Fondation me posent un problème intolérable. Je ne veux plus vous voir tant qu'il ne sera pas résolu.

Il appuya sur un bouton et la portière s'ouvrit, entraînant Damian qui boula sur la chaussée. En se relevant, celui-ci ne vit que le regard noir de Lionel fixé sur lui.

— Je vous conseille de réussir !

La portière claqua et la limousine repartit, laissant un Damian tremblant tout seul au milieu de la rue.

*
* *

Article paru dans l'édition régionale du *Métropolis Inquisitor* de jeudi…

LE JEUNE MIRACULÉ RENTRE CHEZ LUI.

La police rend la « météorite miracle » au docteur.

Par Roger Nixon

SMALLVILLE – Le premier cancer de Stuart Harrison a été opéré alors qu'il était encore au collège. Après lui avoir ôté une partie du cuir chevelu, les chirurgiens croisaient les doigts. Au début de l'année dernière, cependant, Harrison retournait sur le billard.

Cette fois, les chirurgiens devaient lui ouvrir le crâne pour ôter une monstrueuse tumeur maligne de son cerveau. Avant de refermer, ils ont ensemencé l'intérieur de sa tête d'isotopes radioactifs, puis le jeune homme a été soumis à des séances de chimiothérapie. Malheureusement, cela n'a pas suffi. Les tumeurs sont revenues. Ainsi, le mal résistait aux meilleurs oncologistes de l'Etat du Kansas.

Pourtant, la semaine dernière, sous un chapiteau édifié au cœur du pays du maïs, la vie de Stuart Harrison a été sauvée par un morceau de roche tombée du ciel quand il apprenait tout juste à marcher.

« C'est un miracle ! déclare sa mère, Mary, qui vit entre son mari et son fils dans une maison à la périphérie de Smallville. Les tumeurs ont disparu. Ses médecins ne parviennent pas à expliquer pourquoi, mais ça m'est égal, du moment que mon fils m'est revenu. »

Les spécialistes du cancer restent sans doute perplexes mais pas le père de Stuart. Celui-ci a déclaré à l'*Inquisitor* qu'il avait emmené sa famille, ce vendredi soir, à une conférence donnée par le médecin généticien Donald Jacobi, dans l'espoir de trouver de l'aide pour son fils.

« J'avais lu des articles sur ses travaux et je l'avais entendu parler deux jours auparavant. Si j'en avais eu les moyens, j'aurais emmené Stuart au séminaire de jeudi soir. Je considérais l'arrivée du Dr Jacobi comme un signe. J'y voyais un peu notre dernière chance. »

Jacobi, qui représente la Fondation Ascendance, minimise son rôle dans la guérison miraculeuse du jeune Stuart.

« Je l'ai guidé à travers une série d'exercices d'imagination en utilisant une petite météorite pour concentrer son esprit lorsqu'un laser de notre système de vidéo projection s'est détraqué. Le rayon de lumière cohérente aurait activé des éléments à l'intérieur de la météorite, provoquant une décharge d'énergie qui, à son tour, a déclenché une réaction dans les tissus de Stuart. Ce fut un heureux incident, même si, sur le moment, il nous a paru des plus effrayants. »

Les autorités locales ont immédiatement saisi la météorite et transporté un Stuart Harrison brûlant de fièvre au Groupe hospitalier de Smallville. Pourtant, à mesure que sa fièvre tombait, il apparaissait de toute évidence que son état s'améliorait spectaculairement.

Hier, soit moins de six jours après son admission, le jeune homme sortait de l'hôpital, complètement guéri.

Que compte-t-il faire maintenant ?

« J'ai hâte de retourner au lycée. J'ai manqué beaucoup de cours mais si je me mets au travail, je devrais encore pouvoir terminer en même temps que mes camarades. »

Et ensuite ?

« J'aimerais aider le Dr Jacobi et la Fondation dans leurs travaux. »

Si Stuart aide effectivement le docteur, il n'aura pas trop loin où aller. Dès sa sortie de l'hôpital, Jacobi a en effet annoncé que la Fondation Ascendance avait l'intention d'ouvrir un Institut Supérieur de Recherche sur les Météorites du côté de Smallville.

« La police d'Etat a terminé son enquête sur l'incident et m'a rendu ma météorite. La Fondation va poursuivre ses recherches sur cette roche mais nous ne nous en tiendrons pas là. Nous allons recueillir d'autres échantillons de météorites du comté de Lowell dans le but de découvrir de nouveaux procédés d'éradication de la maladie et d'améliorer la qualité de la vie. »

*
* *

Martha Kent venait de rentrer, après avoir changé une courroie de ventilateur sur la camionnette, quand le téléphone se mit à sonner. Elle s'essuya rapidement les mains et alla décrocher.

— Allô ?

Elle eut l'impression qu'on remuait du papier au bout du fil.

— Madame, euh… Kent ?

Sentant l'hésitation de son correspondant, elle répondit d'une voix traînante :

— Ouuiii ?

— Je me présente : Andy March. Comment allez-vous ?

— Bien. Si c'est pour…

— Je suis membre de la Fondation Ascendance. Comme vous le savez sans doute, nous cherchons actuellement à réunir des fragments de météorites pour les…

— Je vous arrête tout de suite !

Sentant la moutarde lui monter au nez, elle prit le temps de respirer avant d'ajouter :

— Je regrette mais je ne peux rien pour vous. Nous n'avons pas de météorites ici.

— Sans doute, du moins pas que vous le sachiez. Mais j'ai cru comprendre que votre terrain couvrait plusieurs hectares. Il pourrait receler des fragments dissimulés.

— Ça m'étonnerait. En douze ans, nous avons eu largement le temps de tourner et retourner toute l'exploitation.

— Il se pourrait que vous n'y ayez pas prêté attention sur le moment. J'aimerais venir vérifier…

— Sûrement pas ! martela-t-elle. C'est une propriété privée et nous ne laissons personne y entrer sans notre autorisation expresse. Mettez-vous bien ça dans la tête. Et je vous saurais gré de nous coucher sur votre liste rouge. C'est le troisième appel que je reçois de votre groupe aujourd'hui. Ça suffit, maintenant !

— Euh…

De l'index, elle coupa la communication en étouffant un juron. Sa grand-mère aurait dit que c'était le sang irlandais qui parlait mais sa mère, très à cheval sur la politesse au téléphone, lui aurait reproché de raccrocher au nez de quelqu'un. Elle reprit sa respiration et compta jusqu'à dix avant de déposer délicatement le combiné sur sa fourche. Puis elle retourna sur ses pas, remit ses vieilles bottes par-dessus ses chaussures et sortit.

Dans la grange, Jonathan Kent accrochait un épandeur de fumier au tracteur. Il leva la tête en voyant sa femme approcher à grands pas :

— Martha… ?

A sa seule démarche, il devina que quelque chose n'allait pas. Il put bientôt constater qu'elle avait le teint rouge et l'air furibond.

— Qu'est-ce qui se passe ?

— Ce sont les crétins de la Fondation ! Ils n'arrêtent pas de téléphoner. Ils veulent venir faire la chasse aux météorites à la ferme ! Et nous ne sommes pas les seuls. Ils ont appelé tous les voisins du coin, les Tucker, les Roudebush…

Jonathan ne dit rien. Il en fallait beaucoup pour mettre sa femme en colère mais, quand cela lui arrivait, mieux valait ne pas intervenir et la laisser se calmer toute seule.

— … les Mosbaugh, les Wilson. Tiens, justement, les Wilson ! observa-t-elle les yeux brillants de fureur. Presque tous nos voisins ont eu la bonne idée d'envoyer promener ces plaisantins, sauf les Wilson ! Ils leur ont proposé de venir récolter leurs météorites pour dix dollars par personne et vingt-cinq dollars pour chaque pierre qu'ils trouveraient. Je te jure que je n'adresse plus la parole de ma vie à Freida Wilson !

On dirait qu'à quelque chose malheur est bon ! Un peu surpris tout de même, Jonathan voyait dans la véhémence de sa femme le courage d'une lionne prête à tout pour défendre son petit.

— Je ne comprendrai jamais l'avidité de certaines personnes ! poursuivait-elle, de plus en plus remontée. On se demande avec quoi ces gens réfléchissent ! Ils se fichent du mal qu'ils peuvent faire aux autres. Il suffit d'*une seule* de ces pierres pour rendre Clark malade. Alors, tu imagines une cargaison ! Ça le tuerait.

— Ils l'ignorent, Martha, répondit-il en la prenant dans ses bras. Nous-mêmes ne le savons que depuis quelques mois. Et il n'est pas question de le dire à qui que ce soit.

— C'est tellement angoissant ! On ne peut rien faire pour les arrêter ?

— Pas que je sache. La commission pour la protection de l'environnement a déclaré les météorites inoffensives il y a des années, alors personne n'en a peur. Et maintenant, Jacobi fait du battage pour nous convaincre qu'elles sont bienfaisantes. Je me demande comment nous pourrions convaincre les gens du contraire. Nous risquerions surtout d'attirer l'attention inutilement sur Clark.

Martha se blottit contre son mari.

— Si seulement on pouvait les rassembler toutes et les renvoyer d'où elles proviennent !

— J'aimerais bien, ma chérie. Cela dit, si les larbins de Jacobi pouvaient récupérer la plupart de ces météorites et les stocker dans un endroit sûr, ça simplifierait sans doute la vie de Clark.

Sentant sa femme se rebiffer, Jonathan rouvrit les bras pour la laisser se détacher, ce qu'elle fit en lui décochant un regard à pétrifier une cascade.

— Ecoute, plaida-t-il, j'essaie de te faire voir le bon côté des choses !

— Oui, eh bien ils ont intérêt à tenir ces météorites loin de notre fils !

L'air buté, elle croisa les bras en ajoutant :

— Et je te jure que s'ils m'appellent encore une seule fois, je passe à travers la ligne et je leur arrache les amygdales.

Jonathan se contenta de hocher la tête. *On fera comme tu voudras, maman lionne. On fera comme tu voudras.*

*
* *

— L'Institut Supérieur de Recherche sur les Météorites ! C'est ahurissant !

Le Dr Hamilton chiffonna l'article et le jeta dans une corbeille déjà surchargée.

Lex ramassa le papier qui était tombé à côté et le défroissa machinalement.

— Je croyais que vous vouliez vous tenir au courant des activités de la concurrence.

— La concurrence ?

Hamilton grimaça en répétant ce mot, comme s'il lui donnait la nausée.

— Si vous le dites… malheureusement, ce sont des éléments incontrôlés comme ce Jacobi qui empêchent les recherches un peu marginales d'obtenir l'audience et les subventions qu'elles méritent. De nos jours, il n'y a pas beaucoup de chercheurs qui bénéficient du soutien de mécènes et je ne peux pas faire tout le travail seul.

— A vous entendre, il y aurait encore d'infinies recherches à faire dessus. Vous croyez vraiment que les météorites peuvent avoir de tels effets bénéfiques ?

— C'est possible, mais certainement pas aussi grandioses que Jacobi voudrait bien le laisser entendre. L'ennui, c'est que les gens marchent. C'est une histoire vieille comme le temps : un charlatan arrive en ville, guérit un gamin, voit son nom s'étaler dans tous les journaux et n'a plus qu'à se vautrer dans la gloire et ramasser les pépettes.

— C'est drôle, je ne vous aurais pas pris pour quelqu'un qui se laisse impressionner par la gloire. Et, la première fois que je vous ai offert de l'argent, vous m'avez montré la porte.

— La gloire ? répéta Hamilton avec un geste agacé. J'en ai eu un léger avant-goût. C'est sympathique mais pas très stimulant ; et, bien entendu, ça n'a pas duré. Ça ne dure jamais.

Il prit des lunettes de sécurité sur une table jonchée d'ustensiles.

— Au cours de la deuxième moitié du vingtième siècle, Jonas Salk a sans doute sauvé plus de vies qu'aucun autre homme sur Terre. Aujourd'hui, ce n'est plus que le nom d'un vaccin contre la poliomyélite que trop de gens considèrent comme un dû, quand ça leur arrive d'y penser. Non, la célébrité, je n'en ai rien à faire.

— Et l'argent ?

— Ah oui, l'argent ! Cette drogue éternelle. Je ne sais pas ce qu'il en est pour vous, Luthor ; quand on a grandi dans une famille de millionnaires, comment pourrait-on se débrouiller sans ?

— C'est certainement une question que s'est souvent posée mon père.

Derrière ses lunettes, Hamilton lui lança un regard mauvais, pourtant Lex arborait une physionomie impénétrable.

— En ce qui me concerne, reprit le scientifique, j'ai appris à me contenter de choses simples. Durant ma carrière à l'université, j'ai connu quelques années d'aisance mais je n'ai jamais vécu au-dessus de mes moyens. Si bien que quand mes revenus ont fondu, je n'ai pas eu de mal à me contenter de ce modeste local. Pas vraiment le matériel de pointe, mais ça m'a permis de poursuivre mes travaux. Non, Luthor, l'argent pour moi n'est qu'un outil – un moyen, pas une fin.

— Quelle admirable philosophie, docteur ! Alors dites-moi pourquoi vous avez fini par changer d'avis au sujet de… la qualité de l'outil que je vous proposais ?

— Pas de fausse modestie, s'il vous plaît ! Vous savez très bien pourquoi ! Vos espions ont remué la poussière de mon passé. Dans une petite ville comme celle-ci, vous auriez pu me rendre la vie très difficile. A la place, vous m'avez offert des fonds et procuré l'autonomie, tout ce qu'il me fallait pour passer au deuxième stade de mes recherches.

Le ton du savant mit la puce à l'oreille de Lex :

— Vous avez découvert quelque chose ?

— Peut-être. Réfléchissez : les météorites ont été associées à des transformations inattendues – si ce n'est bizarres – sur plusieurs individus. Ainsi que notre soi-disant « docteur » Jacobi lui-même l'a fait remarquer, la plupart des gens n'en ont pas été affectés. Voilà qui sous-tend un concept plus complexe. Chaque transformation était unique, ce qui laisse clairement entendre que d'autres facteurs, différents pour chaque personne, sont entrés en jeu.

Qui sait s'ils n'étaient pas issus de l'usine d'engrais de la LuthorCorp ?

— Mais cela laisse également entendre qu'un nouveau facteur, complètement insolite, peut-être même pas humain, est également à l'œuvre. Et je pense avoir découvert ce facteur.

Lex se mordit les lèvres.

— Vous voulez dire que vous avez découvert en quoi les météorites affectent les hommes ?

— Non, non ! Nous en sommes encore loin. Mais je crois savoir pourquoi cet éventuel facteur insolite est *tellement* insolite. Regardez.

Hamilton tapa sur quelques touches de son ordinateur et une longue liste d'éléments apparut sur l'écran, chacun accompagné d'un ensemble de couleurs.

— Très joli, docteur, mais je n'y vois que quelques bribes d'arcs-en-ciel. Qu'est-ce que ça veut dire ?

— C'est une analyse spectrographique des météorites que j'ai étudiées.

Il cliqua sur deux lignes pour les agrandir et les développer.

— Ici, vous avez la présence des suspects habituels : fer et nickel, très courants dans les météorites.

Il descendit plus bas dans la liste.

— Voici des traces de cuivre, de zinc, de carbone. Maintenant on arrive aux segments intéressants.

Il indiqua une courbe située au-dessous du listing du carbone.

— Ils indiquent des niveaux anormalement élevés de krypton.

— Krypton ?

— Un gaz inerte. Commercialement, on l'utilise pour les lampes fluorescentes, les ampoules de flash et certaines fenêtres thermopanes.

— Je connais, docteur. Mais pourquoi se trouve-t-il en telle quantité ici ?

— Il devait y avoir de larges concentrations de ce gaz là où les météores se sont formés. En tout cas, c'est ainsi qu'on raisonne avec les éléments connus sur Terre. Mais pour *celui-ci*…

Hamilton descendit au bas du tableau.

— C'est autre chose.

Un nouveau clic agrandit la dernière liste, le spectrographe d'« Inconnu ».

— Pour moi, docteur, ce ne sont toujours que des lignes, plus grosses qu'avant, mais c'est tout.

Hamilton posa sur Lex un regard pensif.

— Ça pourrait indiquer qu'il y a eu contamination ou peut-être qu'un mélange ne se serait pas complètement séparé. Mais, avec de la chance, énormément de chance, ça pourrait également indiquer que j'ai découvert un nouvel élément.

— Un nouvel *élément* ?

Lex quitta l'écran des yeux pour examiner le grand

poster du tableau périodique des éléments punaisé sur un mur.

— Comme dans « hydrogène, hélium et lithium » ?

— Exactement. Il va falloir peut-être lui trouver une place sur le tableau.

Lex émit un grondement dubitatif.

— Sérieusement, reprit Hamilton, je vais devoir recommencer l'expérience – et vérifier plus d'un point avant d'affirmer quoi que ce soit – mais si c'est un nouvel élément, comme je le crois, je situerais son numéro atomique à cent vingt-six.

Lex écarquilla les yeux :

— *Cent* vingt-six ? Je croyais que les éléments naturels ne montaient pas au-dessus de quatre-vingt-dix.

— Quatre-vingt-douze, exactement. C'est l'uranium. Certains autres, dix fois plus lourds, ont été créés en labo, la plupart hautement instables. Mais ça... ça me dépasse. Si ça existe vraiment, on devrait le classer comme un super-actinide. Radioactif, bien entendu, quoique avec une demi-vie relativement longue.

Hamilton tapota l'écran, presque content, semblait-il.

— On a longtemps théorisé sur l'éventuelle existence de certains transuraniens superlourds. Des éléments dont les atomes posséderaient un nombre prétendu magique de protons dans le noyau.

Cette fois, il souriait à pleines dents.

— Le cent vingt-six fait partie de ces nombres.

— Je vous crois sur parole, docteur. Mais, si vous avez raison, pourquoi est-ce qu'on ne l'a pas encore découvert ? J'ai lu les rapports émis par la commission pour la protection de l'environnement et le Centre national de la recherche scientifique, et aucun n'a jamais mentionné de radiation significative.

— Je crois que la formule exacte était « pas d'augmentation significative de la radiation naturelle ». Ce qui est la pure vérité mais n'intervient guère ici. La preuve d'un élément entièrement nouveau est une tout autre affaire que la mesure d'une radiation globale. Pourquoi personne n'a-t-il encore fait cette découverte ? Franchement, je n'en sais rien.

Songeur, Hamilton paraissait ne plus parler que pour lui-même :

— Pourtant, des scientifiques très compétents ont pris part aux études initiales. Il est possible que leurs échantillons aient contenu des isotopes plus instables. Dans ce cas, ces isotopes se seraient décomposés en d'autres éléments avant même d'avoir pu être détectés.

— Si je comprends bien, résuma Lex, ils n'auraient pas eu de chance ?

— Ce sont des choses qui arrivent. Quand le « docteur » Jacobi a déclaré à la presse que la plupart des expériences aboutissaient à un échec, il racontait – pour une fois – la pure vérité. Si j'ai vraiment découvert un nouvel élément, ce sera tout de même à la suite d'années de recherche. Cela dit, je dois avouer que mon nouvel équipement m'a bien aidé.

Hamilton désigna un impressionnant appareil installé sur une table voisine.

— C'est drôle ! La pluie de météorites sur Smallville a ouvert des vannes d'argent pour la recherche, dont il n'est resté qu'un petit ruisseau consacré à l'étude des fragments eux-mêmes. La plupart des fonds ont été orientés vers des études destinées à prévenir d'autres impacts. Attention ! Ne me faites pas dire ce que je n'ai pas dit. Il y a longtemps qu'on aurait dû s'en préoccuper. A tout moment nous risquons d'être frappés par des météores et des astéroïdes… ni plus ni moins que les dinosaures. Tous mes travaux – et ceux du *monde entier* – pourraient être balayés d'un seul coup.

— Espérons que ça n'arrivera pas. De toute façon, je suis content d'avoir pu contribuer à ce « petit ruisseau ». Quelle est la prochaine étape ?

— Comme je l'ai dit, je vais reprendre l'expérience de zéro. Je dois être certain de mes résultats. Il y a quelques années, une équipe de recherche croyait avoir trouvé un nouvel élément superlourd dans une météorite, mais ils n'ont jamais pu reproduire leurs premiers résultats.

Hamilton se gratta le menton, souleva deux ou trois papiers puis alluma un bec Bunsen.

— En outre, il faudrait que je puisse raffiner une forme plus pure de l'élément à partir du minerai brut. Il me faudra donc davantage de météorites. Et c'est là que je vais devoir affronter la concurrence. Jacobi et sa meute d'abrutis arpentent le pays à la recherche de toutes les pierres qui semblent tombées du ciel.

— Oui, dit Lex, les yeux rivés sur l'article du journal. Ça tombe plutôt mal.

— C'est ce qui m'exaspère le plus. Il m'a fallu des années pour en arriver là, et voilà… Ce type n'est qu'un escroc. Il joue avec le feu et il ne le sait pas, ce qui ne l'en rend pas moins dangereux. S'il continue avec son projet d' « Institut », il me fera carrément perdre des années !

— Ne vous inquiétez pas, j'ai des gens à moi qui se penchent actuellement sur son cas. Continuez vos recherches, je me charge du reste.

Lex rendit son article au savant et tourna les talons. Arrivé devant la porte, il se retourna :

— Au fait, docteur, vous avez raison au sujet de Jacobi. Il ne sait pas qu'il joue avec le feu.

Hamilton le suivit des yeux sans répondre. Quand la porte se fut refermée sur Lex, il prit le journal froissé dans la main.

Et le mit à brûler devant le Bunsen.

13

A première vue, on se serait cru un vendredi comme les autres au lycée de Smallville. L'appel eut lieu, les interrogations écrites furent distribuées. Quelques notes passèrent furtivement de main en main. Le bureau de M. Kwan, le principal, fournit autant de billets de retard que d'habitude et, à la cafétéria, chacun aurait le choix entre des poissons panés ou des spaghettis à la viande.

Elèves et professeurs faisaient de leur mieux pour respecter le rythme habituel, mais en vain : ce vendredi n'avait rien de normal. C'était le jour où Stuart Harrison reprenait ses cours.

Clark avait raté le car ce matin-là et arriva à pied ; il tomba sur une dizaine de journalistes rassemblés devant l'entrée du lycée à siroter du café tiède dans des gobelets en plastique. Alors qu'il approchait, il fut soudain assailli de micros qui se tendaient dans sa direction et de voix qui lui criaient :

— Stuart… ?

— Quelques mots… !

— Stuart, par ici !

— Hé ! s'exclama-t-il en éloignant un objectif de son visage. Poussez-vous !

— On dirait que ce n'est pas lui !

— Oui, il a les cheveux trop noirs.

— Hé, jeune homme, vous *connaissez* Stuart Harrison ?

— Comment est-il ?

— Il suit les mêmes cours que moi. Mais laissez-moi passer !

Il bouscula un reporter particulièrement agressif et poursuivit son chemin pour ne s'arrêter que lorsqu'il se trouva à l'abri dans le hall d'entrée. Il se retournait pour vérifier qu'aucun journaliste n'était entré à sa suite quand il entendit Chloé l'appeler :

— Tu t'es bien sorti de l'épreuve des fourches caudines, à ce que je vois !

— Qu'est-ce qui se passe ? Qui sont ces gens ?

— Des paparazzi. Il paraît qu'ils sont arrivés à l'aube. M. Kwan leur a interdit de franchir les limites du portail. Depuis, ils guettent l'arrivée du « Miraculé », les pauvres !

— Tu ne vas pas plaindre ces vautours !

— C'est qu'ils perdent leur temps. Stuart est entré il y a une demi-heure, dans le camion du boulanger. Il nous a dit que c'était une idée du principal.

— Tant mieux. Quand on voit comment ces gens m'ont traité le temps qu'ils m'ont pris pour Stuart…

— Tu sais, ils ne font que leur métier.

— Ce n'est pas une raison pour harceler les gens.

Si c'est ainsi qu'ils réagissent à une « guérison miraculeuse », qu'est-ce que ce serait s'ils apprenaient mon secret ?

Clark jeta un regard oblique à Chloé :

— Et c'est ce job que tu rêves d'exercer, plus tard ?

Elle plissa le nez, comme chaque fois qu'elle s'emportait.

— Mais non ! Ceux-là ne sont que les galériens de la presse, la lie, les gagne-petit. Jamais je ne ferai ça. Pas besoin d'en arriver là pour être journaliste !

— Ah bon ! Je préfère !

— N'empêche qu'il faut être débrouillard, prendre des initiatives. Tiens, j'ai commencé à préparer mon article et j'aimerais qu'on retourne faire un saut au Domaine de la Fondation.

— Quelle idée !

Tu n'aurais pas pu y songer avant qu'ils ne se mettent à récolter les météorites ?

— Qui « on », d'abord ?

— Toi, Pete et moi.

— Tu t'imagines que Jacobi s'est métamorphosé en bienfaiteur de l'humanité parce qu'il veut fonder cet institut ?

— Disons que je me pose des questions. Il a peut-être changé ; pourtant je suis allée à sa conférence d'hier soir et ça s'est passé exactement comme l'autre fois, « merci à l'avance de vos dons »...

Clark ne s'attendait pas à cela. Il avait lancé le mot « institut » en l'air, histoire de détourner la conversation.

— Tu as dépensé de l'argent pour assister encore à une conférence ?

— Pas du tout ! Je suis juste retournée au Domaine et j'ai dit que je cherchais un complément d'information sur leurs nouveaux projets. Ce qui m'a valu illico un autre billet d'entrée. Jacobi nous a refait son numéro, le coup de théâtre du rayon laser en moins, évidemment. Peut-être qu'il a vraiment changé mais je ne le crois pas sur parole. Alors, tu es d'accord pour venir vérifier ?

— A mon avis, tu te plantes, Chloé.

— Quoi ? Pourquoi ?

Parce que la Fondation amasse toutes ces roches qui me rendent malade comme un chien.

— Euh, parce que les gens qui travaillent pour Jacobi ne vont sûrement pas te dire ce qui se passe chez eux. Ce sont des bénévoles, oui ou non ?

— Oui. Des bouffons qui ont pris un congé pour venir travailler à l'œil.

— D'après toi, comment vont-ils accueillir une journaliste qui se pointe la bouche enfarinée pour les interroger ?

Chloé se mordit les lèvres et finit par soupirer :

— Tu as raison. D'autant que je ne voudrais pas mettre la puce à l'oreille de Jacobi.

— Tu vois bien ! s'écria Clark, soulagé. Tu ferais beaucoup mieux de commencer par mener une enquête plus approfondie sur les débuts de la Fondation, tâcher d'entrer en contact avec des adeptes mécontents ou interviewer ceux qui quittent le Domaine.

— Excellente idée ! Tu es sûr que tu ne veux pas travailler à *La Torche* avec moi ? Tu possèdes un instinct très sûr de journaliste.

— Tu crois ?

Chloé se mit à rire :

— Ne tire pas cette tronche, je te faisais un compliment !

En gagnant sa salle de cours, elle lui adressa un clin d'œil :

— J'ai hâte de te voir signer un article.

— Tu peux toujours rêver !

A l'intercours, Stuart traversa les corridors comme un jeune dieu. On n'aurait jamais dit qu'il avait été malade. Les traits reposés, le teint hâlé, les cheveux plus épais, il marchait d'un pas souple et assuré.

Nombre de ses camarades s'effacèrent pour le laisser passer, certains lui souhaitèrent la bienvenue ou bon courage. A chacun, il répondait avec un large sourire.

— Stuart ! On est contents de te revoir ici !

— Et moi donc !

— Tu as bonne mine !

— Merci. Je me sens bien.

En entrant dans le couloir de l'aile nord, il avisa un étudiant penché sur une fontaine à eau.

— Clark ? Clark Kent !

Il fallut un certain temps à Clark pour reconnaître en ce grand gaillard qui l'interpellait le malade qu'il avait fait évacuer une semaine auparavant.

— Stuart ? Tu as l'air en forme !

— Oui ! Tu n'es pas le premier à me le dire.

Ils se serrèrent la main.

— Ecoute, commença Stuart, mon père m'a dit ce que vous avez fait pour nous, toi et tes potes. Je voulais vous dire merci, pour ça et aussi pour avoir aidé à pousser l'ambulance.

— Ce n'est rien. Je suis content d'avoir pu donner un coup de main. A ma place, tu en aurais fait autant.

Clark était tout de même un peu étonné que cet élève de terminale le connaisse par son nom.

— J'espère que l'occasion ne s'en présentera jamais, rétorqua Stuart. Mais si un jour tu as besoin de quelque chose…

— STUART !

Whitney déboulait à pleine vitesse du fond du corridor ; il termina sa trajectoire en glissade avant d'envoyer de faux coups de poing à son ami.

— Je savais que tu étais trop toquard pour mourir !

— Fordman !

Stuart l'étreignit en éclatant de rire puis le souleva, le secoua comme un prunier et le reposa par terre.

— Mec ! s'exclama Whitney en reculant d'un pas. Alors c'est vrai ! Te voilà redevenu comme avant !

— Fort comme un bœuf, en moins essoufflé.

— Dommage que la saison soit terminée. On t'aurait bien repris dans l'équipe !

— Vous vous êtes parfaitement débrouillés sans moi. Et puis j'ai trop de trucs à faire en ce moment pour penser au sport. J'ai des tonnes de cours à rattraper. Le principal a dit que si j'obtenais la moyenne, j'avais de grandes chances d'obtenir la bourse Carter.

Le sourire de Whitney se figea :

— La bourse Carter ? Avec ça tu peux t'offrir toutes les études que tu voudras, même les plus chères !

— Si j'y arrive, je serai tranquille pour un moment. Entre les cours et l'aide que j'ai promise à Jacobi pour fonder son Institut, je ne suis pas près de m'ennuyer !

— J'ai l'impression. Moi-même j'ai eu du boulot, ces jours-ci. Depuis que mon père est au lit, c'est à moi de superviser le magasin.

— Whitney, je ne savais pas ! C'est grave ? Pourquoi est-ce que tu ne m'as rien dit ?

— Tu avais assez de problèmes comme ça.

— C'est fini ! Tiens, tu devrais amener ton père au Dr Jacobi. Si ça se trouve, il lui suffira peut-être de quelques séances avec des météorites.

— Je ne sais pas. Il n'a pas un cancer, il est malade du cœur.

Whitney n'aimait pas en parler, même avec un vieil ami. D'un regard implorant, il lui fit comprendre qu'il désirait changer de conversation.

— Stuart ?

Les trois jeunes gens se tournèrent vers Lana qui venait les rejoindre.

— C'est vrai ce que j'entends ? Que tu travailles pour la Fondation ?

— Salut, Lana ! Oui, c'est vrai. Je ne peux pas faire moins, tu ne crois pas ? Je dois la vie au Dr Jacobi.

— Comment peux-tu en être aussi sûr ?

— Lana, arrête ! s'exclama Whitney, abasourdi.

— Ce n'est pas grave, intervint Stuart. Tu sais, Lana, j'étais sceptique, moi aussi. Mais tu étais là, tu as vu ce qui s'est passé.

— Ecoute, je suis vraiment ravie que tu ailles bien. Seulement vendredi, j'ai vu un éclair et ensuite tu t'es évanoui. C'est tout.

— Tu ne comprends pas, murmura-t-il en lui prenant le poignet.

Sur le moment, Clark eut l'impression qu'il allait lui baiser la main. Cependant, Stuart ne fit rien d'autre que la retenir doucement.

— J'allais mourir. Il me restait deux mois à vivre,

tout au plus à en croire les meilleurs cancérologues. Et puis j'ai participé à l'expérience du Dr Jacobi et regarde-moi, maintenant ! Je suis redevenu ce que je n'aurais jamais dû cesser d'être. Alors ne me dis pas que la météorite n'y est pour rien !

— Le plus important, c'est que tu sois guéri, mais tu ne peux pas affirmer…

— Qui peut « affirmer » quoi que ce soit dans ce monde de fous ?

Il la dévisageait comme s'ils se retrouvaient tous deux seuls au monde.

— Le Dr Jacobi lui-même, continua-t-il, ne sait pas *comment* ça a marché, mais ça a marché. Ce ne peut être que ça. Sinon, je ne serais pas là pour te raconter tout ça. Voilà pourquoi j'attache tellement d'importance aux travaux de la Fondation. Si on peut étudier assez de roches et découvrir leur secret, on pourra peut-être bannir la maladie de ce monde.

— C'est… très généreux de ta part, Stuart, et je sais que tu es sincère. Mais j'aimerais pouvoir avoir ta belle confiance dans les prétendus bienfaits de cette pluie de météorites.

— Qui a tué tes parents, je n'ai pas oublié. Personne ne peut imaginer le mal qu'elle t'a fait. Pourtant, il s'est passé tellement de choses bizarres cette année que je suis certain de pouvoir tirer d'infinis bienfaits de ces météorites. J'en suis la preuve vivante.

Il regarda de nouveau Clark et Whitney.

— Vous avez été extraordinaires pour moi. Ce matin, M. Kwan m'a parlé du concert que vous alliez organiser pour aider mes parents. Je ne sais pas comment vous remercier.

— Pas la peine, dit Whitney en lui tapant sur l'épaule.

Lana décocha un regard noir à son petit ami :

— Arrête ! C'est Clark qui a eu cette idée !

Celui-ci écarta le compliment de la main :

— Plus ou moins. De toute façon, c'est Lana qui a tout organisé.

— Dans ce cas, intervint Stuart, j'espère que tu n'as pas pris trop d'engagements, parce que ce n'est plus la peine, maintenant.

— Ah bon ? Comment ça se fait ?

— Lex Luthor a payé tous les frais de ma récente hospitalisation et le Dr Jacobi promet de régler les factures qui seraient encore en attente.

— C'est vrai ?

Lana semblait surprise. *Au moins, ce serait une bonne utilisation de tout l'argent que Jacobi s'est mis dans la poche.*

— C'est vrai. Je te le dis, c'est un type génial. Un jour, je vous parlerai des travaux de la Fondation mais, pour le moment, j'ai mon cours qui commence.

— Nous aussi, répondit Lana. Et là, c'est une interrogation d'algèbre qui m'attend.

— Avec M. Staple ? Je vais juste à côté, je t'accompagne.

— D'accord !

Lana adressa un petit signe d'adieu à Clark et à Whitney avant de s'éloigner avec Stuart, sous le regard de nombreux autres élèves qui leur ouvrirent le passage.

Whitney en resta bouche bée, comme s'il n'arrivait plus à articuler un mot. Le couloir était presque vide lorsqu'il retrouva la parole.

— Qu'est-ce qui s'est passé, là ?

Clark parut ne pas comprendre.

— Ils sont partis en cours.

— Non, avant. Quand Stuart parlait à Lana de cette histoire de météorites. Tu as vu comme elle le regardait ? A croire que je n'étais plus là.

— Ni toi ni moi.

— Exactement. Alors, qu'est-ce qui s'est passé ?

Whitney semblait complètement abasourdi. Toute sa vie, il avait accumulé les succès, toujours entouré d'une petite cour, toujours suivi des plus jolies filles. Excellent en sport, ce n'était qu'un étudiant assez moyen mais qui obtenait régulièrement de bonnes notes car il avait l'art de charmer les professeurs un peu coulants, réservant ses efforts aux plus récalcitrants. Les années passant, il avait ainsi réussi à éliminer toute concurrence, d'où qu'elle vienne. Et, jusque-là, Stuart Harrison avait toujours compté parmi ses alliés.

Leur complicité remontait aussi loin qu'il pouvait se le rappeler. Stuart était un ami loyal et Whitney aurait fait n'importe quoi pour lui. Pourtant, le footballeur se rendait soudain compte que ce quasi-frère risquait tout simplement de lui souffler l'affection de Lana. *Qu'est-ce qu'il me reste à faire, maintenant ?*

Quant à Clark, il l'observait du coin de l'œil, parfaitement conscient de ce qui pouvait se passer dans sa tête. Whitney n'irait jamais s'attaquer de front à son vieil ami, non seulement à cause du statut de miraculé de ce dernier mais aussi parce que s'il existait une personne capable de le battre en popularité, c'était Stuart. Depuis toujours.

— Bienvenue dans mon monde, murmura Clark.

— Pardon ?

— Rien… Je, je ne sais pas quoi te dire. Désolé.

— Ouais… bon… à plus.

Whitney gagna sa salle de cours d'un pas lourd. Jamais Clark ne l'avait vu marcher les épaules basses. Au contraire de Stuart, Whitney n'avait pour ainsi dire aucune chance d'obtenir une bourse en l'état actuel des choses. Son père malade, le magasin désorganisé, l'avenir ne s'annonçait pas vraiment rose pour lui. Et voilà que, tout d'un coup, il risquait aussi de perdre Lana. A cause de son meilleur ami, ni plus ni moins.

A son grand étonnement, Clark se sentit fondre de pitié pour lui.

*
* *

Le samedi matin, Jimmy Wolfe sut qu'il avait perdu tout contrôle de la situation.

A première vue, on pouvait considérer que les choses allaient mieux qu'il n'aurait jamais osé l'imaginer. La publicité consécutive à la guérison miraculeuse de Stuart Harrison avait fait couler des flots d'argent dans leurs coffres. Les conférences de Jacobi avaient repris depuis le milieu de la semaine, avec un succès qui ne se démentait plus. Il ne restait que des places debout. Les dons emplissaient à ras bord les troncs des quêteurs et, sur le site Internet, les souscriptions avaient triplé.

Sa fenêtre, au premier étage de la vieille ferme Davis, donnait sur le terrain de camping. Toutes les places en étaient occupées jusqu'à la fin du week-end.

Au-dehors, l'activité battait son plein et plusieurs bénévoles s'activaient à remuer les terres arables pour tenter d'y dénicher d'autres météorites qu'ils allaient ensuite entreposer dans la grange adjacente à la ferme. Quant à Jacobi, il était désormais suivi en permanence d'une armée de caméras, ce qui lui permettait de pontifier sur les promesses et sur l'importance de sa dernière découverte.

Cette constante présence de la presse irritait Wolfe ; chaque fois qu'un objectif apparaissait à l'horizon, il courait se réfugier dans sa chambre. Autrement dit, il venait de passer le plus clair de ces trois dernières journées à ronger son frein derrière la fenêtre. Il avait davantage vu Jacobi à la télévision qu'en chair et en os, si bien qu'il en vint à s'adresser à lui par messagers interposés pour le convoquer à la réunion de préparation des conférences du prochain week-end.

Il faisait les cent pas dans le salon du rez-de-chaussée lorsque Jacobi arriva enfin.

— Pas trop tôt ! gronda-t-il en allant fermer la porte à clef. Tu en as mis un temps ! Tu prenais le thé avec l'équipe de *60 Minutes* ?

Jacobi éclata de rire et salua son associé en brandissant le long tube de carton qu'il apportait.

— J'avais un petit truc à vérifier et quelques nouveaux adeptes à réceptionner.

— Tu m'en diras tant ! Je te rappelle que le week-end sera crucial pour le reste de notre vie. On a intérêt à tout planifier dans les moindres détails.

— Je ne m'inquiète pas. Nous commencerons comme d'habitude. Je passerai le premier quart d'heure à travailler l'assistance, puis on projettera le film de montage sur la guérison miraculeuse et on présentera Stuart.

Jacobi sortit du tube un rouleau de papiers qu'il déploya sur la table.

— Nous le laisserons raconter son histoire – il s'en sort remarquablement, il est doué –, puis je reprendrai la parole et parlerai des essais cliniques à venir. Si, à ce moment-là, personne ne s'est encore levé pour proposer un don, il te reviendra de faire signe à une de nos taupes pour ouvrir le bal. Ensuite, on pourra improviser.

— Sans doute. Mais je veux quand même réviser quelques…

Wolfe s'arrêta net en découvrant les croquis qui s'étalaient sur l'un des papiers de Jacobi.

— Qu'est-ce que c'est que ce machin-là ?

— Des ébauches architecturales de l'Institut Supérieur de Recherche sur les Météorites !

Jacobi recula pour juger de la perspective.

— Ce ne sont encore que des esquisses mais tu ne trouves pas ça joli ?

Wolfe paraissait horrifié.

— Tu as dépensé du bel et bon argent pour payer un architecte ?

— Pas « un » architecte, le meilleur cabinet de la région. J'ai pensé qu'il valait mieux pour notre réputation nous adresser directement aux pontes du coin, des gens connus de toute la région, plutôt que de faire venir un illustre inconnu.

— Mais à quoi bon te donner cette peine… ? Oh non !

Wolfe resta un instant la bouche ouverte et blêmit :

— Ne me dis pas que tu songes sérieusement à poursuivre cette chimère !

— Ce n'est pas une chimère, Jimmy. J'ai dévoilé

mes plans à tous les journalistes qui m'ont interrogé cette semaine. Nous en avons discuté…

— *Vous* en avez discuté ! Et moi qui croyais que tu parlais *en l'air*… histoire d'appâter le gogo. Je n'ai pas imaginé une minute que tu comptais réellement *bâtir* quelque chose dans ce bled paumé.

— Nous possédons déjà une option d'achat sur cette terre, Jimmy. C'est toi qui as insisté pour la signer, n'oublie pas.

— C'était juste pour asseoir notre crédibilité auprès de la banque !

Effondré, Jimmy se passa les deux mains dans les cheveux ; à croire qu'il voulait empêcher son crâne d'éclater comme une pastèque trop mûre.

— Tu as une idée de ce que pourrait nous coûter un tel projet ?

Jacobi hocha pensivement la tête.

— Il va falloir établir un fonds de construction substantiel mais je sais que nous y parviendrons. J'ai déjà déposé quelques demandes de subventions gouvernementales.

— Tu perds complètement *l'esprit* !

Subitement rouge comme une tomate, Wolfe saisit son associé par les revers de sa veste :

— On a eu de la chance, une chance totalement inespérée. Il y a une semaine, je nous voyais au bord du précipice !

— Il y a une semaine, j'ai sauvé la *vie* d'un jeune garçon. Je l'ai *guéri*, Jimmy !

— C'était un *coup de bol* ! Tu es tombé dans une fosse à purin et tu en as sorti un lingot. Ne tente pas le diable – on risque encore trop de se casser la figure.

— Si j'en ai guéri un, grommela Jacobi d'un ton presque navré, je devrais pouvoir le faire pour d'autres. Qu'est-ce qui te prend, Jimmy ? Nous ne pouvons pas nous arrêter maintenant.

Wolfe poussa un soupir, reprit sa respiration et se massa lentement les tempes.

— Donald, il *faut* arrêter maintenant. Je reconnais qu'on n'a jamais été dans une situation aussi agréable mais ça ne *peut pas* durer. D'accord, on peut encore se faire du blé pendant une semaine ou deux mais, après, il faudra plier bagage.

— Nous ne bougeons plus, Jimmy. C'est ici que la Fondation va prendre racine. C'est ici que je vais bâtir mon institut. Je vais récolter autant de météorites que je le pourrai et les étudier jusqu'à ce que je comprenne comment les utiliser. Je vais conduire le monde aux portes de l'âge d'or.

— Oh, mon Dieu !

Wolfe pâlit de nouveau et s'assit lourdement sur le canapé, ou plutôt s'y laissa tomber. Il contemplait Jacobi d'un air épouvanté. Il ne se serait jamais attendu à cela. Voilà qui changeait tout.

— Tu t'es laissé prendre à ta propre arnaque.

— Ce n'est pas une arnaque, Jimmy. C'est fini. Maintenant, si nous travaillons beaucoup, nous pouvons y arriver – je le sais ! Et je vais avoir besoin de toute ton aide, de tout ton talent pour réussir. Aide-moi, je t'en prie !

Jacobi lui tendit la main.

— Non. Jamais, pas question !

Wolfe se leva et tourna le dos à son associé. Tout

d'un coup, il ne le reconnaissait plus dans ce prêcheur qui suintait l'ardeur religieuse.

— Je ne peux pas préparer une arnaque avec un associé qui y croit. C'est le meilleur moyen de tout faire rater. Je me tire.

Il se dirigea vers la porte et la déverrouilla.

— Où vas-tu, Jimmy ? A Cleveland ?

La main de Wolfe se figea sur la poignée. Quoi qu'il arrive, certaines choses ne changeraient jamais.

— Non, pas à Cleveland, reprit Jacobi d'une voix coupante.

Wolfe ne lui connaissait que trop ces intonations glaciales.

— Tu commettrais une imprudence en y retournant, n'est-ce pas, Jimmy ?

Apparemment, Jacobi n'avait même pas besoin de le menacer d'aucun cataclysme ; il se doutait qu'un simple rappel de quelques événements suffirait à le faire changer d'avis.

— Non, il y a là-bas trop de gens qui ne demandent qu'à savoir où te retrouver, continuait le timbre susurrant de Jacobi.

Wolfe se retourna lentement, le front trempé de sueur.

— Tu ne vas pas…

— Je n'en ai *aucune* envie. J'aimerais mieux que tu restes ici, sain et sauf, pour m'aider à mener la Fondation à son summum. Nous formons une équipe, Jimmy – ne commettons pas l'erreur de briser une formule qui gagne, surtout en ce moment, alors que nous sommes sur le point de lancer un si grand projet. Nous avons l'occasion de tout changer, de faire bouger le monde entier, de participer à la plus exaltante des aventures, nous n'avons plus une minute à perdre.

— Donald, je suis vieux, fatigué...

— Allons donc ! Personne n'est plus qualifié que toi pour mener cette opération. Je n'ai aucune envie de former un autre gamin.

Cette fois, ce fut Jacobi qui saisit Wolfe, mais doucement, d'une main sur l'épaule.

— Fais-le pour moi, Jimmy. Aide-moi à bâtir cet institut et à le faire fonctionner. Ensuite, si tu as toujours envie de t'en aller, libre à toi. Tu iras où tu voudras, je ne dirai rien.

C'est ça ! Comme si je n'avais jamais entendu cette chanson ! Wolfe baissa la tête.

— Jimmy, dis-moi que tu vas rester.

Est-ce que j'ai le choix ? Il repoussa la porte qui claqua derrière son dos.

— Je reste.

— Bravo ! lança Jacobi en lui tapant sur l'épaule. Bon, alors, tu voulais qu'on discute des signaux pour la conférence de ce soir ?

Wolfe s'éloigna lentement de la porte en hochant la tête.

*
* *

Le dimanche après le déjeuner, Clark se débarrassa de quelques tâches en souffrance et se lança dans une balade à travers champs à un train que lui seul pouvait soutenir. Il aimait marcher ainsi, cela lui permettait de faire le vide dans son esprit. D'autant qu'il avait décidé de ne plus jouer au basket dans son grenier.

N'importe qui pouvait le surprendre. Avec Chloé puis Lana, les choses s'étaient à peu près bien passées, mais qu'en aurait-il été si Whitney avait surgi au beau milieu d'une partie ? Cela pouvait se produire à tout moment. *Tout le monde vient se confier à ce bon vieux Clark. Et moi, alors, qui m'écouterait ?* Il y avait bien ses parents mais il comptait déjà beaucoup trop sur eux. Pete lui prêtait parfois une oreille attentive ; cependant, depuis une semaine, il semblait trop préoccupé pour s'intéresser à lui. Clark regarda la route et sourit. La réponse se trouvait devant lui.

Il se dirigea vers la grille du château des Luthor et appuya sur la sonnette.

— Bonjour, monsieur Kent.

Il adressa un signe à la caméra cachée. Il savait que cette voix grésillante appartenait à l'un des agents de sécurité de Lex mais n'aurait pu dire lequel. Dans sa tête, ils s'appelaient tous « Râpeux ».

Un bourdonnement le tira de ses pensées et le massif portail s'ouvrit devant lui. Il se glissa dans l'embrasure, remonta l'allée qui s'incurvait gracieusement entre les arbres du parc. Bientôt, devant lui, se dressa l'imposante demeure que Lionel Luthor avait fait venir d'Ecosse pierre par pierre pour la reconstruire en plein Kansas. Elle n'avait pas été habitée des années durant, jusqu'à ce que son père envoie Lex superviser les opérations de l'usine de Smallville.

Au début, Lex s'était fait tirer l'oreille pour venir s'installer dans le comté de Lowell, comme si on l'exilait loin de tout. Mais il avait changé d'idée après que Clark lui eut sauvé la vie. *On dirait qu'il s'y sent chez lui, maintenant. La vie de Smallville doit lui faire du bien. En tout cas, il a fait beaucoup de bien à Smallville.*

La grande porte de chêne s'ouvrit dès qu'il frappa et un maître d'hôtel en noir le pria d'entrer.

— Bonjour, Louis. Lex est dans les parages ?

— Monsieur fait de l'exercice. Vous pourrez certainement l'intercepter dans le grand escalier.

Le grand escalier ? Clark suivit le profond vestibule et, comme par miracle, quand il arriva au pied des marches, Lex apparut sur le palier. Il portait une chemise et un short blancs et son crâne chauve brillait de transpiration.

— Salut, Lex !

— Salut...

Le jeune homme descendit d'un pas tranquille et s'arrêta en bas pour reprendre son souffle.

Clark passa la main sur le bois sombre de la rampe.

— C'est ici que tu prends de l'exercice ? Est-ce bien raisonnable ?

— Bien sûr, pourquoi ? Je veux garder la forme et je ne connais rien de mieux pour faire travailler le cœur.

Lex attrapa la serviette posée sur la rampe afin de s'essuyer le visage.

— Non, rectifia Clark, je veux dire : ce n'est pas mauvais pour l'escalier ? Ce bois est tellement beau !

— Il est prévu pour qu'on marche dessus, non ? Ou pour qu'on y coure, en ce qui me concerne. Il a au moins cent ans. S'il a survécu à un démontage et à une traversée de l'Atlantique, je ne vois pas en quoi le fait de l'utiliser pourrait l'affecter. Viens...

Lex précéda Clark dans une grande pièce adjacente,

sortit deux bouteilles d'eau gazeuse du réfrigérateur d'un bar d'angle et en donna une à son ami.

— Alors, qu'est-ce qui t'amène ici ?

— Je faisais un tour dans les parages et je suis passé te dire bonjour. J'aurais peut-être dû te téléphoner avant pour t'avertir. Excuse-moi.

— De rien. Ma porte t'est toujours ouverte. Tu le sais bien.

Il désigna la grande table de billard en acajou qui trônait devant la cheminée.

— On se fait une partie ?

— Volontiers.

Lex choisit deux queues sur un râtelier dressé contre le mur tandis que Clark disposait les billes.

— J'ai parlé avec Stuart Harrison, l'autre jour, commença celui-ci. Il a dit que tu avais payé ses frais d'hôpital.

— En effet.

— C'est gentil.

Lex se mit à rire :

— « Gentil » ! J'ai l'impression que plus d'une personne, en ville, serait étonnée de m'entendre appliquer ce qualificatif. En fait, je voulais qu'il bénéficie des meilleurs soins possible. Et, accessoirement, j'avoue que je m'intéressais aussi aux explications qu'allait donner la médecine officielle à l'incident de la conférence. Tu permets que je commence ?

Clark recula :

— Tu es chez toi !

Lex envoya la bille à jouer heurter les autres qui s'éparpillèrent sur le tapis. La douze roula vers le bord, oscilla un instant et finit par tomber sans bruit dans une blouse. Lex fit le tour de la table pour préparer son coup suivant.

— J'aurais bien proposé aux Harrison de régler toutes leurs factures en retard mais je savais que Lana et toi aviez prévu ce concert pour les tirer d'affaire ; je ne voulais pas vous brûler la politesse. J'ai cru comprendre que ce bon Dr Jacobi ne s'est pas embarrassé de tant de scrupules.

— Il semblerait, à en croire Stuart. Après tout, ça prouve qu'une partie de l'argent levé par la Fondation sera dépensée pour la bonne cause.

— Si je comprends bien, tu ne crois pas Jacobi capable de guérir les malades.

Lex s'attaqua à la bille quinze mais ne parvint pas, cette fois, à l'envoyer dans une blouse.

— A toi.

Clark frotta le procédé à la craie.

— Je ne sais pas quoi penser de Jacobi, mais je n'ai aucune confiance en lui. J'ai parlé à plusieurs personnes qui se sont inscrites à la Fondation Ascendance via le site Internet.

Il se pencha et envoya la bille un directement dans une blouse.

— L'une d'elles, poursuivit-il, m'a montré quelques pages de la section « réservée aux membres » et je n'y ai rien vu qui vaille de dépenser quatorze dollars quatre-vingt-quinze par mois.

— Moi non plus.

— Ne me dis pas que tu t'es inscrit !

— Juste pour un mois à l'essai. A part quelques vagues promesses sur le pouvoir des météorites, tout le reste était prévisible, le baratin habituel sur les auras, les vibrations, et comment « recharger votre ADN ». Je ne savais pas qu'on pouvait faire repartir l'ADN comme la batterie d'une vieille bagnole.

Clark faisait le tour de la table pour évaluer sa situation.

— A propos, Chloé a effectué quelques recherches et, pour autant que je sache, Stuart a été la première personne vraiment malade qu'il ait jamais « guérie » à l'aide d'une météorite. Tous les autres gens qu'il aurait prétendument aidés, souffraient d'inflammations comme un hygroma ou une tendinite, ou de début de sclérose en plaques.

Il envoya la bille à jouer cascader contre la numéro deux qui fila dans la blouse de l'angle opposé.

— Enfin, des cas qui peuvent fort bien s'améliorer tout seuls, acheva-t-il.

— Oui, approuva Lex. C'était à peu près ce que j'avais moi-même conclu. Du moins jusque-là. Tu remarqueras que Jacobi a eu la prudence de ne promettre aucune découverte qui soit facile à réfuter. D'un autre côté, nous savons toi et moi que les météorites du comté de Lowell ont provoqué quelques phénomènes assez extravagants.

— Je dirais même que la guérison de Stuart est le premier véritable bienfait qui semble imputable aux météorites. Quand je pense à tout le blé que la Fondation a soutiré à des gens bien comme Nell, par exemple, ça me gonfle !

D'un mouvement agacé, Clark propulsa la bille trois dans la numéro quatre et toutes deux disparurent dans des blouses.

— Ça vire à l'escroquerie ! observa Lex.

— C'est ce que croit Chloé.

— Non, je voulais dire… peu importe. Continue.

— J'ai l'impression que pendant quelques années, Jacobi n'a vu dans la météorite qu'un accessoire phosphorescent et décoratif. D'ailleurs, il a plus ou moins reconnu que la guérison de Stuart était un heureux accident.

D'un geste précis, Clark opéra un ricochet entre la bille à jouer, la dix et la cinq qui roulèrent lentement vers les bords.

— Je ne crois pas, poursuivit-il, que Jacobi ait su que les météorites possédaient une quelconque propriété avant d'avoir découvert le site de Chloé.

Au bout de la table, la bille cinq heurta la numéro quatorze et s'en alla mourir dans une blouse latérale.

— Joli coup ! observa Lex. Reste à savoir si Jacobi est un escroc à proprement parler ou s'il croit aux âneries qu'il débite. Je sais par expérience que la plupart de ces thérapeutes autoproclamés et soi-disant professeurs sont sincères. Quand on pense que Jacobi trimballe cette météorite avec lui depuis des années…

La queue de billard de Clark dérapa inopinément sur la bille de jeu. Il éprouvait soudain une vertigineuse sensation de vide.

— Tu ne crois pas qu'il en aurait subi l'influence ? Comme Rickman et Tippet ?

Bob Rickman et Kyle Tippet étaient associés, deux braves représentants de commerce sans histoire, jusqu'au jour où leur voiture avait été piégée par l'averse météoritique. Dès qu'ils en furent désincarcérés, ils s'aperçurent qu'ils avaient tous deux acquis un étrange pouvoir de persuasion. Ils parvenaient littéralement à obliger n'importe qui à faire ce qu'ils voulaient. Cela ne plut pas à Kyle qui se replia sur lui-même et mena une vie de reclus. Bob, au contraire, en profita pour devenir un magnat de l'industrie.

Rien ne semblait pouvoir l'arrêter. Jusqu'au jour où, rentré à Smallville, il tenta d'acquérir le terrain des Kent. Seul Clark restait imperméable à son pouvoir de persuasion. Pendant quelque temps, il sembla que les Kent allaient perdre leur exploitation mais la menace Rickman s'était finalement éloignée grâce à l'aide de Tippet. L'affaire ne cessa vraiment qu'avec la mort de Rickman et la disparition de Tippet.

— Non, Clark, je doute que Jacobi ait tiré un quelconque pouvoir de sa météorite. Il possède un vrai charisme naturel, ce qui le rend déjà bien assez dangereux comme ça.

Lex passa la craie sur son procédé et contempla la table.

— Mais souviens-toi, ajouta-t-il, qu'il a dit ne plus avoir de rhume depuis trois ans. Ce ne sont pas forcément des paroles en l'air. Tu savais que l'habitant moyen de Smallville possède un nombre relativement élevé de globules blancs ?

— C'est vrai ?

— Surtout ceux qui vivaient ici avant 89, à commencer par ceux qui étaient bébés à l'époque. C'est une précieuse information que j'ai obtenue auprès de mon médecin personnel.

Lex orienta la bille de jeu vers la numéro quinze mais frappa trop fort, l'envoyant à côté de la blouse ; elle rebondit et revint vers le centre.

— Ah ! Manqué.

Tout en tournant autour de la table, il poursuivit :

— Réfléchis, Clark, à part Stuart Harrison, combien de personnes de notre génération ont été atteintes de maladies mortelles dans la région ?

— Eh bien, il y a eu… non, ils avaient déménagé de l'Iowa. Attends… Je ne vois personne.

— Exactement. Tu te souviens de la jeune fille au corps soudain devenu extensible et malléable à volonté, qui s'était fait passer pour moi… et pour toi ?

— Tina Greer. Oui. Elle souffrait d'une maladie des os qui a guéri après la pluie de météorites. Comme toi avec ton asthme !

— Oui. Qui sait si Jacobi ne nous prépare pas un coup fumant ? On devrait peut-être tous garder un morceau de météorite sous la main.

Il ne manquerait plus que ça ! Clark fit la grimace.

— En ce qui me concerne, je vais au contraire les fuir comme la peste. Elles m'ont l'air d'avoir trop d'effets négatifs.

— C'est sûr qu'elles ont provoqué quelques problèmes, mais imagine ce qu'on pourrait accomplir si on parvenait à éliminer tous leurs effets négatifs et à amplifier les positifs !

— Tu commences à parler comme Jacobi. C'est exactement ce qu'il compte faire avec son institut.

— C'est du moins ce qu'il a annoncé. Mais pour accomplir son projet, il devra attirer des scientifiques autrement spécialisés que lui. Reste à savoir s'il y parviendra. Au fait, c'est à toi de jouer. Je t'ai laissé une belle embrouille sur la table.

— Tu plaisantes !

Clark examina la table, en fit plusieurs fois le tour,

s'arrêtant de temps à autre pour analyser les angles possibles.

— Je ne le sens pas trop.

Il ne voyait par où commencer. Tous les coups semblaient difficiles. Pour mieux réfléchir, il reprit la craie qu'il se mit à frotter lentement sur le procédé.

— Le problème, murmura-t-il, c'est qu'il se passe vraiment quelque chose avec cette histoire de météorite. Supposons, histoire de discuter un peu, que Jacobi ne soit pas un imposteur. S'il croit vraiment en tout ce qu'il raconte, c'est un pur barge.

— C'est clair, approuva Lex.

Clark se pencha sur la table, ajusta son mouvement, se redressa :

— Et s'il bâtit son institut pour y loger d'autres « scientifiques » de son acabit ? Un laboratoire rempli de barges… ça ne va pas faire baisser le taux de phénomènes inexpliqués dans la région.

— Comme tu dis.

— C'est bien ce qui me fait peur.

Là-dessus, Clark se pencha de nouveau sur la table. D'un petit geste précis, il propulsa la bille blanche contre deux autres qui partirent en même temps caramboler leurs voisines et, par une réaction en chaîne, la six et la sept dévalèrent dans des directions opposées pour aller se faire gentiment avaler par les blouses.

— Ce n'est pas vrai ! s'exclama Lex, consterné.

Six autres billes roulaient encore sur le tapis et la numéro huit vint s'arrêter entre une blouse et la flèche de Clark.

— Tu es sûr que tu n'as pas joué avec une météorite, ces derniers temps ?

— Crois-moi, Lex, je ne touche jamais à ces choses-là.

— Mais alors… ?

— Quoi, ça ? demanda Clark d'un ton faussement modeste. C'est une simple question de géométrie.

— Qui n'a jamais été ma matière préférée. Mais il faut reconnaître que ça sert à quelque chose.

En se frottant le menton, Lex décocha un regard narquois à son ami :

— Et alors ? Ne reste pas là à nous faire la fine bouche ! Frappe-la, ta bille huit !

La partie terminée, Clark s'adossa au mur.

— Une deuxième manche et la belle ?

— Tenu.

14

Clark ne quitta le manoir de Lex qu'au beau milieu de l'après-midi. Il avait encore quelques heures devant lui avant la tombée de la nuit mais il savait que le sous-bois qui séparait la propriété des Luthor de Hickory Lane le mettait à l'abri des regards indiscrets. Dès qu'il se trouva sous les arbres, il démarra, couvrant des kilomètres à la seconde, si vite que les animaux ne virent passer qu'un courant d'air coloré. Quant à lui, il avait l'impression que les oiseaux faisaient du sur-place dans les airs.

Arrivé à l'orée du bois, il ralentit et rejoignit la ferme au petit trot, comme s'il rentrait d'un paisible jogging. C'est alors qu'il aperçut la voiture des Ross garée entre la maison et la grange.

— Hé, Clark ! lança Pete.

Celui-ci sortait de la cuisine en se léchant les doigts.

— Salut, Pete.

Clark s'arrêta près de lui et fit mine d'être essoufflé.

— La tarte t'a plu ?

— Oui. Ta mère est la meilleure pâtissière du comté. Comment sais-tu qu'elle m'en a donné, d'abord ?

— Tu as encore une miette sur le menton.

Pete s'essuya et se lécha de nouveau les doigts.

— Qu'est-ce qui t'amène ici, à part le gâteau ?

— La voiture.

— Non, sérieux.

— Je suis sérieux. Tu te souviens du coup de l'ambulance qu'on a sortie de la boue ? Tu m'avais dit que mon père ne m'en voudrait pas, qu'il comprendrait...

— Oui, et j'avais raison, dit Clark en posant une main sur l'épaule de son ami. Forcément. Tu es trop solide pour un fantôme.

— Tu avais presque raison. Papa n'était pas ravi de découvrir ses sièges pleins de boue séchée mais, quand je lui ai expliqué ce qui s'était passé, il a dit qu'il était fier de moi. Donc il ne m'a pas tué.

Pete ouvrit le coffre et en sortit une grande boîte en carton qu'il tendit à son ami.

— Il a juste décidé de me faire mourir à la tâche : j'ai dû nettoyer la voiture de fond en comble, le week-end dernier.

— Et ce week-end-ci ?

— J'ai dû *recommencer*. Et maintenant, il veut que je la *cire* ! C'est dingue, non ? Plus personne ne cire sa voiture de nos jours. Mais il dit que ça me donnera le sens des responsabilités et tout le bla-bla des parents.

Clark ouvrit la boîte d'où il sortit unc bouteille et un chiffon.

— Tu es venu dans l'espoir que j'allais t'aider ?

Pete lui jeta un regard navré.

— Tu veux bien ?

— Je crois que j'ai intérêt, sinon je n'ai pas fini d'en entendre parler.

— Super ! Tu préfères le côté conducteur ou passager ?

Jonathan se traîna vers la cuisine en étouffant un bâillement.

— J'étais en train de rêver d'une tarte.

Il aperçut le plat à peine entamé et sourit :

— Je ne m'étais pas trompé. Rhubarbe-fraise ?

— Oui.

Martha lui décocha une chiquenaude sur la joue.

— Tu en aurais eu la première part si tu ne t'étais pas endormi devant le film.

— Je vois en effet qu'on s'est déjà appliqué dessus.

Il embrassa sa femme sur la bouche.

— Mais ce n'est pas toi. Si je comprends bien, notre promeneur solitaire est rentré de sa randonnée ?

— Oui, mais il n'a pas encore goûté à la tarte lui non plus. C'est Pete Ross qui vous a tous coiffés au poteau.

— Ne me dis pas que je vais devoir partager avec *deux* adolescents ! fit-il en prenant une fourchette. Dans ce cas, j'attaque pendant qu'il en reste.

— Repos, morfale ! Tu as deux autres tartes qui cuisent au four.

Comme pour appuyer cette annonce, la minuterie sonna.

— Tiens, observa Martha, on dirait justement qu'elles sont prêtes. Pendant qu'elles refroidissent, si tu allais voir où en sont les garçons ?

— Entendu.

Reniflant avec délice l'odeur des gâteaux que Martha apportait, Jonathan sortit dans la cour et aperçut les deux amis en train d'astiquer la voiture de Dale Ross. Et, comme à son habitude, Pete avait l'air de taquiner Clark.

— Ce doit être chouette de connaître quelqu'un qui possède son propre billard. Il te laisse jouer quand tu veux ?

— Oui, mais quelle importance ? J'aurais mieux fait de ne pas t'en parler.

— Si tu tiens absolument à regretter tes paroles, parles-en à mon père. Tu as déjà vu un Black rougir ? Je ne te conseille pas d'essayer.

— Pourquoi, ce n'est pas encore cette vieille histoire de l'affaire qu'ils ont perdue…

— Parle plutôt d'une arnaque. Le père de Lex a pris le contrôle de l'usine de traitement de maïs que mon père et mon oncle avaient mis tant d'années à monter. Presque aussitôt il a vendu et installé une usine d'engrais à la place. Une usine *d'engrais* ! Je te jure qu'il ne faut pas prononcer le nom de Luthor devant mon père.

— Je comprends. Mon père serait assez de l'avis du tien.

Jonathan s'avisa qu'il en avait assez entendu comme ça.

— De quel avis parles-tu ?

Il ne connaissait que trop la réponse mais désirait l'entendre effectivement.

— Oh… euh… Bonjour, monsieur… On parlait des pères en général, le mien, vous…

Jonathan pencha la tête sur le côté :

— … celui de Lex ?

— Papa, on ne te comparait pas… !

— Attends, j'ai entendu une partie de ce que vous disiez et je suis assez d'accord avec ton père, Pete. La plupart des gens qui ont cru faire affaire avec Lionel Luthor s'en sont mordu les doigts. Toutes les terres qu'il a achetées dans la région ont été extorquées à leurs propriétaires.

— Toutes ?

— Pour autant que je sache, mon garçon, oui. Tu te souviens des Bell et des Guy ? Comment ils ont perdu leur exploitation ?

— Ton père a raison, Clark, les Luthor jouent toujours avec des cartes truquées.

— Parfaitement, Pete. Et ce que je déteste le plus chez eux c'est qu'ils veulent tout pour eux.

— Arrête, papa, ce n'est pas vrai !

— Non ? Tu te souviens de la camionnette neuve que Lex pensait te donner ?

Pete écarquilla les yeux :

— Une camionnette ? Quand est-ce qu'il t'a donné ça ?

— Après que Clark l'a tiré de la rivière.

Pete n'en revenait pas :

— Tu ne m'en avais jamais parlé !

— Pour dire quoi ? Mon père m'a obligé à la rendre.

— C'est vrai, monsieur Kent ? Vous avez fait ça ?

— C'est vrai. Parce que je savais d'où venait l'argent qui l'avait achetée.

— Ecoute, papa, Lex n'y était pour rien et tu le sais ! En plus, il passe son temps à faire le bien avec son argent. Il a aidé les Harrison, le lycée…

— Oh ! je t'accorde que Lex semble avoir fait du bien dans la région. Ce n'est pas Lionel Luthor – pas encore. Je sais, je sais : je ne devrais pas reprocher au fils les malfaisances du père. Je fais la part des choses. N'empêche que c'est un Luthor. Quand on grandit dans cette famille, on ne peut pas être honnête ; c'est le cas classique de…

— La question de l'inné et de l'acquis ! s'écria Pete. Oh, pardon, monsieur… je ne voulais pas vous interrompre, mais Mme Wesley – la prof de bio – nous en a parlé la semaine dernière.

— Elle doit savoir de quoi elle parle. Ça me rappelle un ancien proverbe que mon père aimait à citer : « L'arbrisseau penché donne un arbre incliné. »

— Papa, ton « ancien proverbe » est une citation d'Alexander Pope, au sujet de l'éducation.

— Il n'était pas manchot, lui non plus. Mais il y a toutes sortes d'éducations, Clark, à commencer par celle qui fait déteindre les parents sur les enfants. Lex a peut-être été éduqué dans le luxe, pourtant est-ce que son père l'a jamais fait sauter sur ses genoux ? Je te parie que non. Ce garçon est l'une des personnes les plus glaciales que je connaisse.

Clark leva les yeux au ciel :

— Tu es de mauvaise foi, papa ! Combien de temps as-tu passé avec Lex ? Tu le connais à peine. Il est juste un peu décontracté.

— Décontracté ? Il a de l'eau glacée dans les veines !

— Arrête !

— Tu te rappelles le jour où tu l'as sorti de la rivière ? Comment il s'est comporté ensuite ? Il conduisait comme un fou, il a failli se tuer mais, à le voir se pavaner, on aurait dit que c'était lui qui avait sauvé dix personnes. Je n'oublierai jamais son regard suffisant quand il est venu se présenter. J'aurais presque cru qu'il allait me sortir sa carte de visite.

— Ouais, railla Pete, sans doute d'un étui en platine inoxydable.

— Sans doute, renchérit Jonathan.

Clark commençait à s'impatienter :

— Bon, ça suffit ! Vous exagérez ! Et toi, Pete, tu n'étais même pas là. On avait été drôlement secoués, ce jour-là. Et Lex n'est pas toujours aussi glacial.

— Ah oui ? grommela Pete. Cite-moi un exemple où il s'est un peu réchauffé.

Clark se souvenait du soir où Lex l'avait trouvé « supplicié » dans le champ. Il n'oublierait jamais le ton horrifié de son ami.

Mais Pete ne savait pas davantage ce qui s'était passé cette nuit-là. Pas plus que les parents de Clark.

Néanmoins, s'il leur racontait l'épisode maintenant, ceux-ci ne s'intéresseraient plus du tout à Lex mais au coupable qui avait perpétré cet acte contre lui. En outre, ils demanderaient pourquoi il ne leur en avait jamais parlé.

Même s'il parvenait à retenir leur attention, son père trouverait encore le moyen de minimiser l'intervention de Lex. Clark l'entendait déjà affirmer que c'était « l'exception qui confirme la règle ».

— Je l'ai déjà vu. Point.

Stupéfait par cette réaction irritée, Pete tenta de le calmer :

— Hé ! C'est bon, je te crois sur parole !

— J'en ai marre que tout le monde critique Lex sans le connaître !

— Calme-toi, mon garçon ! Je disais…

— Je *sais* ce que tu dis, papa. Je l'entends toute la journée. Tu ne pardonnes jamais rien à Lex.

— Bon… eh bien… je dois y aller…

Pete ramassa prudemment ses affaires et se dirigea vers la voiture. Il avait assez souvent vu ses frères se disputer avec leur père, il ne tenait pas à se retrouver au milieu d'un nouveau conflit.

— A plus tard, Clark… monsieur Kent…

— C'est ça, dit Jonathan en lui adressant un signe. Mes bons souvenirs à ton père.

Un silence glacial régnait entre les Kent lorsque Pete démarra.

Ce fut Jonathan qui le rompit :

— Clark, je sais que tu considères Lex comme un ami, mais…

— Ecoute, j'en ai assez de t'entendre parler de lui comme d'un bon à rien. Tu n'as jamais fait que le comparer à son père.

— D'accord, si tu veux. Je ne devrais peut-être pas mais c'est comme ça. Dans cette région, le nom des Luthor est synonyme d'injustice. L'histoire de l'usine Ross n'en est qu'un exemple parmi tant d'autres.

— Tu t'*entends* ? Tu parles encore de Lionel Luthor. Lex n'a rien à voir dans tout ça.

— Peut-être que j'ai tort, mais ça m'étonnerait. Lex est bien le fils de son père. Il porte sur les épaules le poids de l'hérédité.

— Tu ne veux décidément pas lui donner une chance ?

Jonathan s'emporta :

— Toute sa vie il n'a connu que la richesse et le pouvoir. Or, le pouvoir corrompt. Point final.

— Ce n'est pas obligé. A moins que tu ne me croies sur la pente de la corruption, moi aussi ?

— Je n'ai jamais dit ça.

— Alors cesse de me sortir des vérités premières. Toi qui aimes tant citer Pope, j'ai une autre tirade pour toi : « Il en va ainsi des extrêmes, / Qu'on lit dans l'homme comme dans un livre, et c'est trop. / Quant à nos propres observations, / Nous devenons plus partiaux afin de ménager l'observateur. » Réfléchis-y, papa.

— Mon garçon… ?

Jonathan cligna des yeux et se retrouva seul dans la cour. Une traînée de poussière lui indiqua la direction prise par son fils. A son tour, Jonathan rentra dans la maison en maugréant.

— Qu'est-ce qu'on apprend aux enfants de nos jours ? Je n'ai commencé à lire Pope qu'en terminale. Depuis quand est-*il* si futé ?

Martha leva la tête à son arrivée :

— Jonathan… ?

— Où est Clark ?

— Je ne sais pas. Il est passé ici comme une tornade et m'a dit de ne pas l'attendre pour le dîner. Qu'est-ce qui se passe ?

— Nous… on a eu une petite discussion.

— Jonathan, que lui as-tu dit ?

— Je voulais juste lui laisser entendre que Lex Luthor n'était peut-être pas le membre le plus fiable de notre communauté.

Martha soupira. *C'est reparti.* Si elle partageait ses appréhensions au sujet du nouvel ami de leur fils – qu'elle-même n'appréciait que modérément –, elle désapprouvait la rigidité de son mari.

— Et si tu te trompais ?

— Peut-être, mais je ne pense pas, gronda-t-il en arpentant la cuisine. Crois-moi, le temps me donnera raison.

— Supposons que tu dises vrai. En tout cas, tu n'as pas convaincu Clark, j'imagine ?

Comme il ne répondait pas, elle vint se planter devant lui, les mains sur les hanches :

— Continue comme ça et tu finiras par le braquer complètement. Tu seras bien avancé !

— Tu as raison, soupira-t-il. Comme toujours. Mais je ne voudrais pas le voir souffrir.

— Moi non plus, seulement ce n'est pas à nous de lui choisir ses amis. Il est assez grand pour que nous lui fassions un peu confiance sur ce point.

— Tu sais, quand je me rappelle toutes les sottises que je faisais à son âge, je voudrais lui éviter ça.

Martha sourit et le prit dans ses bras.

— Il y en a quelques-unes que je n'ai pas oubliées. Ce n'étaient pas toujours des sottises, d'ailleurs. Et puis Clark a un avantage que tu n'avais pas.

— Lequel ?

— Un père plus ouvert et compréhensif.

Jonathan grimaça un sourire.

— Je ne suis pas certain qu'il t'approuverait en ce moment.

— Ça peut s'arranger.

Elle lui planta un petit baiser sur la joue.

— Mais, Jonathan, n'hésite jamais à reconnaître que tu t'es trompé. Si tu le faisais un peu plus souvent devant Clark… si tu acceptais un peu plus ses amis…

A son tour, il l'embrassa.

— Je vais essayer.

— C'est tout ce que je te demande. Bien… j'ai l'impression que nous ne serons que deux pour le dîner. Quand veux-tu te mettre à table ?

— Je ne sais pas. Je n'ai pas très faim pour le moment.

— Moi non plus. J'ai passé l'après-midi à grignoter en préparant ces tartes. On ferait bien de manger quelques légumes… c'est sain…

Elle s'interrompit, l'œil fixé sur la table.

— C'est bizarre.

— Quoi, chérie ?

— Les tartes que j'ai mises à refroidir. Il en manque une.

*
* *

Clark marchait d'un pas lourd dans la campagne avoisinante, s'efforçant de chasser sa mauvaise humeur. S'il était resté à la maison, sa colère aurait décuplé et il aurait peut-être dit à son père des choses qu'il aurait regrettées par la suite.

Il était furieux pour Lex mais ne pouvait empêcher un petit doute de s'immiscer en lui à la suite de ce que Pete et Jonathan avaient dit. Jamais son père ne lui aurait menti ; quant à Pete, c'était le plus direct de ses amis. Tous deux avaient une légère propension à l'exagération pour pimenter une plaisanterie mais certainement pas quand il s'agissait d'accusations aussi sérieuses.

Et puis ils ne pouvaient se tromper tous les deux aussi lourdement.

Cependant, ils devaient bien se tromper quelque part. *Je connais Lex beaucoup mieux qu'eux. Il ne ressemble pas du tout à son père*. Du moins pas à l'idée que tous se faisaient de son père. Clark lui-même ne connaissait Lionel Luthor que de réputation et, à la rigueur, à travers quelques vagues allusions de Lex. Il était grand temps d'en apprendre davantage.

Il retourna au château de Beresford Lane et sonna.

Lex accueillit son ami dans le vestibule.

— Clark ? Je ne m'attendais pas à te voir revenir si vite.

Son ami portait un paquet et semblait passablement agité.

— Quoi ? reprit Lex. Tu veux déjà faire une autre partie ? Tu ne m'as pas assez battu pour la journée ?

— Non, ce n'est pas ça. C'est… Enfin, je ne tenais pas à passer la soirée à la maison. Je ne voudrais pas abuser de ton hospitalité mais… tu veux bien que je reste un petit moment ?

— Bien sûr. Tu vas me raconter ça à table. Je vais dire à Monique d'ajouter un couvert.

— Merci. J'ai apporté le dessert.

Clark lui tendit le paquet.

— Tiens, ça c'est pour tout à l'heure. Ma mère me dit toujours qu'on ne doit pas aller chez les gens les mains vides.

— Ce n'était pas la peine. Ce… c'est fait maison ?

— Rhubarbe-fraise. La spécialité de ma mère.

Lex passa un bras sur l'épaule de son ami.

— Dans ce cas, on va commencer par le dessert.

*
* *

Lorsque le Talon avait ouvert, en 1940, il fut salué comme la première salle de son espèce. Les gens venaient de tout le comté y voir des films en première exclusivité, surtout pendant les jours de canicule – outre les films qu'on y projetait, c'était l'un des premiers établissements de Smallville équipé de l'air conditionné.

En 1977, à l'entracte d'une projection de *Rencontres du troisième type*, Laura Potter se lança dans une conversation avec Lewis Lang qui travaillait au Talon pendant les vacances scolaires. Cette conversation engendra un amour d'été et se conclut par un mariage.

Ce ne fut pas le premier couple qui trouva l'amour à cet endroit. Des générations de jeunes gens s'y donnèrent rendez-vous.

Mais, en cette fin de vingtième siècle, la vieille salle était tombée en décrépitude. Entre la télévision par câble, les locations de cassettes vidéo et les multiplexes du centre-ville, le Talon n'était plus de taille à lutter. Lex Luthor finit par le racheter dans le but d'y installer un parking… du moins jusqu'au moment où la fille de Laura et Lewis Lang vint le voir avec un projet de rénovation.

Désormais, le hall d'entrée du Talon proposait toutes sortes de cafés et de pâtisseries. Des rayonnages de bibliothèque garnissaient les murs jusqu'à la mezzanine, offrant aux lecteurs tous les derniers best-sellers. La scène était déjà prête pour accueillir durant le week-end un groupe folk-rock de Wichita.

Ce soir-là, à une table située à quelques mètres du bar, Whitney Fordman sirotait une tasse de Blue Mountain de Jamaïque, l'un des meilleurs cafés du monde, tout en feignant de s'absorber dans la lecture de son journal de sport. Toutes les minutes, il levait la tête pour vérifier l'heure à la pendule puis consultait sa montre. Il finit par héler la barmaid.

— Quand est-ce que vous fermez, ce soir ?

Lana leva la tête de son écran et soupira :

— A dix-neuf heures trente, comme tous les dimanches. Ça n'a pas changé depuis un quart d'heure, tu sais.

— Excuse-moi, je ne voudrais pas te gêner. Seulement… je m'impatiente, quoi.

— Tu devrais peut-être passer au déca.

— Ce n'est pas le café. C'est moi… et toi. Je voulais te parler en début d'après-midi mais, quand je suis allé chez toi, il n'y avait personne.

— Pas étonnant, Nell a dû partir assez tôt pour le Domaine. Il y a encore une conférence, ce soir.

— Je me suis demandé un moment si tu n'étais pas sortie avec Stuart.

— Stuart Harrison ? Il doit être à la Fondation, lui aussi. Je crois que Jacobi le forme pour en faire le Prodige de la Chaîne Cosmique, ou quelque chose comme ça.

— En fin de compte, je suis venu voir ici.

— Et tu m'y as trouvée. C'est là que je viens quand on manque de main-d'œuvre. Au fait, tu n'as pas payé ton café et ton journal. Six dollars cinquante.

— Ah oui ! Ecoute, ma puce, je voulais juste…

— Quand je travaille, c'est Lana, pas « ma puce », d'accord ? J'ai encore tout ce paquet de tickets à enregistrer et ensuite je dois organiser l'inventaire. Je n'ai pas le temps de bavarder.

Elle lui tendit sa monnaie en ajoutant :

— Tu t'occupes parfois du magasin de *ta famille* – tu dois comprendre.

— Je sais.

Il n'avait strictement aucune envie de penser à sa famille pour le moment. Il voulait juste retrouver quelques bonnes vieilles habitudes. Il s'éloigna, se ravisa, se retourna :

— Tu te rends compte qu'on ne se voit pour ainsi dire plus en dehors du lycée ! Soit c'est moi qui ai à faire au magasin, soit c'est toi, ici. C'est nul !

— Que veux-tu qu'on y fasse ? On a des responsabilités. Je ne vais pas fermer le Talon, virer tout le monde en leur disant que les horaires viennent de changer pour te faire plaisir.

— Ecoute, je suis libre pour le moment. Tu ne veux pas que je te donne un coup de main ? Je peux t'aider à fermer ou ce que tu voudras. Ensuite, je te ramènerai chez toi. Ça nous permettra de passer un peu de temps ensemble. Qu'en dis-tu ?

— D'accord, tu n'as qu'à commencer par déplacer ces tables par là. Quand tu auras fini, j'ai plein de boîtes derrière qu'il va falloir aplatir.

— Okay, ma… patron.

*
* *

— Alors, Kent, tu te lances ? demanda Lex en achevant sa part de tarte. Il y a trop longtemps que tes parents et toi gardez le secret.

— Quel secret ?

— Ne fais pas l'innocent.

Le regard tendu de son ami inquiéta Clark. Etonné de garder si peu de souvenir de son sauvetage de la rivière, Lex avait fait examiner l'épave de la Porsche par des spécialistes qui s'étaient avérés incapables de lui expliquer comment le toit avait pu se trouver ainsi arraché. Une fois, il l'avait interrogé à brûle-pourpoint là-dessus. Ces derniers temps, cependant, il ne semblait plus y penser. *Est-ce qu'il aurait de nouveau des doutes... ?*

— Il faut que je sache, Clark. Si ta mère est capable de préparer de tels gâteaux, comment se fait-il que vous ne pesiez pas tous cent quatre-vingts kilos ? Vous avez de supergènes brûleurs de calories ?

— Ah !

Soulagé, Clark s'adossa à son siège et s'étira.

— C'est parce qu'on mène une vie saine et laborieuse. Tu as déjà vu des fermiers obèses, toi ?

— Je me doutais qu'il y avait une explication. Si je voulais surveiller mon poids, je pourrais peut-être venir vous aider à faire les foins... En plus ça énerverait tellement mon père !

— A propos...

— Oui ?

— J'ai l'impression d'avoir entendu parler de ton père toute ma vie...

— Pas souvent en bien, j'imagine.

— Il a acquis de nombreuses terres et mené beaucoup d'affaires dans la région ; tous les gens avec qui il a traité se sont sentis floués, les Bell, les Guy, les Ross. Ne me dis pas qu'il avait l'intention de les rouler. Il n'était quand même pas si… si…

— Calculateur ? intervint Lex, imperturbable. Tu ne le connais pas. Il n'y aurait rien d'étonnant à ce que ce soit vrai ; en tout cas, ça lui ressemblerait. Lionel est le plus beau salaud qui existe à des lieues à la ronde… et fier de l'être.

— Quel effet ça te fait ?

Aussitôt, Clark regretta cette question. Cela lui rappelait ces journalistes qui harcelaient les parents de victimes assassinées – ou de meurtriers. (« Dites-nous, monsieur Jones, qu'avez-vous ressenti quand la police a découvert les corps que votre fils avait cachés dans le congélateur ? »)

— Pas grand-chose, répondit paisiblement Lex. J'ai toujours su qu'avec lui il était inutile de parler sentiments, si ce n'est dangereux. Il les considère comme des obstacles.

Un pli amer marqua son sourire.

— Alors maintenant, je me contente de… *l'étudier*. Pour ne pas faire comme lui.

Pourtant, il t'a déjà enseigné à être froid comme la glace. Tu sais faire abstraction de tes sentiments comme s'il te suffisait d'éteindre ou d'allumer une lampe. A l'évidence, Lex avait érigé cette attitude en système d'autodéfense – ce qui ne l'en rendait pas moins inquiétant. *Qu'a-t-il appris d'autre de son père ? Et à quoi ressemblait celui de Lionel ?* Clark préféra écarter ces questions de son esprit, elles le rapprochaient trop des arguments de Jonathan contre les Luthor.

— Ça doit t'énerver que les gens t'assimilent automatiquement à lui.

— Le syndrome « c'est bien le fils de son père » ? J'entends ça à longueur de journée. Parfois, ça rend service, dans les affaires. Il y a des gens qui préfèrent changer de route plutôt que de me croiser.

Il eut un rire sardonique.

— C'est drôle, dans un sens, continua-t-il. Surtout quand je pense à toutes les fois où il m'a dit que je n'étais pas assez dur. Mais ne t'inquiète pas, ça m'est plutôt égal, désormais. J'en ai tellement entendu !

Clark se souvint soudain d'une conversation qu'ils avaient eue quelques semaines auparavant, des cruelles plaisanteries que Lex avait endurées au sujet de sa calvitie. « Les enfants aussi », avait-il précisé. Clark avait vu une fois Lionel Luthor de près : l'homme portait des cheveux longs, savamment coiffés. S'était-il jamais moqué de son fils… ?

— Ne fais pas cette tête, Clark ! Si j'avais voulu, j'aurais pu vider mon compte et partir avec une ONG. Mais j'estime que ça n'aurait pas assez déçu mon père. Le fait est que notre petite guerre m'amuse beaucoup. J'arrive à le prendre à son propre jeu, désormais. Un jour, je gagnerai, à mes conditions, évidemment.

La réponse n'était pas aussi rassurante que Clark l'aurait aimé mais il saisit la balle au bond :

— A *tes* conditions. C'est ce que je voulais dire. Tout le monde croit que tu es comme lui. Même mon père. Ça m'énerve !

— C'est gentil, mais il ne faut pas t'en faire pour si peu.

— Mais lorsqu'il se met à…

— Il a raison de se méfier. Il se fait du souci pour toi. C'est un homme bon, même s'il rêve de me voir aller au diable. J'ai beaucoup de respect pour lui.

— C'est vrai ?

— Oh, oui !

— Je ne comprends pas. Pourquoi… ?

— Regarde autour de toi. Examine bien cette maison. D'après toi, pourquoi est-ce que je me pose des questions chaque fois que j'y vois quelqu'un ? N'importe qui ?

Clark détailla les lambris et les poutres de chêne, les peintures et les tapisseries. Lionel avait dépensé des fortunes pour une demeure où il ne comptait jamais habiter. Quels personnages véreux y avaient séjourné, la plupart pour traiter d'affaires douteuses ? A commencer par les petites amies de Lex. Oui, celles-là aussi.

— Tu te demandes, répondit-il, songeur, ce qu'on vient chercher ici, ce qu'on attend de toi.

— Exactement. Pas la peine de t'attrister pour ça, c'est humain. Tout le monde veut sa part de gâteau – tout le monde, sauf ta famille et toi ! Jamais aucun de vous n'a semblé montrer le moindre intérêt pour mon argent. Ou mon influence. Ou quoi que ce soit d'autre. Vous l'avez *prouvé*, sans l'ombre d'un doute. Ton père n'a pas voulu te laisser prendre cette camionnette que je t'avais offerte. C'était bizarre ! Vous, les Kent, vous avez titillé ma curiosité.

Clark se mit à rire.

— Tu veux dire que si mon père m'avait permis de garder…

— Tu ne m'aurais peut-être jamais revu. J'aurais

payé ma dette envers toi et basta ! Mais non, il a fallu que ton père s'obstine et t'oblige à me ramener mon cadeau. Depuis, on ne se quitte plus.

— Arrête ! Il y a belle lurette que tu t'es acquitté en venant me délivrer dans ce champ.

Infiniment plus que tu ne crois.

— Ne détourne pas la conversation. On parlait de cette camionnette. Tu voulais la garder, non ?

— Oh oui, elle était trop cool.

— Pourtant, tu as respecté le point de vue de ton père et tu me l'as rapportée. Je dois avouer que je n'ai pas l'habitude de traiter avec des gens à principes. A vrai dire, vous me donniez l'impression de venir d'une autre planète.

— Attends ! Mes parents n'ont rien de si exceptionnel. Enfin, peut-être que si, un peu. Mais il y a beaucoup de gens qui les valent dans la région.

— Pas que je sache. Tes parents constituent un véritable trésor national qu'il faut ménager et protéger. Regarde où je vis, Clark. J'ai pris l'habitude de ce cadre, même s'il rappelle plutôt le décor d'un vieux film de la Hammer. En comparaison, ta maison me fait songer à un paradis. Tu te souviens quand cette polymorphe a pris mon apparence pour cambrioler la Banque ? Où est-ce que je suis allé me réfugier ?

— Chez nous. Mais je croyais que c'était parce que j'avais vu ton double s'enfuir de la banque et que tu voulais m'interroger sur l'imposteur.

— En effet. Toutefois j'aurais pu me contenter de téléphoner. Non, rappelle-toi, à l'époque, personne ne pouvait avaler l'incroyable preuve de mon innocence. Avant tout, je savais que je serais en sécurité chez toi.

Et je dois porter au crédit de ton père qu'il m'a écouté sans me jeter dehors. Lui-même savait que je n'étais pas un voleur. Du moins pas de cet acabit.

Clark pouffa de rire :

— Un « trésor national » ! J'ai hâte de voir la tête de mon père quand je lui dirai ça.

— Ne te fatigue pas. S'il sait de qui ça vient, il n'y attachera aucun crédit. Tu as de la chance d'avoir une telle famille. Tu devrais rentrer chez toi, maintenant.

15

A la sortie nord de Smallville se dressait un établissement appelé l'*Abreuvoir Denehey*. Dehors s'alignaient dix pompes à essence, dont quatre de diesel, et un garage à trois aires de stationnement, équipé de ponts élévateurs. A l'intérieur du grand bâtiment central, à la droite de la caisse, se succédaient d'innombrables rayons pleins de marchandises, depuis la cassette de jeu vidéo jusqu'aux décalcomanies, en passant par les tranches de jambon et de viande séchée. Au fond, derrière les distributeurs automatiques de boissons et de pâtisseries (dates de péremption allant de trois mois à trois ans), quelques bancs et tables accueillaient le voyageur désireux de se détendre en mangeant un sandwich réchauffé au micro-ondes.

Le lundi matin, peu après dix heures, Jimmy Wolfe y était assis seul à verser du lait concentré dans son café en lisant le *Daily Planet*. En page intérieure s'étalait l'un des plans (en couleurs, s'il vous plaît) du futur Institut Supérieur de Recherche sur les Météorites, suivi d'un article sur la façon dont la Fondation Ascendance réduisait le nombre de ses conférences pour se concentrer sur ses projets de construction. *Ouais, la conférence d'hier a été la dernière dans l'immédiat. Donald a trouvé le moyen de tuer la poule aux œufs d'or.*

Il avala une gorgée, fit la grimace et ouvrit deux sachets de sucre. *Il s'y croit. Il a vraiment l'intention de s'installer ici. Je ne lui donne pas deux mois pour épouser la mère Potter*. Les choses n'auraient pu prendre une pire tournure.

— Monsieur Wolfe ?

— Hé ?

Cessant un instant de remuer son café amer, il leva les yeux pour découvrir un inconnu debout devant sa table. L'homme n'avait rien de particulier, vêtu simplement, de couleurs ternes, de ses mocassins à sa casquette. Seules ses lunettes noires réfléchissantes qui cachaient ses yeux pouvaient à la rigueur le distinguer du citoyen lambda.

— Vous faites partie de la Fondation, je crois ?

Machinalement, Wolfe lui présenta son sourire le plus commercial.

— Oui, en effet. Je peux vous aider ?

— En fait, nous pouvons nous aider mutuellement. J'ai cru comprendre que vous aviez eu quelques problèmes autrefois.

— Pardon ?

— Un peu plus à l'est… Cleveland…

Dans les lunettes noires, Wolfe vit son propre sourire se figer.

— Vous devez me confondre avec quelqu'un d'autre, marmonna-t-il. Je ne suis jamais allé à Cleveland.

— Je crois bien que si, monsieur Wolfe. A moins qu'il ne faille vous appeler monsieur Wilbury ?

Wolfe regarda vivement autour de lui pour vérifier

qu'aucune oreille indiscrète n'avait profité de l'information.

— Qu'est-ce que vous voulez ?

— Parler, c'est tout. Mais nous ne sommes pas bien ici. On ne sait jamais qui pourrait entrer.

Un mince sourire passa furtivement sur le visage de l'inconnu.

— Ma voiture est garée dehors, à côté de la vôtre. Si nous nous y retrouvions dans une minute ou deux pour discuter un peu ?

Wolfe fit mine de se replonger dans son journal mais ses yeux ne quittèrent pas l'homme qui s'éloignait, passait devant la caisse où il acheta l'*Inquisitor* et un Nuts. Puis il poussa la porte d'un coup d'épaule et sortit. Wolfe se força à avaler la moitié de son café avant de se lever et de s'éloigner d'un pas aussi nonchalant que possible. A l'angle du bâtiment, il retrouva l'inconnu qui l'attendait, comme promis, dans une voiture garée à côté de la sienne. Il jeta encore un regard circulaire pour vérifier que personne ne l'espionnait, ouvrit la portière avant côté passager et prit place.

— Vous en avez une jolie voiture, monsieur « Wolfe ». C'est la Fondation qui vous l'a offerte ?

— C'est un cadeau. Une récente donation d'un de nos membres.

— Que c'est gentil !

— Bon, qu'est-ce que vous me voulez ? Qui êtes-vous, d'abord ?

— Peu importe qui je suis. Ce qui compte, c'est qui vous êtes. Vous avez utilisé bien des noms autrefois.

L'inconnu tapota un dossier en énumérant :

— Winslow, Winslade, Wilbury. C'est sous ce dernier patronyme que vous avez monté une belle escroquerie à Cleveland. Malheureusement, tout ne s'est pas aussi bien passé que d'habitude. Parfois, on tombe mal et tout déraille. Le type que vous avez estampé vous attendait avec son gang. On a tiré, il y a eu quelques morts. Vous avez été blessé, et vous avez perdu sang et tripes à vouloir leur échapper. Je dois dire que les fédéraux ont bien fait leur travail. Le Programme de protection des témoins vous a donné une nouvelle identité : la chirurgie plastique, un nouveau visage. Peu après, vous avez rencontré Jacobi et monté cette malversation que vous appelez Fondation. Remarquable !

— Comment avez-vous obtenu ce dossier ?

— L'information est ma spécialité, Jimmy. On me paie pour trouver ce genre de chose. En ce qui concerne votre copain Jacobi – c'est pratiquement devenu un personnage public. Malin, le gars ! mais j'ai reconstitué toute sa vie depuis ses premiers diplômes d'étudiant.

L'inconnu fit claquer sa langue et secoua la tête.

— Pas terrible, n'est-ce pas ? J'ai eu plus de mal avec vous. J'aboutissais toujours à des impasses. Ça m'a paru louche. Décidément, les fédéraux ont fait du bon travail avec vous, Jimmy, mais pas au point de changer vos empreintes digitales.

— Vous ne travaillez pas pour le milieu, sans ça je serais déjà mort. Alors qu'est-ce que vous voulez ? De l'argent ?

— De l'argent ? Non, vous n'en posséderez jamais assez pour m'acheter. La Fondation s'est installée sur un terrain mal choisi. Il y a des gens qui ne veulent pas de vous par ici. Ils préféreraient que vous vous en alliez ailleurs, le plus loin possible.

— On ne peut pas. Mon associé a déjà dessiné des plans…

— Dans ce cas, il ne vous reste qu'à en changer.

— Vous ne connaissez pas Donald Jacobi. Quand il a une idée dans le crâne…

— De qui avez-vous le plus peur, de votre partenaire ou du milieu ?

L'inconnu brandit le dossier et ajouta :

— Il ne faudrait tout de même pas que ces informations parviennent en de mauvaises mains. Maintenant, si vous arrêtez ce cirque et quittez la région, personne n'entendra parler de vous. Sinon… ? Vous n'irez pas vous plaindre de voir, dans un premier temps, toutes vos petites histoires s'étaler dans les journaux, mais je suppose que ce ne sera que le moindre de vos soucis comparé à ce qui vous attendra ensuite.

— Vous…

Wolfe tira un mouchoir de sa poche et s'essuya le front.

— Vous n'allez pas faire ça, je vous en prie !

— Il ne s'agit pas de moi, c'est à vous de décider. Vous avez jusqu'au prochain week-end. Je vous suggère de vous y mettre tout de suite.

Wolfe sortit de la voiture et fit claquer la portière. Puis il s'appuya à son propre véhicule, le cœur battant, tandis que l'inconnu reprenait la route. Il fouilla dans ses poches à la recherche de ses clefs, les sortit, les laissa tomber, les ramassa et les introduisit dans la serrure d'une main encore tremblante. Il s'assit au volant et s'humecta les lèvres, consulta sa montre, poussa un soupir. Il mourait de soif mais le caviste n'allait pas ouvrir avant une heure et demie.

Wolfe n'eut pas été plus rassuré s'il avait aperçu un mécanicien qui l'observait depuis le garage.

Alors que la voiture démarrait, l'homme alla glisser une pièce dans un vieux téléphone public. Il composa un numéro qu'il connaissait par cœur et mit sa main en porte-voix autour du combiné.

Son correspondant décrocha à la troisième sonnerie.

— Oui ?

— Ici Arnie, je suis à l'*Abreuvoir*, monsieur Luthor. Vous vouliez que je vous appelle si je voyais quelque chose de suspect ?

Au bout du fil, Lex Luthor écoutait avec intérêt.

— Je vois, conclut-il. Et vous avez relevé la plaque de l'autre voiture ? Bon travail, Arnie – donnez-le-moi… Parfait. Wolfe vient de partir ? Oui, c'est très intéressant. Si vous avez autre chose, dites-le-moi immédiatement. On reste en contact.

Lex raccrocha et s'adossa à son siège, songeur. Le numéro qu'Arnie venait de lui communiquer indiquait un véhicule de la région de Métropolis. Ce qui ne prouvait pas grand-chose : des millions de voitures sortaient de Métropolis chaque année. Mais il ne pouvait s'empêcher de penser que l'homme qui venait de rencontrer Wolfe avait quelque chose à voir avec Lionel Luthor. Cependant, il doutait que son père soit directement le donneur d'ordre (d'abord parce que le vieux s'arrangeait pour ne laisser aucune trace qui puisse remonter à lui), mais il était fort possible qu'un de ses subordonnés s'en soit chargé. La question restant de savoir qui.

Il reprit le téléphone, appela un numéro en mémoire. Une sonnerie suffit :

— Chronique locale. Nixon.

— Salut, Roger. Je peux vous parler ?

— Oui, une seconde…

Il entendit une porte se fermer et les bruits de fond disparurent.

— C'est bon, Lex. Si vous appelez pour Jacobi, je n'ai pas grand-chose de nouveau sur lui.

— Tous les détails m'intéressent, mais cette fois, ce sera très simple. J'ai un numéro de plaque dont j'aimerais connaître le propriétaire.

Nixon copia les chiffres que lui dictait Lex.

— Je ne devrais pas en avoir pour longtemps, assura-t-il. Une demi-heure tout au plus.

— Bien. Maintenant, revenons-en à la Fondation. Qu'avez-vous *découvert* ?

— Sur Jacobi, à peu près rien, mais je devrais recevoir dans l'après-midi une copie de son dossier universitaire. Quant à Wolfe, c'est une autre histoire !

— Comment ça ?

— C'est un fantôme, ce type. Je ne trouve strictement rien sur lui. A croire qu'il n'existait pas avant d'avoir rencontré Jacobi.

— C'est impossible, Roger. Tout le monde laisse des traces écrites ici ou là.

— Attendez, là je vous parle de ce que j'ai découvert… ou pas, dans son cas.

— Continuez à chercher. J'ai l'impression que le passé de M. Wolfe constitue la pièce manquante de ce puzzle.

*
* *

Dans sa voiture garée devant la Banque, Wolfe se demandait ce qu'il allait faire, ce qu'il *pourrait* bien faire. S'il ne fermait pas le Domaine et ne s'en allait pas avant la fin de la semaine, il était mort. L'inconnu s'était montré très clair sur ce point. D'un autre côté, il ne pouvait rien faire sans l'accord de Jacobi, que celui-ci ne lui donnerait évidemment jamais. La tentation était grande de faire ses paquets et de filer en douce vers la frontière, mais cela ne servirait à rien.

S'il cherchait à fuir, il aurait dix tueurs à ses trousses dès les jours suivants. L'inconnu n'aurait pas besoin de le dénoncer ; Jacobi serait le premier à s'en charger tout en jouant les bienfaiteurs trahis. Wolfe l'entendait d'ici. Le cher docteur était certainement capable d'incarner les victimes aussi bien que les scientifiques ou les bons samaritains.

Son associé s'était tellement pris au jeu qu'il n'avait même plus besoin de jouer la comédie. Il était devenu le « Dr Jacobi », au point d'en oublier le petit escroc qui dormait en lui.

Qui es-tu vraiment, Donald ? Moi-même je me le demande.

Il savait que son associé avait été fils de pasteur, tout comme lui-même. Mais Wolfe s'était vite révolté, s'acoquinant avec la pègre au point de monter sa propre bande. Ce qui lui avait valu un casier sous son vrai nom quand il n'était encore qu'un jeune délinquant – casier aujourd'hui inaccessible puisque effacé à sa majorité. Quant à Jacobi, il n'avait a priori jamais eu maille à partir avec la justice. *Ce devait être une grande gueule... qui savait jusqu'où ne pas aller trop loin*. Témoin les premières conversations qu'ils avaient eues sur la foi. Jacobi souriait avec mépris au seul énoncé du mot religion alors qu'il était le premier à profiter du besoin qu'en avaient les gens.

Jusque-là.

Je suis dans de beaux draps ! Wolfe ne savait pas qui était cet inconnu qui le faisait chanter ni jusqu'à quel point il devait le croire mais il savait à quoi s'attendre avec Jacobi. Jamais son associé n'accepterait d'abattre le chapiteau et de s'éclipser. Surtout pas maintenant.

S'il était possible de trouver subitement la foi, c'était ce qui venait d'arriver à Jacobi. *Comme un coup de foudre*. Son regard ne trompait pas. Wolfe se souvenait comment il avait tenté de persuader Jacobi de reporter le voyage à Smallville après Atlanta et la tournée du Sud. *J'ai tiré le gros lot avec ce coup-là !* Et, à l'époque, Jacobi se voyait encore comme un escroc. Maintenant qu'il se prenait pour un saint, autant parler à un mur.

D'ailleurs, ne serait-il pas dangereux de seulement lui dire la vérité ?

Et n'était-il pas déjà dangereux de le faire auparavant ? Certes, Jacobi gardait son secret depuis des années mais à quoi lui aurait servi de le dénoncer ? Ils gagnaient de l'argent ensemble, ils formaient une bonne équipe. Wolfe l'organisateur, Jacobi le leader, le bonimenteur. Wolfe se chargeait du sale travail, des détails, pendant que son associé s'occupait du décor.

Et l'important, c'est que je continue à faire partie du décor.

Wolfe surveillait le drugstore au bout de la rue. Ces magasins avaient-ils le droit de vendre de l'alcool, au Kansas ? Impossible de s'en souvenir. Il s'humecta de nouveau les lèvres. Il avait vraiment besoin d'un verre. *Non. C'est comme ça que j'ai commis mes premières grosses bêtises.*

Si seulement il n'avait pas bu, ce soir-là, à Baltimore ! Une bouteille de scotch et il n'avait pu tenir sa langue : il avait tout raconté à Jacobi, Cleveland, sa nouvelle identité, tout. Depuis, son associé semblait peser sur lui comme une menace. *Associé... c'est cela ! Nous n'avons jamais été vraiment associés, et moins que jamais, depuis ce soir-là.*

Leur amitié n'avait pas non plus résisté à Baltimore ; elle ne tenait plus qu'en surface, pour autant qu'elle ait jamais existé.

Wolfe agrippa son volant. Tout cela ne menait à rien. Il devait absolument réfléchir, trouver une solution. Et s'il mettait les choses au point avec Jacobi ?

Que se passerait-il alors ? Comment Jacobi réagirait-il s'il apprenait qu'un homme – vraisemblablement très puissant – voulait leur faire quitter la ville et promettait de briser la vie de Wolfe s'ils ne s'exécutaient pas ? Suffirait-il d'un aveu pur et simple comme celui-ci pour secouer Jacobi et le faire revenir sur terre ?

Peut-être. Mais rien n'était moins sûr.

Jacobi était capable de déclarer qu'il ne craignait rien ni personne. Dans ce cas, tous *deux* se feraient tuer. Mais comment en convaincre le docteur ?

Wolfe se mordait les lèvres. *Je suis mort si je parle et mort si je ne parle pas*. Il ne pouvait fuir, il ne pouvait convaincre Jacobi, alors que lui restait-il ? Il devait bien exister une troisième solution. Mais laquelle ?

Quelque part dans la rue, une pendule sonna l'heure.

Wolfe consulta sa montre et, au douzième coup, il sortit de sa voiture, resta planté devant une minute. Puis il se reprit, monta sur le trottoir, face à la banque, et regarda de nouveau le drugstore, devant lui.

* * *

— Clark, attends !

Pete fit claquer la porte de son casier et courut à la suite de son ami.

— Ça va ? Je ne t'ai pas vu, ce matin.

— Je sais, grommela Clark, j'ai encore raté le car. Alors qui a gagné le pari du jour, Chloé ou toi ?

— Tous les paris sont fermés jusqu'à ce qu'elle me rembourse le parking.

Pete se mit au pas de Clark et le suivit vers la cafétéria.

— Sérieux, reprit-il, ça va ? Je m'en veux de t'avoir dérangé, hier. Si j'avais su… pour ton père…

— Bof… Oublie ça. On s'accroche de temps en temps. C'est fini.

— Tu es sûr ?

— Oui.

— Alors on est potes ?

— Tu rigoles ?

Clark lui tendit la main.

Pete sourit, lui tapa sur la paume puis effectua un petit tourbillon dansé.

— Pour la vie, mec, pour la vie !

*
* *

Jacobi avait les plans de l'institut étalés devant lui sur la table de la salle à manger. Il avait dû ajouter les deux rallonges afin de tout mettre côte à côte, le premier étage au-dessus du rez-de-chaussée. Il sourit. Ses projets se présentaient à merveille.

Une porte s'ouvrit, à l'arrière de la maison, et il vit passer Wolfe armé d'un carton.

— Ah, Jimmy, tu es là ! La recette du week-end est déposée à la banque ?

— C'est fait.

— Je commençais à m'inquiéter. Tu en as mis du temps !

— Oh, tu sais ce que c'est, le lundi. La circulation, les gens qui font des courses, ceux qui veulent bavarder. Comme il faut rester en bons termes avec le public, je leur assure qu'on fera bon voisinage et tout le blabla.

— Oui. Oui, il le faut. Je suis content de te l'entendre dire. Je veux entretenir de bonnes relations avec les gens de Smallville. Ils devraient être les premiers à profiter des bienfaits de l'institut – après les membres de la Fondation, évidemment.

— Evidemment.

— Ils sont tellement gentils avec nous, Jimmy, ils nous soutiennent tellement ! D'ici à un an ou deux, on devrait pouvoir leur distribuer d'inimaginables richesses.

— Quelles richesses ?

— La santé, Jimmy – une parfaite santé ! Nous allons soigner leurs infirmités, allonger leur espoir de vie, offrir à leurs enfants une croissance harmonieuse… ainsi qu'aux enfants de leurs enfants. Nous allons créer le paradis sur terre.

Wolfe ne disait rien. Son associé semblait tellement pénétré de ce message messianique qu'il n'entendrait rien d'autre.

— Tu sais, Jimmy, quand j'étais gamin, je rêvais de devenir médecin, mais je ne me sentais pas doué pour ça, et encore moins enclin à travailler.

Jacobi partit d'un petit rire mais reprit vite son sérieux :

— Finalement, j'ai trouvé comment aider les gens, comment faire cesser leurs souffrances. Mon Dieu, quel don ! Songes-y, Jimmy, *songes*-y !

Wolfe ne pouvait songer à rien d'autre qu'aux leçons de catéchisme de son père, particulièrement l'histoire de Saül de Tarse, sa fulgurante conversion sur le chemin de Damas et comment il était devenu l'apôtre Paul. *Ce cher saint Paul qui est mort en martyr comme la plupart de ses disciples*. Il était parfois dangereux de suivre les saints.

— Jimmy ?

— Oui, quelle image ! Je, euh… j'étais perdu dans mes pensées.

— Ça arrive facilement, n'est-ce pas ? Je dois moi aussi me rappeler sans arrêt de ne pas décrocher de la réalité. A propos, tu as établi cette liste d'entrepreneurs que je t'avais demandée ?

— Hein ? Ah oui !

Wolfe sortit de la poche de sa veste un papier plié en quatre.

— Eaton nous en recommande trois qui pourraient se charger du chantier – tous dans la région.

— Bon, parfait.

Jacobi prit la liste et se mit à l'examiner avec la ferveur d'un archéologue devant les manuscrits de la mer Morte.

Wolfe se gratta le menton.

— Tu sais, Donald, avant de demander un devis, on devrait peut-être organiser une petite fête.

— Pourquoi ?

— Pour montrer tous ces plans à notre petite colonie des membres de la Fondation. Après tout, il y a au moins une dizaine de personnes qui ont quitté leur emploi pour assurer la sécurité et nos tâches quotidiennes. Ils font partie de ce projet.

Le visage de Jacobi s'illumina.

— C'est une *merveilleuse* idée, Jimmy ! Je vois que tu as enfin compris l'importance de notre entreprise.

— J'essaie en tout cas.

Wolfe lui adressa un grand sourire.

En faisant son possible pour paraître sincère.

16

Le mardi après-midi, après le lycée, Clark passa au Talon et tomba sur Lex avachi dans un coin, un cappuccino dans une main, son téléphone cellulaire dans l'autre, l'air contrarié.

— Mauvaises nouvelles ?

— Hein ? Oh non, juste un peu agaçantes.

Il rangea son téléphone dans la poche intérieure de sa veste et fit signe au jeune homme de s'asseoir.

— Si tu cherches Lana, elle n'est pas encore là.

Ravalant sa déception, Clark prit place à la table de son ami.

— Quoi de neuf ?

— Je cherche des informations sur nos petits camarades de la Fondation. Pour l'instant, sans beaucoup de succès, je dois l'avouer. En plus, il semblerait qu'une tierce partie soit lancée sur la même piste.

— Une tierce partie ?

— Hier, l'associé de Jacobi, Wolfe, a eu une longue discussion avec un individu encore non identifié à la sortie de la ville. L'inconnu a loué sa voiture à Métropolis et réglé avec une carte de crédit au nom de

Bradley & Morgan, une petite agence de détectives privés.

Clark ouvrit de grands yeux.

— Wolfe en contact avec un détective ? Pour quoi faire ?

— Va savoir ! Mais, étant donné que l'agence se trouve à Métropolis, je soupçonne la LuthorCorp d'être derrière tout ça.

— Tu as une preuve ?

— Non, c'est juste une intuition. Pour l'instant, je n'ai strictement aucun indice qui mène directement à mon père. Ce qui prouve justement qu'il y est mêlé.

— Attends... Je ne comprends pas.

— Si tu connaissais mon père, tu comprendrais. Est-ce que Jonathan t'a jamais incité à t'inscrire... disons au mouvement des Jeunes fermiers américains ?

— *Quoi ?*

— C'est bien ce que je pensais.

— Je ne t'ai rien dit !

— Mais si. Jonathan ne cherche pas à régenter ta vie, alors que Lionel veut régenter celle de tout le monde. Je ne sais plus combien d'organisations et d'écoles il m'a forcé à fréquenter. J'ai dû en détester huit sur dix et les autres, je prétendais les détester. Ça faisait partie du jeu. Alors je peux t'affirmer sans me tromper que mon père est fou de rage à cause de la publicité que se fait la Fondation en ce moment. Il se trouve que les météorites ont généré une mutation majeure au cœur de l'usine d'engrais, sous la surveillance de mon père. Il est encore furieux que les gens l'aient appris.

— Ah...

Clark restait prostré à sa place, le regard dans le vide.

— Tu m'as l'air plutôt absent, ce soir. J'ai dit quelque chose qui ne t'a pas plu ?

— Si, mais… le nom de ton père a été cité dans une autre histoire de météorite, il y a quelque temps.

— Ah bon ?

— Oui. Chloé pense que Lionel a usé de son influence pour masquer l'un des événements les plus étranges qui se soient produits à Smallville. Tu crois ça possible, toi ?

— Il a fait pire et pour bien moins que ce que tu laisses entendre. Crois-moi, du moment qu'il intervient quelque part, *tout* devient possible.

*
* *

Stuart Harrison arriva au Domaine de la Fondation peu après le lycée. Les derniers campeurs encore sur place se dirigeaient vers la grange.

— Stuart, te voilà ! s'écria Jacobi derrière lui. Je suis content de te voir. Tu arrives à temps pour participer à notre grande fête.

— Quelle fête ?

— Viens voir.

Il entraîna le jeune homme dans la grange où toutes les météorites avaient été disposées en cercle, comme pour en éclairer l'intérieur de leur douce lueur glauque. Derrière, à proximité du camping-car garé contre le mur, une table avait été dressée et une douzaine de permanents croquaient des biscuits et des fruits, buvant dans des tasses en plastique le cocktail que Wolfe leur distribuait.

— Donald ! lança ce dernier. Et Stuart ! Venez donc… on va porter un toast.

En prenant sa tasse, Stuart remarqua que Wolfe portait des gants en plastique, comme ceux des employés de la cafétéria. Devant son regard étonné, Wolfe partit d'un grand rire :

— Ordre des services sanitaires du comté ! Je suis obligé d'en porter si je sers plus de six personnes qui ne sont pas de la même famille.

— Même pour une fête privée ? C'est drôlement strict !

Stuart fit tourner le liquide violet dans sa tasse.

Wolfe s'esclaffa de nouveau.

— La bureaucratie, que voulez-vous !

Voyant que son hôte n'avait pas l'air très inspiré par ce qu'il venait de lui servir, il ajouta :

— C'est sans alcool, vous pouvez y aller. J'espère que je n'ai pas mis trop de sucre.

Stuart y trempa les lèvres.

— Non. C'est bon.

— Très bien.

Il fit alors claquer sa louche contre le saladier pour attirer l'attention des convives :

— Un peu de silence, s'il vous plaît ! Le Dr Jacobi a une annonce très importante à vous faire. Donald… ?

Sous les acclamations, Jacobi grimpa sur une petite estrade et leva sa tasse en guise de merci.

— Membres de la Fondation… mes amis… je vous remercie. Avant de commencer, je crois que nous devons un ban à celui qui nous a organisé cette petite fête… à l'homme dont les talents nous sont tellement indispensables. Portons donc un toast à notre cher Jimmy Wolfe ! Allez, Jimmy, lève-toi et salue !

Celui-ci ne se fit pas prier et brandit modestement sa tasse.

Jacobi avala une gorgée, puis désigna les météorites.

— Autour de nous, nous voyons une partie de la moisson de ces dernières semaines, et ce n'est qu'un début. Grâce à votre soutien et à celui de milliers de donateurs, nous verrons bientôt sortir de terre l'Institut Supérieur de Recherche sur les Météorites !

Wolfe leva de nouveau sa tasse :

— A l'Institut !

Les adeptes l'imitèrent et trinquèrent.

Après avoir bu une gorgée, Jacobi se lécha les babines et reprit :

— Jusqu'ici, vous m'avez souvent entendu parler de notre héritage cosmique. La plupart d'entre vous avez été témoins de la guérison de notre nouveau membre, Stuart Harrison !

Une acclamation salua le jeune homme et ceux qui étaient près de lui vinrent lui serrer la main ou seulement le toucher. Stuart se sentait mal à l'aise. *On dirait qu'ils me considèrent comme un nouveau messie.* Il sourit poliment et leva sa tasse en direction de Jacobi.

— Grâce à Stuart et grâce à vous, la Fondation va s'embarquer dans une autre aventure. Pendant des années, j'ai parlé de l'ADN comme d'une grande chaîne cosmique. Il semblerait qu'elle soit sur le point de sensiblement s'allonger.

L'assistance se mit à rire doucement. Flatté, Jacobi cligna des yeux et poursuivit :

— Je suis persuadé que ces météorites, ces cadeaux de l'espace, feront mille fois plus que simplement guérir les maladies. Elles nous rendront meilleurs. Plus forts ! Plus intelligents ! Elles nous donneront l'impulsion dont nous avons besoin pour progresser dans cette chaîne évolutive… jusqu'à la grande phase cosmique… qui fera de nous de vrais citoyens de la galaxie… et nous rapprochera… encore davantage… des anges…

Il regarda son auditoire qui ne disait mot et semblait bizarrement tanguer, grimacer… non, c'était sa vue qui se brouillait. Il considéra bêtement le contenu de sa tasse. D'un seul coup, ses jambes le lâchèrent et il s'effondra sur l'estrade.

Stuart tenta de lui porter secours mais ce fut comme si ses pieds demeuraient fixés au sol. Autour de lui, tout le monde vacillait. Seul sur l'estrade, Wolfe restait immobile et droit. Alors, Stuart s'aperçut que ce dernier gardait sa tasse à peu près pleine ; d'ailleurs, son contenu en était plus clair.

Stuart eut l'impression que le soir tombait, que tout devenait gris puis noir.

Wolfe versa le contenu de sa tasse dans le saladier et descendit de l'estrade.

— Désolé, les enfants, mais je n'ai pas trouvé d'autre solution.

Enjambant les corps, il traversa la salle pour aller fermer de l'intérieur les portes de la grange. Maintenant qu'il était tranquille, il retourna soulever un adepte qu'il emporta vers l'intérieur du cercle des météorites.

Lorsqu'il eut achevé sa petite mise en scène, il transpirait à grosses gouttes. Douze membres fondateurs gisaient inconscients, à leurs pieds une météorite, la tête orientée vers le centre, tels les rayons d'un disque solaire, entourant Stuart Harrison allongé les bras en croix.

— J'aurais préféré que tu ne viennes pas ce soir, Stuart. Je n'avais pas besoin de toi mais trop tard.

Enfin, tant pis. Ainsi, ça devrait ressembler encore plus à un rituel.

Il consulta sa montre. *Quinze minutes. Pas mal, mais je dois quand même me dépêcher.*

Il contourna l'estrade où gisait toujours Jacobi.

— Donald, Donald, Donald ! Tout ça, c'est ta faute. Si tu ne m'avais pas tant fait boire, ce soir-là, à Baltimore, tu n'aurais jamais rien su de Cleveland.

Il sortit un carton caché sous la table, d'où il tira une bouteille vide qui avait contenu le soporifique vendu sans ordonnance ; il la plaça dans la main de Jacobi et appuya ses doigts dessus puis fit de même avec la louche.

— Là ! Laisse bien tes empreintes partout, on ne sait jamais.

Ensuite, il rangea la louche dans la soupière et plaça précautionneusement la bouteille dans la veste de Jacobi.

— Ça peut toujours servir…

Enfin, il alla ouvrir le camping-car côté passager, recula pour laisser les marches sortir automatiquement et retourna vers Jacobi qu'il saisit par la ceinture et, d'un coup de reins, hissa sur son épaule. Ainsi chargé, il avança tant bien que mal en direction du véhicule, manquant de perdre l'équilibre, se rattrapant au chambranle, se redressant ; enfin, il déposa son fardeau à l'intérieur du véhicule, soufflant comme un bœuf pour tenter de lui donner une posture normale derrière le volant.

— Ou bien tu as pris quelques kilos ou bien c'est moi qui suis encore en plus mauvaise forme que je ne croyais.

Enfin, il parvint à l'installer à la place du conducteur et disposa ses pieds sur les pédales.

— Là ! s'exclama-t-il en se passant une main sur le visage.

Dans leurs gants en plastique, ses mains transpiraient autant que son front mais il n'y pouvait rien. Il ne voulait pas risquer de laisser la moindre empreinte de son passage. Il regarda de nouveau sa montre.

Vingt minutes. D'accord. Mes garanties sont en place. Encore un dernier détail. Pénétrant à l'arrière du camping-car, il récupéra une boîte de métal et l'apporta vers l'avant, en fit sauter les fermetures et en sortit la météorite de Jacobi. Doucement, il posa la roche fluorescente sur les genoux de son associé puis le pencha en avant.

— Et voilà ! On ne va pas t'envoyer rejoindre les anges sans ta chère pierre.

Wolfe se pencha sur la console centrale non sans observer une dernière fois la respiration paisible de Jacobi, son dos qui se soulevait tranquillement.

— Je regrette d'avoir dû en arriver là, Donald. Vrai. Seulement tu m'as mis au pied du mur, je ne pouvais m'en sortir qu'en t'écartant de mon chemin. Nous avons connu de bons moments ensemble mais j'ai ma propre destinée qui m'attend, maintenant.

Il appuya sur un bouton et regarda les fenêtres du

camping-car s'abaisser dans un léger bruissement électrique.

— Quand les flics vérifieront ton ordinateur, ils y trouveront une belle histoire. Toutes sortes de documents sur les suicides rituels… Les Portes du Ciel, l'Ordre du Temple solaire. Il y a de quoi lire, en plus d'un e-mail que je t'ai envoyé où je m'interroge sur ta santé mentale… et ta réponse où tu me bannis du Domaine. Bien entendu, le temps qu'on découvre tout ça, Jimmy Wolfe aura disparu de la circulation.

Il jeta un regard vers les adeptes alignés sur le sol :

— Quel dommage pour ces pauvres idiots ! En tout cas, ils auront paisiblement achevé leur « destinée cosmique », dans leur sommeil. J'aurais pu verser du poison dans ce cocktail, au lieu d'un sédatif, mais je n'ai pas eu le courage de les tuer.

Il se retourna vers Jacobi :

— C'est toi qui vas t'en charger.

Il ferma la main de son associé sur la clef de contact et mit le moteur en marche, laissant échapper le monoxyde de carbone.

*
* *

Clark rentrait à pied par la route numéro 5 quand il parvint à hauteur d'Old Carter Road. Depuis que les adeptes récoltaient les météorites de la région, il veillait à éviter soigneusement le Domaine de la Fondation mais, après sa discussion avec Lex, il se posait des questions.

Chloé dirait : « Ça y est, tu t'y mets ! » Sans doute était-il le seul à fréquenter à la fois Chloé Sullivan et

Lex Luthor. Si ces deux-là reniflaient la fumée, c'est qu'il y avait le feu quelque part.

Et si Lionel Luthor s'intéresse vraiment à la Fondation, je devrais peut-être m'en préoccuper moi aussi. Nous devrions tous. Bien sûr, si Jacobi était un arnaqueur, ce ne serait pas si mal qu'il soit chassé par Lionel. Sauf... sauf que Stuart Harrison était bel et bien guéri. Clark se doutait que Jacobi n'y était pour rien – au contraire de la météorite. Personne ne pouvait rien affirmer là-dessus. Mais si Lionel Luthor enterrait la Fondation, personne ne risquait de jamais le savoir.

Clark se souvenait de ce que Chloé avait dit la semaine passée sur la guérison miracle autant que sur la Fondation. *Elle a toujours eu de bonnes intuitions – parfois encore meilleures qu'elle ne le croit.* Il contempla la rue devant lui. S'il entrait dans le Domaine sans amener Chloé, elle ne lui adresserait plus jamais la parole. *Mais je ne veux pas courir le risque de lui faire comprendre ma réaction aux météorites.*

Et que dire de l'inquiétude de Lana chaque fois que sa tante se rendait à la Fondation, chaque fois qu'elle donnait de l'argent à Jacobi ? *Si je pouvais prouver que la Fondation est une imposture... !* Clark sourit. Lorsque Lana était encore majorette, il se laissait aller à rêver qu'il était le capitaine de l'équipe de football du lycée de Smallville, le joueur vedette qui gagnait toutes les parties ainsi que le cœur de Lana. S'il réglait l'affaire Jacobi, il ne deviendrait pas une star mais cela inciterait peut-être la jeune fille à le regarder autrement.

Et si je ne trouvais rien de concret, je pourrais toujours dire à Chloé que j'ai senti vibrer mon « instinct de journaliste ». Ce qui n'était d'ailleurs pas trop éloigné de la vérité.

Mais qu'allait-il découvrir, au juste ?

Il ne savait seulement pas où commencer à chercher. Et puis il devait compter avec le danger de ces météorites. Jamais il n'oublierait combien il s'était senti malade le soir de la conférence – *malade à en mourir. Et tout ça pour une seule roche. Qui sait combien la Fondation en a déjà récupérées ?*

Clark poussa du pied une pierre qui fila directement au milieu du champ. Que faire ? Et à quoi bon, d'ailleurs ? En quoi la Fondation le regardait-elle ? En rien. Il descendit la route d'un pas lourd. *Les mystères, j'en ai déjà assez comme ça dans ma vie !* Il s'arrêta net, revint sur ses pas.

Qu'en disait Lex, déjà ? « Tout ce qui se passe autour de Smallville me concerne. »

Clark se rembrunit. *Moi aussi, ça me concerne. Si on n'est pas fichu d'aider les gens de sa propre ville, à quoi sert-on ?*

Il se mit à réfléchir. *Je n'aurais aucun mal à me cacher dans les parages, d'autant que la nuit va tomber. Si j'ai un souci, je pourrai me tirer en vitesse.*

Arrivé à une centaine de mètres du Domaine, il aperçut une voiture en train de quitter la propriété. Le chauffeur regarda dans sa direction puis tourna de l'autre côté, s'éloignant de Smallville. Dans le crépuscule qui tombait, il ne vit pas Clark plaqué contre le bas-côté. Mais Clark le vit, lui. D'après la description de Chloé, il comprit que ce devait être Wolfe.

Il s'approcha lentement du Domaine, s'attendant à tout instant à rencontrer un permanent de la Fondation.

Il aurait une dizaine d'excuses à lui opposer s'il le fallait. Mais l'endroit semblait désert. *C'est bizarre. Il n'y avait pas de conférence prévue ce soir, pourtant on jurerait que personne n'est dehors. Stuart a bien dit qu'il venait ici après les cours. Donc, ils doivent tous se trouver à l'intérieur.*

Un silence de mort régnait sur les terres de l'ancienne ferme. *Je ferais aussi bien d'y aller franchement et de demander à voir Stuart.* Néanmoins, il préféra se réfugier à l'ombre des bâtiments. Aucune lumière ne brillait aux fenêtres, presque tous les rideaux étaient tirés. Seules quelques lampes à vapeur de mercure nouvellement installées dans la cour illuminaient les coins les plus sombres. *J'ai l'impression d'entrer dans la Nuit des morts-vivants.* Il fixa longuement les murs de la ferme et ceux-ci lui devinrent transparents. Il découvrit d'abord un enchevêtrement de tuyaux, les silhouettes translucides de poutres et de meubles, mais pas un signe de vie. *Où sont-ils tous passés ?*

En traversant la cour il entendit un grondement étouffé qui provenait de la grange et s'arrêta pour écouter. *On dirait un moteur ou quelque chose de ce genre. Peut-être un groupe électrogène ?* Il se concentra de nouveau. Les murs de la grange parurent se désagréger sous ses yeux et il sursauta en découvrant ce qui se passait à l'intérieur. Allongés sur le sol, gisaient une dizaine de squelettes encerclés par des roches à la lueur verdâtre dont l'éclat fit monter des larmes aux yeux de Clark. De l'autre côté de la pièce, un lourd véhicule laissait échapper de la fumée. C'était son moteur qui tournait.

Il cligna deux fois les paupières et sa vision aux rayons X disparut.

— Hé ! cria-t-il en courant. Vous m'entendez, là-dedans ?

Il frappa de grands coups à la porte à armature métallique. Alors seulement, il remarqua les morceaux de chiffons qui dépassaient des jointures et du bas des panneaux, ainsi que l'odeur qui passait à travers le bois.

— Oh, mon Dieu !

Il recula d'un pas et donna un coup d'épaule dans la porte. Un énorme madrier destiné à renforcer la fermeture se brisa sous le choc et un nuage noir à l'âcre odeur d'essence brûlée s'échappa de l'ouverture ainsi pratiquée. Clark comprit immédiatement que toute la salle était aussi envahie de l'incolore et inodore mais mortel monoxyde de carbone. *Et si j'arrivais trop tard ?* Il recula de nouveau, emplit ses poumons d'air frais et courut à l'intérieur.

Passant à quelques pas du cercle verdâtre des météorites, il sentit ses jambes flageoler tandis qu'une brusque nausée menaçait de vider son estomac.

Malgré tout, il s'efforça de distinguer quelque chose dans la lumière glauque et crut percevoir un mouvement. Il secoua la tête. Avait-il rêvé ? Non ! Il regarda de nouveau et distingua une poitrine qui se soulevait à intervalles réguliers. L'homme affalé devant lui respirait encore.

Serrant les lèvres, retenant son souffle et ravalant sa nausée, Clark s'avança et saisit la première météorite. Son seul contact lui brûla la paume, irradiant une douleur qui vibra à travers son bras pour lui inonder la poitrine ; il crut sentir trépider chacun de ses nerfs, l'un après l'autre, comme si on les lui écrasait. Dans un effort désespéré, il envoya la pierre loin de lui.

La météorite traversa la paroi opposée de la grange, ouvrant un trou par lequel entra la lumière d'une lampe à vapeur de mercure. Alors Clark reconnut, au milieu du cercle, la silhouette allongée de Stuart Harrison. STUART ! Il vacilla un peu et sentit un objet sous son pied, faillit s'effondrer mais se reprit. *Qu'est-ce que j'ai touché ?* Il se pencha et ramassa un morceau du madrier qu'il avait brisé en ouvrant la porte.

Il le prit à pleine main, cela lui faisait un bon bâton d'un mètre cinquante de long, de quoi lui servir de béquille et aussi d'autre chose : il se tourna vers le cercle des météorites, se planta bien sur ses pieds et balança le madrier au-dessus de sa tête avant de l'abattre sur une première roche qui jaillit à l'autre bout de la grange. Clark eut un sourire crispé et continua son travail de destruction tout autour du cercle. A mesure que les pierres s'éloignaient de lui, il sentait ses forces revenir. Mais sa poitrine le brûlait. Affaibli comme il l'avait été, il savait que l'air dans ses poumons n'allait pas durer plus longtemps. *Va couper ce moteur !*

Il lâcha le madrier et courut vers la portière ouverte du camping-car, côté passager. Ce fut là qu'il aperçut Donald Jacobi affalé sur le volant, le visage noyé d'une lueur verte. Frappé de plein fouet, Clark chancela, se rattrapa à la portière et vomit tripes et boyaux.

A demi étouffé, il s'efforça quand même de pénétrer dans la cabine, même s'il se sentait perdre des forces à chacun de ses mouvements. Ses genoux chancelèrent à nouveau et il tomba en avant, heurtant la console centrale du menton, sentant le moteur vibrer sous lui. *Continue. Tu ne peux pas t'arrêter là !* Saisissant le volant, il vit la météorite à quelques centimètres de lui et sentit les veines de son front près d'éclater. Pourtant, il parvint à entraîner la roche vers l'extérieur mais cet effort lui fit perdre l'équilibre et il tomba sur le siège passager en se cognant la tête contre une boîte de métal. La météorite rebondit et atterrit directement sur sa poitrine. Il crut que son torse allait exploser.

En se débattant pour se redresser, il fit tomber la boîte métallique sous le tableau de bord et jura intérieurement ; s'il l'avait vue avant, il aurait pu y ranger la roche et n'en serait pas là maintenant.

Ce n'était qu'une petite pierre d'un kilo ou deux, mais il avait l'impression de se trouver pris sous la patte d'un éléphant. De toutes ses forces, il la saisit et tenta de la soulever, un centimètre, deux centimètres, les muscles de ses bras tendus à s'arracher, le pouls vrombissant dans ses oreilles.

Tout d'un coup, rugissant comme un ours blessé, il parvint à se débarrasser de la maudite pierre qui vola par-dessus la tête de Jacobi, par-dessus la portière et disparut quelque part dans la grange.

Clark reprit son manège autour de la console. Il se sentait un peu mieux mais ne voyait presque rien et supportait de moins en moins la brûlure de ses poumons. Il avait besoin d'air, très vite. Saisissant le levier de vitesse, il passa la première, poussa Jacobi et écrasa l'accélérateur. Le camping-car bondit en avant, fracassa le mur de la grange, déchiquetant au passage son pare-brise, et atterrit au milieu de la cour.

Clark coupa aussitôt le moteur et tira le frein à main, faisant opérer au véhicule un léger tête-à-queue.

Dans le silence qui s'ensuivit, Clark sortit doucement en respirant enfin tout son soûl. Dès qu'il eut repris ses esprits, il vérifia le pouls de Jacobi.

— Bon, toi tu n'es pas mort.

Je ne sais pas si tu le mérites mais ce sera au juge d'en décider. Le laissant retomber sur son volant, il prit les clefs de contact et aspira de nouveau une grande goulée d'air.

Comme il sentait revenir ses forces, il jeta les clefs sous le véhicule et retourna dans la grange. *Maintenant qu'elle est ouverte des deux côtés, le courant d'air a dû éparpiller ces fichus gaz. Les météorites doivent être assez loin pour que je puisse porter les premiers secours. Le plus dur est fait.*

C'est alors que la grange prit feu.

17

A quelques kilomètres de là, Wolfe jeta un coup d'œil sur la montre de son tableau de bord. La route était déserte mais il s'était efforcé de rouler sous la limite de vitesse afin de ne pas se faire remarquer par un quelconque radar. Il s'aperçut alors qu'il avait accéléré machinalement et ralentit aussitôt. D'ailleurs, il n'avait pas besoin de se dépêcher ; ses « garanties » – deux petites bombes incendiaires qu'il avait cachées dans les poutres de la grange – avaient dû exploser à l'heure qu'il était. Il s'était servi d'une commande à distance pour armer leurs minuteries juste avant de quitter le Domaine.

Naturellement, Clark n'en savait rien. Il entendit seulement le léger « Vouf » des bombes qui s'enflammaient et vit avec horreur l'incendie prendre dans les combles de la grange. Il fonça à l'intérieur, souleva deux adeptes évanouis sur ses épaules et ressortit aussitôt, les déposa aussi doucement que possible et partit en chercher deux autres. Après un troisième voyage, il ralentit quelque peu. Au quatrième, il était à bout de souffle.

A mi-chemin du cinquième, il se sentit défaillir sous

la charge. *Ce sont les météorites. Il y en a tellement que je subis chaque fois un peu plus leur rayonnement. Mais je ne peux pas m'arrêter maintenant !*

Des débris enflammés commençaient à tomber des poutres alors qu'il entamait le sixième voyage et il eut toutes les peines du monde à empêcher les deux corps de tomber en chemin. *Allez, Kent, tu vas y arriver ! Encore un et c'est fini !*

Il sentait ses pieds comme lestés de plomb quand il revint sur le sol cimenté de la grange. Le feu faisait rage autour de lui. Le dernier corps se trouvait à quelques mètres mais cela lui semblait une distance infranchissable. Il avait à peine la force de tenir debout.

Allez ! Plus... qu'un... !

Il attrapa l'homme mais ne put le soulever, comme si celui-ci pesait cinquante tonnes. *Que... qu'est-ce qui se passe ?* Il remorqua l'homme par sa veste, tentant désespérément de l'emmener. C'est alors que le tissu se déchira, libérant de la poche une roche grosse comme le poing. Clark tenta de l'écarter d'un coup de pied mais ses forces s'évanouissaient si vite que la météorite roula non loin de lui. De nouveau, Clark tira l'homme, cette fois par un bras, et se mit à le traîner lentement hors de cet enfer. Il progressait centimètre par centimètre mais il progressait, chaque pas l'éloignant davantage de la roche glauque. Ce qui lui facilitait la tâche. Encore trois mètres avant la porte. Finalement, il se sentit de nouveau capable de soulever l'homme de terre. Il se penchait pour le saisir lorsque au-dessus de leurs têtes retentit un horrible craquement.

Une poutre en flammes tombait droit sur eux.

18

En rase campagne, Jimmy Wolfe alluma ses phares et prit la petite route qui s'ouvrait devant lui. Il alluma la radio, descendit sa vitre, respira l'air odorant et poussa un long soupir.

— Oh oui ! Bon Dieu ! Je n'aurais jamais cru que j'y arriverais. Mais c'est fait. Enfin libre !

Il jeta un coup d'œil sur le cartable déposé à côté de lui, le tapota affectueusement : dedans se trouvaient tous les dons en espèce du week-end et tout l'argent qu'il avait pu soutirer en vingt-quatre heures sur le fonds de construction de l'institut. *On ne peut pas dire qu'on s'est ennuyés, mon cher Donald, mais tu m'en as tellement fait voir ces derniers temps que je vais dix fois plus m'amuser tout seul !* Ce ne serait pas facile de sortir tout cet argent liquide du pays ; il allait devoir le disperser sur une multitude de petits comptes et le récupérer peu à peu, afin de ne pas se faire remarquer. Mais il aurait tout le temps d'y réfléchir dès le lendemain.

Pour le moment, il ne se souciait plus de rien.

*
* *

Clark leva les bras pour attraper la poutre au vol. L'impact fut si fort qu'il en tomba sur un genou mais résista. Les flammes venaient lui lécher les mains tandis qu'il tentait de se relever. Un instant, il parvint à tenir la poutre par-dessus sa tête, rassembla ses forces et l'envoya dans le brasier du fond avec une telle violence qu'elle alla s'écraser contre le mur. Alors Clark empoigna l'homme à ses pieds et sortit en courant.

Dehors, sur l'herbe fraîche, loin de la fournaise qui consumait l'ancienne grange des Davis, Clark examina chaque corps, guettant un signe, une réaction. Ils étaient tous vivants et respiraient normalement mais il ne parvenait pas à les sortir de leur torpeur. Ce ne fut qu'en se penchant sur Stuart Harrison qu'il obtint enfin une réponse.

— Stuart ? Tu m'entends ?

— Euh ? Oui…

Le jeune homme leva sur lui un regard vague.

— Reste avec moi, Stuart ! Qu'est-ce qui s'est passé ?

— Drogué…

— Quelqu'un vous a drogués ? Qui ? Jacobi ?

— Non… pas le docteur… drogué… lui aussi…

— Mais qui alors ? Qui vous a drogués ?

— Wolfe…

— Wolfe ? Son associé ?

Clark se souvint de l'homme qu'il avait aperçu dans la voiture en train de quitter le Domaine.

— Tu en es sûr ?

— Il a servi… le cocktail.

Stuart semblait hébété, comme s'il tentait de se rappeler un événement survenu des années auparavant.

— Je n'en… ai pas bu beaucoup… comme les autres. Vu Wolfe… toujours debout…

Il retomba, endormi.

Clark se leva, son ombre s'étirant sur le sol derrière lui. *Wolfe, hein ?* Il savait qu'Old Carter Road filait vers l'ouest sur une trentaine de kilomètres avant de se séparer en deux au pied du mont Cimarron. Clark regarda sa montre. *A cette heure-là, il ne doit pour ainsi dire pas y avoir de circulation. Il va arriver à mi-chemin de l'Oklahoma.*

Des sirènes retentirent dans le lointain et il aperçut une longue ligne de lumières rouges clignotantes qui arrivaient de Smallville. Il se retourna vers les corps endormis. *Je ne peux plus grand-chose pour vous. Mais si je prends la route immédiatement… !*

Il traversa le Domaine dans la direction opposée et disparut dans la nuit.

***

Lorsque sa radio se mit à grésiller, Wolfe voulut changer de poste. Il passa deux stations de musique country, une autre de gospels, s'arrêta un instant sur un commentaire sportif malheureusement trop lointain pour rester audible et passa sur la FM. Là, il tomba sur Michael Nesmith qui chantait son désir de partir pour Rio.

— Rio ! Rio by the Sea-o !

Wolfe partit d'un grand rire nerveux. *Pas mal, mon vieux, mais je vais chercher un endroit un peu moins touristique… un coin où personne ne fera attention à moi.* Voilà un moment qu'il n'avait plus vu l'océan. Il pourrait prendre un bateau à Corpus Christi et traverser le golfe du Mexique ou filer vers les Caraïbes. *Ouais, peut-être me trouver une petite île où...*

— Hein ?

A vingt mètres devant lui, se dressait une silhouette surgie de nulle part.

Clark traversa la voie de droite et sauta sur la ligne médiane en levant la main :

— STOP !

Il avait crié assez fort pour couvrir le bruit de la radio.

— Ils deviennent complètement cinglés, ces auto-stoppeurs !

Donnant un coup de volant, Wolfe passa sur la voie de gauche à cent à l'heure.

— Tu veux te faire tuer ! hurla-t-il.

Pour mieux lui montrer sa colère, il accéléra encore.

— Espèce de jeune blanc-bec... !

Il jeta un coup d'œil dans le rétroviseur.

Derrière lui, la route était vide, non parce que le garçon s'était fondu dans la nuit mais parce qu'il avait tout simplement disparu.

Wolfe secoua la tête. *C'est un effet d'optique.* A cette vitesse, il avait à peine distingué cette silhouette, pourtant, il avait l'impression de le connaître. *Où était-ce... ?*

Clark reparut dans ses phares.

Cette fois, il se tenait au beau milieu de la voie, à quinze mètres à peine de la voiture. Wolfe fit un appel de phares mais Clark ne bougea pas. De nouveau, il leva la main.

— J'ai dit STOP ! La partie est FINIE !

Wolfe écrasa ses freins et chassa sur la droite dans

un épouvantable crissement. Il s'agrippait au volant en tentant désespérément de garder le contrôle de son véhicule quand il sentit son aile avant gauche heurter le garçon qui fit un vol plané et atterrit dans un champ. La roue avant droite dérapa sur une butée en ciment et la voiture s'arrêta net, ses airbags gonflant soudain et poussant brutalement Wolfe contre son dossier.

Le souffle coupé, il entreprit de déchirer le coussin qui l'emprisonnait et tâcha de remettre de l'ordre dans son esprit.

— Sale môme… il devait avoir un frère jumeau.

Passant en marche arrière, il accéléra un peu et se dégagea de la butée, vérifia sa direction. Tout semblait bien marcher. Il pouvait encore s'en sortir. Mieux valait filer maintenant, avant que quelqu'un ne trouve le corps du gamin.

C'est alors que le « gamin » émergea du champ. Sain et sauf. Marchant droit sur la voiture.

Affolé, Wolfe regarda autour de lui. Ses phares lui révélèrent un chemin latéral ; il braqua à droite en écrasant l'accélérateur. Ses roues patinèrent un instant sur le gravier dont il envoya une giclée sur… non, le gamin avait déjà disparu.

— C'est dingue !

Transpirant à grosses gouttes, il se prit à crier :

— Ce n'est pas possible ! *Qui* est-ce ? Comment… ?

Alors il se souvint. *C'était l'un des quatre jeunes qui ont emmené le petit Harrison.*

Clark apparut de nouveau dans ses phares, au beau milieu du chemin.

— TU NE POURRAS PAS T'EN TIRER !

— C'est une farce !

Wolfe grinçait des dents, passant de l'affolement à la fureur.

— Tu veux jouer au premier qui se dégonfle, sale môme ? D'accord... !

Il appuya sur l'accélérateur, fonçant droit sur le garçon.

— Espèce d'idiot ! s'exclama Clark. NON... !

Un quart de seconde avant l'impact, il sauta en l'air et laissa passer le véhicule sous ses pieds.

Ahuri, Wolfe regarda derrière lui. Il ne vit pas que le chemin s'achevait sur une intersection en T. La voiture quitta la route, ses roues avant franchirent le parapet et elle s'envola dans les airs, à six mètres du sol, pour achever sa course contre le tronc d'un vieux chêne.

Wolfe n'avait pas attaché sa ceinture.

Les airbags déjà crevés, il fit un vol plané à travers le pare-brise et donna la tête la première dans le champ en contrebas. Le cartable atterrit à côté de lui. Derrière, la voiture laissa échapper un dernier frisson mécanique avant d'exploser, embrasant l'arbre comme une torche qui illumina la nuit à des lieues à la ronde.

Clark bondit vers le corps. Sa vision aux rayons X lui confirma ce qu'il pressentait déjà : il était trop tard pour sauver Jimmy Wolfe.

— Pourquoi... ?

Il resta un instant devant le cadavre mais, avant d'avoir pu prendre une décision, il entendit le hululement des sirènes et préféra disparaître dans la nuit.

19

« Vous êtes sur KTOW… Smallville ! La voix de l'information du comté de Lowell !

« Il est six heures sept. C'est Paul Treadwell qui vous parle et voici les dépêches de ce mercredi matin.

« Quatorze membres de la Fondation Ascendance ont échappé à la mort hier soir après que la grange du Domaine de la Fondation a pris feu. Parmi les rescapés, le Dr Jacobi lui-même, créateur de ce mouvement.

« Les sauveteurs ont découvert les quatorze survivants apparemment étourdis et choqués au sortir de cette épreuve. Ils ont été traités sur place contre un début d'asphyxie puis transportés au Centre médical de Smallville où ils sont soignés pour un début d'intoxication au monoxyde de carbone.

« Cinq membres ont été transférés dans un état critique à l'hôpital de Métropolis. Leurs noms n'ont pas été divulgués.

« Aucun d'entre eux n'a été en mesure d'expliquer comment ils ont échappé à l'incendie. Selon les autorités locales, les premiers examens médicaux laissent entendre que les membres de la Fondation ont été drogués avec un sédatif.

« Trois compagnies de pompiers ont été appelées sur les lieux, où elles ont lutté toute la nuit pour empêcher le feu de s'étendre. Quant à la grange, elle est maintenant calcinée.

« Selon nos sources, la police estime que le feu est d'origine criminelle. Une enquête est ouverte.

« D'autre part, la police du sud du comté est intervenue sur les lieux d'un accident qui s'est terminé par l'incendie d'une voiture appartenant au cofondateur de l'organisation Ascendance, Jimmy Wolfe, retrouvé décédé à quelques mètres de l'épave de sa voiture. Il semblerait que le conducteur roulait à une vitesse excessive et aurait raté un virage du côté du mont Stringtown.

« La police estime qu'il peut y avoir une relation entre ces deux incendies. Une enquête est en cours… »

Jonathan Kent éteignit la radio de la cuisine et observa son fils qui écrasait des corn-flakes dans son bol de lait.

— Si tu continues à ce rythme, mon garçon, tu n'auras bientôt que de la bouillie.

— Je n'ai pas très faim.

Martha lui posa une main sur l'épaule.

— Je sais que tu es bouleversé, mon chéri…

— Je ne voulais pas que ça se termine ainsi, maman. Je voulais juste l'arrêter.

Il appuya les coudes sur la table et se frotta les mains.

— Je ne voulais pas sa mort.

Jonathan vint s'asseoir à côté de lui.

— Nous le savons, mon garçon. Mais tu as sauvé

quatorze personnes, cette nuit. N'oublie pas ça non plus.

— Oui, mais… si seulement j'avais réagi un peu plus vite…

— Clark, ce malade t'a renversé avec sa voiture ! Ensuite, il a essayé de t'écraser. Il a drogué ces gens et les a asphyxiés… ils *seraient* morts si tu n'avais pas risqué ta vie pour les sauver !

— Qu'est-ce que nous t'avons toujours répété ? ajouta Martha en s'asseyant de l'autre côté. Tu ne peux pas sauver tout le monde. Malgré tous tes pouvoirs, tu ne peux pas faire l'impossible.

— Je sais, mais…

— Nous en sommes tous à regretter que les choses ne soient pas parfaites mais parfois – malgré tous nos efforts – ça ne se passe pas comme on voudrait.

Comme il le faisait chaque fois qu'il voulait insister sur quelque chose, Jonathan le regarda dans les yeux :

— Il y a parfois des gens qui ne réagissent pas comme prévu.

— Tu as sûrement raison, papa. Mais ça ne me plaît pas quand même.

— Ça ne plaît à personne.

— C'est juste que… c'était tellement *imprévu*. Je ne serais jamais allé au Domaine si je n'étais pas tombé sur Lex. S'il ne s'était pas trouvé au Talon… tous ces gens seraient morts.

— Parfois, la chance tient à des détails, tout comme la malchance.

— Oui, on dirait…

— Et puis, tu crois que c'était si fortuit que ça ? intervint Martha. Tu passes ton temps au Talon depuis que Lana l'a réouvert. Quant à Lex, il a une participation dans l'affaire, c'est normal qu'il y vienne régulièrement.

— Tu vois, renchérit Jonathan. On ne peut dire que tu es tombé sur Lex par hasard.

— Et une fois que tu es arrivé au Domaine, il n'y a plus eu de place pour le hasard.

Martha prit la main de Clark.

— Tu as fait ce que tu avais à faire et même davantage puisque tu as réussi à surmonter les obstacles des météorites. Nous sommes très fiers de toi.

— C'est sûr, mon garçon.

Jonathan marqua une hésitation et, visiblement, la suite lui fut difficile à articuler :

— Et si c'est cette discussion avec Lex qui t'a permis de sauver tous ces gens, eh bien… je suis content que vous soyez amis. J'espère qu'il ne te donnera jamais une raison de regretter cette amitié.

— Papa…

— Je ne veux pas te voir souffrir, Clark. Lex est un Luthor, quoi que tu en dises, et ce n'est pas une mince hérédité. Alors promets-moi d'être prudent.

— Je ferai de mon mieux.

— J'y compte.

— Oui. C'est tout ce que nous te demandons, mon chéri.

Clark sourit à ses parents.

— Je sais. J'ai beaucoup réfléchi au jour où vous m'avez trouvé. Je me doute que ça n'aurait jamais pu arriver… mais je regrette que vous n'ayez pas non plus pu adopter Lex.

Martha leva des yeux pleins de larmes sur son mari. Celui-ci baissa la tête.

— Moi aussi, parfois.

***

Dans un hélicoptère qui survolait Métropolis, Lionel Luthor parcourait son journal avec une intense satisfaction.

— Très intéressant, le *Daily Planet* d'aujourd'hui, Damian.

— Vraiment, monsieur ?

— Oui. La police a fini par établir la connexion entre Jimmy Wolfe et le feu de l'autre jour dans le comté de Lowell. Il se serait servi de bombes incendiaires ; on a retrouvé une télécommande qu'il aurait achetée quelques jours plus tôt et payée avec une carte à son nom.

Lionel désigna un paragraphe et ajouta :

— D'autre part, de source fédérale, on a la confirmation que Wolfe aurait utilisé à plusieurs reprises ce genre de matériel pour allumer des incendies par le passé.

— Pas possible ! murmura Damian.

Il regardait par la vitre, l'air apparemment indifférent.

— En fait, on en apprend tous les jours sur cette Fondation Ascendance. Parmi l'argent et les papiers découverts en possession de feu M. Wolfe, ainsi que les documents enregistrés dans les ordinateurs de la Fondation, le procureur estime avoir de quoi ouvrir une instruction contre ce bon Dr Jacobi. Il va avoir des surprises en sortant de l'hôpital de Métropolis. On le traite d'escroc.

— On ne peut plus faire confiance à personne, de nos jours, commenta Damian en faisant craquer ses jointures. Que dit-on à propos du gamin qu'il était censé avoir sauvé ?

— Le jeune Stuart Harrison ? Son médecin de famille a été longuement interrogé au sujet de cette « guérison ». Il parle d'une rémission complète spontanée, très rare mais pas impossible. Maintenant, la famille Harrison semble accepter cette explication. Ce qui n'a rien de surprenant à la lumière des faits qui ont valu à leur fils d'avoir échappé lui aussi à l'incendie.

Lionel ferma le journal et le plia sur ses genoux.

— Il semblerait finalement que cette propriété que je convoitais devrait bientôt se retrouver sur le marché. Beau boulot, n'est-ce pas ?

— Je ne sais pas, monsieur. Je n'y suis pour rien.

— Je le sais bien, Damian. Ni vous ni moi.

*
* *

— Ici la Terre. A toi, Clark.

— Je t'entends, Pete.

Clark s'adossa à son casier, le regard vide.

— Je te croirai, observa Pete, quand tu redescendras de tes nuages. Tu n'es plus dans ton assiette depuis le début de la semaine.

— J'ai trop de trucs à penser.

— Ouais, surtout ne m'en parle pas ! Je ne te connais que depuis ta naissance ou presque.

Pete suivit les yeux de Clark posés sur Lana et Whitney qui traversaient le couloir.

— Ah ! Pigé !

La jeune fille semblait un peu perturbée mais cela n'avait rien de comparable avec sa détresse de la semaine passée. Quant à Whitney, il paraissait heureux comme un poisson dans l'eau.

— Ross ! Kent ! Ça va ?

— Ça va, Whitney, répondit Pete gaiement.

Il sentait Clark à côté de lui qui semblait penser tout fort : *ils se sont réconciliés. Encore.*

— Hé, Whit… lança Pete. Tu crois que les Monarch ont une chance de gagner, cette année ?

— Bonne question. Ils se défendent bien, mais tout va dépendre du terrain…

Tandis que son ami entraînait le footballeur dans une série de pronostics sur la saison à venir, Clark en profita pour échanger quelques mots avec Lana. Il baissa la voix :

— Alors… comment ça se passe à la maison ?

— Beaucoup mieux. Nell a récupéré presque tout son argent et fait son possible pour oublier Donald Jacobi. Finalement, Whitney avait raison de me conseiller de ne pas m'en occuper. Et je veux te remercier de m'avoir aidée à prendre du recul.

— Ce n'est rien…

Il sourit faiblement et ajouta :

— C'est à ça que je sers.

— Salut, tout le monde !

Ils se retournèrent pour apercevoir Stuart qui leur faisait signe du fond du couloir.

— Tu reviens déjà ? s'écria Whitney en lui donnant

une claque dans le dos. Je croyais que ton médecin voulait que tu te ménages.

— Oui, c'est pour ça que je suis là. Il m'a dit aussi que je pouvais passer prendre mes livres et quelques devoirs. J'ai besoin de tenir ma moyenne.

— Tu y arriveras ! Tu obtiendras tout ce que tu voudras.

Whitney pouvait se permettre ce bel optimisme ; il avait renoué avec Lana et ne considérait donc plus Stuart comme un éventuel rival. Il envoya un coup de poing dans les côtes de son ami.

— Hé ! Tu te prends toujours pour le gourou du New Age ?

— Ça va ! protesta Stuart en levant les yeux au ciel. Je ne sais plus en quoi je crois. Tout ce que je vois, c'est que je ne suis plus en train de mourir plus vite que vous.

— Lâche-le un peu, Whitney ! intervint Pete.

Il se surprenait lui-même à oser réprimander un garçon de terminale mais n'en continua pas moins :

— On aurait voulu t'y voir si c'était toi qui avais guéri miraculeusement.

— Ouais, Fordman ! renchérit Stuart. A ma place, c'est toi qui aurais pris la tête de la Fondation.

Pete sauta en l'air :

— Stuart un, Whitney zéro !

Ce qui fit même rire ce dernier.

Clark regardait Lana. Elle semblait très calme, très distante.

— Ça va ? lui demanda-t-il.

— Tu as un souci, ma puce ? intervint Whitney en

se tournant vers elle. Je sais, on ne devrait pas plaisanter avec ça.

— Ah non ? Pourquoi ?

— Hein ?

Visiblement, il ne s'attendait pas à cette réponse.

— Ça ne t'embête pas ?

— Non, j'étais juste… distraite. Avec toutes ces histoires dingues, on ne sait plus s'il faut en rire ou en pleurer. Mais on a déjà tellement pleuré qu'il serait temps de rire un bon coup.

— Bien dit, Lana, approuva Stuart. Whitney, tu sais que tu es un heureux veinard ?

Ouais. Clark s'adossa à son casier. *Tu peux le dire*.

— Au fait, Clark, reprit Stuart en lui serrant la main, je te dois un grand merci. Tu étais là au moment où j'avais le plus besoin de voir quelqu'un.

Clark déglutit :

— Moi ?

— Pendant l'incendie… ou peut-être juste après. Je ne suis pas sûr, je me rappelle juste que j'en étais sorti. J'essayais de comprendre ce qui m'était arrivé. Et j'ai eu l'impression d'entendre ta voix qui me demandait ce qui s'était passé. Ça m'a permis d'émerger.

— Ah !

Intérieurement, Clark poussa un soupir de soulagement.

— De rien…

— Stuart… ?

Une petite hésitation marqua la question de Lana :

— Il n'y aura pas d'autres problèmes… avec tes factures médicales ? Je veux dire, avec toutes ces poursuites contre Jacobi…

— Non, pas de souci de ce côté-là. Elles ont été réglées la semaine dernière. Maintenant, mes parents doivent se trouver une nouvelle assurance mais ils ne sont pas les seuls et, au moins, on est tous en bonne santé dans la famille.

Il tapa sur sa tête :

— Je touche du bois.

— Super ! Je suis contente !

— Tu es sûre ? Tu n'as pas l'air ravie.

— Non, c'est vrai. Heureusement que vous n'avez plus d'ennuis de ce côté-là… seulement…

Elle rougit :

— Oh, je me sens toute bête ! On ne savait pas quoi faire pour vous venir en aide mais, au moins, ce concert se présentait bien. Maintenant, c'est fichu…

Whitney frappa dans ses mains :

— Tu n'as qu'à remettre ça !

— Quoi ?

— C'était une bonne idée. Continue. Il y a bien quelqu'un qui a besoin d'argent quelque part ! Par exemple, pour payer des assurances maladie à ceux qui n'en ont pas les moyens.

— Oui ! s'exclama Lana en prenant Whitney dans ses bras. Quelle superidée !

Stuart lui donna une claque sur l'épaule.

— Fordman, tu es un génie !

— Bien vu, Whitney ! renchérit Pete.

— Oui, dit Clark sans conviction.

— Pourquoi n'y ai-je pas pensé ? demanda Stuart.

— Parce que, expliqua Whitney, il faut faire marcher son cerveau, parfois !

Les deux garçons échangèrent quelques coups de

poing amicaux et le groupe se sépara. Stuart alla chercher ses livres, Lana et Whitney partirent bras dessus, bras dessous, et Clark s'adossa lourdement au mur, l'air morne.

Pete se pencha vers lui :

— Entre nous, j'ai l'impression que tu ne digères pas de ne pas avoir eu le premier l'idée du grand concert.

— Brillante déduction, Holmes !

Il prit ses livres et se dirigea vers le vestibule.

Pete le rejoignit :

— Le pire, c'est que tu penses que si tu ne t'étais pas laissé distraire par Lana et Whitney, tu aurais *peut-être* eu l'idée le premier.

— C'est ça. Et il y en a qui *me* croient psychologue.

— Tu sais, en tant que petit dernier d'une famille nombreuse, je connais le truc. L'impression que tout va mal, que personne ne vous comprend… Cesse de broyer du noir, mec, c'est un Black qui te le dit ! Mais surtout continue à faire cette tête, il y a des filles qui aiment ça… Arrête juste de te ronger pour rien. Tu as deux fois plus de cervelle que Whitney, ce qui n'est pas difficile entre nous. Je le sais, Chloé le sait, tu le sais. Mais si tu restes bloqué dans ton trip, qui d'autre le saura ? Pas Lana, en tout cas.

— Bravo, Pete. Brillante idée !

— Tu vois ? Tu réfléchis déjà plus droit.

Clark et Pete entrèrent dans le bureau de *La Torche de Smallville* où ils trouvèrent Chloé en train de pianoter sur son bureau.

— Ohhh ! Je n'y crois pas !

— Quoi ? demanda Pete. Ton PC est planté ?

— *Bien pire.* Je viens de recevoir un e-mail de la Fondation Ascendance.

— *Quoi ?* s'exclama Clark. Mais comment ?

— Il faut croire que le Dr Jacobi a encore des émules. Quelques adeptes indécrottables qui auront décidé de maintenir le site ; ils veulent que tous leurs liens sachent qu'il y a une mise à jour. C'est dingue ! Ils disent que les charges contre Jacobi proviennent d'une conspiration gouvernementale destinée à le discréditer.

— Ce n'est pas vrai ! commenta Clark en regardant l'écran. Ils ont réussi à le relier à l'assassinat de Kennedy ?

— Tu ferais mieux de ne pas insister. Moi, en tout cas…

Pete fit tourner le fauteuil de Chloé pour mieux regarder l'écran.

— Attends, il y a encore des malades qui croient que Jacobi va finir par leur faire rencontrer des extra-terrestres. Et alors ? Il y en a bien qui croient qu'Elvis est toujours vivant.

— Oui, mais les fans d'Elvis ne viennent pas *me* solliciter. Tandis que, désormais, le site de la Fondation va attirer tous les malades du web et ils aboutiront invariablement ici, grâce au lien. Déjà les journaux ont parlé de moi dans leurs articles, il faut voir… mais *ça*… ! Comment voulez-vous qu'on me prenne au sérieux, après ?

Clark se pencha sur l'ordinateur.

— Tu ne peux pas éliminer ce lien ?

— Non, à moins de pirater leur site. Toute question éthique mise à part, je ne suis pas assez azimutée pour effacer un lien sans me faire prendre. Il ne me reste qu'à changer le nom de mon site en espérant qu'ils ne me retrouveront pas.

— Où est-ce que j'ai fourré cette proclamation ? Ah oui !

Pete sortit un papier de la corbeille et fit mine d'y lire :

— En cette occasion capitale, j'ai l'immense plaisir d'incorporer Scoopette Sullivan dans le programme de Protection fédérale des sites web.

— Scoopette ?

Elle lui arracha le papier des mains, le roula en boule et l'envoya à la tête de Pete.

— Aargh ! Elle m'a eu ! geignit-il en faisant mine de s'écrouler.

Clark prit la main de Chloé et la leva au-dessus de sa tête :

— Notre gagnante et toujours championne !

Elle sourit avec beaucoup de satisfaction :

— Hé ! Je le lui ai assez répété – on ne traite pas la presse à la légère !

— D'accord, d'accord !

Toujours à terre, Pete se hissa sur un coude.

— Qui me donne un coup de main ?

Clark ct Chloé se mirent à lui taper dessus.

— Bouffons ! lança-t-il en riant. Je suis entouré de bouffons !

— Eh là ! tu arrêtes ! menaça Chloé. Ne pompe pas mon texte.

20

Cette nuit-là, Jonathan et Martha trouvèrent Clark assis sur le perron à rêver sous les étoiles.

— C'est une soirée privée ou on peut se joindre à toi ?

— Venez. Il y a de la place pour tout le monde.

Il se glissa au milieu de la marche d'escalier pour leur permettre de s'asseoir de part et d'autre.

— Je pensais aux météorites et je me demandais quels phénomènes elles allaient encore provoquer.

— Ne sois pas morbide, mon chéri.

Martha lui dégagea le front d'une mèche rebelle.

— Tout se termine bien, cette fois, ajouta-t-elle.

— Superbien pour Stuart. Et, qui sait ? peut-être qu'un jour les médecins *apprendront* à se servir des roches célestes. Ça ne ferait de mal à personne qu'il sorte un peu plus de bienfaits de cette pluie de météores.

Clark prit une poignée de cailloux et les remua dans une main.

— J'aimerais bien savoir pourquoi ces roches me rendent malade. Et pourquoi l'effet en est immédiat. Alors que la plupart des gens n'y réagissent pas du tout. Quant aux rares personnes qui ont eu des contrecoups bizarroïdes, l'incubation a duré de quelques jours à plusieurs années.

Il rejeta les cailloux.

— Pour autant que je sache, personne d'autre n'a souffert de douleurs aussi fortes que moi. D'accord, ce sont des Terriens et moi non. Mais ça *n'explique* rien.

— Bien vu, mon garçon. Ta réaction aux météorites est certainement la plus violente de toutes, comme une sorte d'allergie. Tu sais bien que certaines personnes peuvent mourir rien qu'en mangeant des cacahuètes. Eh bien, ce doit être la même chose pour toi avec les météorites.

Martha ferma son cardigan pour se protéger de la brise qui se levait.

— Quelle qu'en soit la raison, nous finirons par trouver quelque chose qui en bloque les effets.

— C'est fait, dit Clark avec un petit rire. Mais il n'est pas toujours commode de transporter avec soi une plaque de plomb.

— Non, rien de ce genre, je pensais plutôt à une sorte d'immunisation ou de désensibilisation. J'ai lu des articles sur des gens – allergiques à mort aux piqûres d'abeilles – qui ont été lentement désensibilisés à ce venin. Et je me souviens d'une camarade de classe qui utilisait de l'iode radioactif dans son projet de recherche. Avant de se lancer dans une expérience, elle saturait son organisme d'iode non radioactif. Ainsi, si elle était exposée à des radiations, elle ne risquait plus rien. On trouvera peut-être un traitement de ce genre pour toi.

— Peut-être, répondit Clark, pas convaincu. Une chose est sûre, en tout cas, c'est que les météorites ne vont pas disparaître. Il y en a trop, éparpillées à travers toute la région.

— Inutile de s'attarder là-dessus, mon garçon, ça risque juste de te donner des brûlures d'estomac. Allez, tant qu'on ne peut pas éliminer le problème, on le traite au fur et à mesure qu'il se présente.

— Oui. Et peut-être qu'un jour, je trouverai un scientifique qui m'aidera.

— Oui, mais un vrai. Pas un charlatan comme Jacobi.

— En tout cas, nous avons une autre bonne nouvelle à tirer de toute cette histoire, annonça Martha. C'est que beaucoup de ces maudites roches ont été arrachées à la terre dans le voisinage. D'après le *Ledger*, il y aurait un laboratoire de recherche qui désirerait les étudier et les aurait emportées. Loin d'ici, j'espère !

*
* *

Vers minuit, le Dr Hamilton leva la tête de son ordinateur, alerté par le ronronnement d'un moteur. A tout hasard, il saisit une batte de base-ball et s'approcha doucement de la porte d'entrée. Au milieu du chemin éclairé par la lune, il vit une camionnette.

— Qui êtes-vous ? Que voulez-vous ?

Il sortit en brandissant sa batte comme un sabre de samouraï.

— Vous êtes dans une propriété privée. Vous n'avez pas le droit d'entrer.

— Docteur Hamilton ?

Une silhouette bourrue au visage barbu et portant un

casque de chantier s'avança vers lui, un porte-bloc à la main.

— J'ai une livraison pour vous.

— Je n'ai rien commandé. Et de toute façon, on ne fait pas de livraisons à cette heure de la nuit. Ne vous approchez pas.

— Calmez-vous, docteur !

L'homme prit une intonation qui rappela quelque chose au savant.

— Vous allez changer d'avis quand vous verrez ce que je vous apporte.

— Luthor ? C'est vous ?

— Oui, *c'est moi* ! dit Lex en ôtant son casque et sa fausse barbe.

— Très drôle ! grommela Hamilton. Je vous ai vu conduire des véhicules plus sportifs que ça. Que signifie cette mascarade ?

— J'essayais de ne pas me faire remarquer pour que personne ne soit au courant de cette livraison. Ce sera notre petit secret.

Il tendit le porte-bloc au savant qui l'examina à la lumière des phares. Au sommet de la feuille apparaissait un logo inconnu.

— Service d'élimination et de transport des déchets ?

— Une petite société bidon que je viens de monter pour ce genre de situation, docteur. Bien entendu, j'ai engagé des équipes intérimaires pour embarquer le chargement et j'ai loué cette camionnette pour cette ultime étape de notre livraison.

Hamilton parcourut le reste de la page.

— Il n'est question que de « Matériel de recherche ». Ne me dites pas…

Lex ouvrit les portières arrière et souleva le couvercle d'une des caisses qui occupaient la plate-forme.

— Je vous avais dit que je m'occuperais de cette Fondation, docteur. Le malheur des uns fait le bonheur des autres, n'est-ce pas ?

Il remit le casque sur sa tête.

— Cela devrait vous fournir assez de matière brute pour vous permettre de poursuivre vos recherches. Qu'en pensez-vous ?

Hamilton ne répondit pas, fasciné par les roches entassées dans les grandes caisses de bois, le cœur scintillant d'une étrange lueur verte.

Achevé d'imprimer sur les presses de

BUSSIÈRE

GROUPE CPI

à Saint-Amand-Montrond (Cher)
en mars 2003

FLEUVE NOIR
12, avenue d'Italie
75627 Paris Cedex 13
Tél. : 01-44-16-05-00

— N° d'imp. : 31467. —
Dépôt légal : avril 2003.

Imprimé en France